Peter Rosegger

# Das Geschichtenbuch des Wanderers

Zweiter Band

Peter Rosegger

**Das Geschichtenbuch des Wanderers**
*Zweiter Band*

ISBN/EAN: 9783743659865

Hergestellt in Europa, USA, Kanada, Australien, Japan

Cover: Foto ©Andreas Hilbeck / pixelio.de

Weitere Bücher finden Sie auf **www.hansebooks.com**

Das

# Geschichtenbuch des Wanderers.

—

Neue Erzählungen

aus Dorf und Birg, aus Wald und Welt

von

## P. K. Rosegger.

Zweiter Band.

Siebente Auflage.

Volks-Ausgabe.

Wien. Pest. Leipzig.
A. Hartleben's Verlag
1898.

Zweiter Band:

# Novellen und Skizzen

## aus dem Weltleben.

# Wenn Dämonen spielen.



Es war das reizendste Erkerzimmer, das ich je be-
wohnt habe. — Es war mit mattfarbigem Sammte
tapeziert, mit meisterhaften Jagd- und Genrebildern
geschmückt, mit echt orientalischen Teppichen belegt, mit kunst-
voll geschnitzten Eichenholzmöbeln bestanden, und es hatte an
der Wand einen elfenbeinernen Telegraphentaster, der nach
der Versicherung des Hausherrn bereit war, neu auftauchende
Wünsche des Gastes promptest zu erfüllen. Und das war noch
das Wenigste, denn derlei besitzt in irgend welcher Stadt jeder
reiche Schlucker.

Aber zwei Fenster waren da, deren Spiegelscheiben so
hell und rein waren, daß man meinte, sie stünden offen und
die reine Nordlandsluft wehe aus und ein. Das eine Fenster
zeigte die hellgrünen Buchen- und Eichenwälder von Jasmund
und die weißen Strandfelsen von Stubbenkammer, das andere
die blaue, unabsehbare Fläche des Meeres. Die sinkende Nach-
mittagssonne legte Gold auf die Wälder, Silber auf die Kreidefelsen, und ein Segelschiff am Horizont leuchtete wie ein auf-
steigendes Sternlein.

Ich hatte an jenem Tage zum erstenmale das Meer gesehen. Ich war erst vor zwei Stunden von der Reise gekommen, die von Wien bis Rügen zwei Tage und Nächte ununterbrochen gedauert hatte. Die Neugierde, den alten Freund zu sehen und wie sich der einstige arme Zimmermalerjunge als Gutsbesitzer ausnehme, hatte mir weder ein Interesse an den malerischen Elbe-Ufern der sächsischen Schweiz, noch an der stolzen Kaiserstadt Berlin aufkommen lassen. In Stralsund hatte er mich erwartet — es war sonst noch der alte Bursche, aber Welt hatte er nun, als wäre er geborner Majoratsherr gewesen auf diesem zauberhaften „Edelsitz" Zurkow. In drei Stunden hatten wir mit den feurigsten Hengsten, die mich je durch die Luft gerissen, die ganze Insel Rügen von Westen nach Osten durchschnitten.

Auf Zurkow angelangt, erwartete uns ein Mahl, welches zwei weißbehandschuhte Diener servirten, die so stumm waren, wie der Fisch im Wasser. Mein Gastherr wußte auch nicht gleich, wo und wie er das vor sechs Jahren durch eine plötzliche Studienreise nach Italien unterbrochene Gespräch wieder anknüpfen sollte und glaubte es am schicklichsten damit zu thun, daß er die Abwesenheit seiner Frau entschuldigte, die einer unaufschiebbaren Familienangelegenheit wegen nach Putbus gefahren sei.

Und ich? Fürwahr, mit einem Millionenmann, den man in der Künstlerblouse eines Wandmalers so oft gesehen und so liebgewonnen hat, spricht sich's etwas unglatt. Ich konnte nicht leugnen, daß Alles sehr gütig und wohlgemeint war, was mir in diesem Hause zu widerfahren begann, und doch blickte ich immer wieder mit verstohlenem Mißtrauen auf den Gastherrn hin, ob er's denn wirklich sei, der gute Wendel Blees. Daß er's gewesen war, konnte man hie und da noch spüren, aber ob er's noch sei, das schien mir in der That zweifelhaft. Ein hübscher Junge war er immer gewesen, aber sein Schnurrbärtchen war nun entschiedener, seine Gesichtszüge ausdrucksvoller und vornehm blaß, sein Mund höflicher und sein braunes Auge lebhafter geworden. Daß er seine Absicht, Künstler zu werden, nicht bewerkstelligt hatte, war aus seinem ganzen Wesen unschwer zu ersehen. Nirgends der schöpferische, idealbeschwingte Geist; überall der formenängstliche, emporgekommene, reiche Mann. An dem überladenen Aufputz der Tafel, an der Auswahl der ziemlich auffallenden Leckerbissen und an der etwas barschen Art, womit er die Dienerschaft behandelte, war zu erkennen, daß er in diesen Verhältnissen nicht immer heimisch gewesen und das rechte Maß nicht ganz leicht zu treffen wisse.

Nachdem ich meine Reise-Erlebnisse zur Noth skizzirt und meinem Freunde über mein allgemeines Befinden die geziemende Mittheilung gemacht hatte, schloß Wendel, daß ich von der Reise ermüdet sein würde und wies mir mein Zimmer an, „um mich auszuruhen".

Ich hatte nun unersättlich zu den Fenstern hinausgeschaut in die mir so seltsame, zauberhaft schöne Gegend. Ich hatte eine der vortrefflichen Cigarren angebrannt und mich auf das Ruhebett hingestreckt und den mich umgebenden Luxus betrachtet und in die stille leere Luft hinein gefragt: Wendel Blees, du leichtsinnig Wienerkind, wie kommst du zu diesem Herrensitz im Inselreiche der Hünen?

Es war damals kaum neun Jahre her, als ein aufgeschossenes Bürschchen ziemlich selbstsicher in meine Arbeitsstube getreten war, meine Bilder scharf angeblickt und mich gebeten hatte, daß ich ihn in seiner Absicht unterstützen möge, er wolle Maler werden. Wer er wäre? fragte ich. „Nichts",

war seine Antwort, „ich bin ein Waisenkind, das ein ent=
fernter Verwandter aufgezogen nnd dann im städtischen Rech=
nungsamte untergebracht hat, wo ich Ziffern zeichnen soll.
Das ist aber nichts, ich bin durchgegangen, denn ich will
Maler werden." Ob er mir Proben von seinem Talente zeigen
könne? Da hatte er schon mehrere Papierblätter aus der
Tasche gezogen; dieselben enthielten Zeichnungen aus dem
Schönbrunner Thiergarten, aus dem Militärleben und eine
Auffahrt bei Hofe; Manches war mit ziemlich grellen Farben
bemalt. Nachdem ich diese Bilder besehen hatte, sagte ich zu
dem jungen Mann, daß ich aus diesen Proben nichts zu
erkennen vermöge und ihm doch rathe, sich einem Beruf zu=
zuwenden, der weniger trügerisch sei, als das Künstlerthum.
Er verwies auf Maler, die so klein wie er angefangen, es
aber zum Ruhm gebracht hätten. Ich blieb bei meiner Ansicht,
lud ihn aber ein, wenn er in seinen freien Stunden neue
Bilder versuchen sollte, mir dieselben seinerzeit wieder zu
bringen. Das war das erste Begegnen mit Wendelin Blees.
Wir sahen uns von diesem Tage an oft. Obwohl ich gar
nichts für ihn zu thun vermochte, schloß er sich an mich. Da
er bei einem Maler nicht unterkommen konnte, so ging er zu
einem Anstreicher in die Lehre, denn die Farbe hatte ihm's
angethan. Die freien Stunden, die er hatte, war er bei mir,
sah meinen Arbeiten zu und übte sich selbst. Er eignete sich
eine gewisse Technik an, aber es war kein Schwung da, keine
Originalität — überhaupt kein Talent.

Ich sagte es ihm, er glaubte mir nicht.

Indeß gewann ich ihn lieb, anfangs seines Interesses
für die Kunst wegen, später, weil er ein offener, herzens=
und geistesfrischer, fröhlicher Junge war. Schrullen hatte er
freilich, oft so wunderliche Schrullen, daß ich mir dachte: das

wächst sich zu einem Narren oder doch zu einem großen Manne aus. Er war um ein Bedeutendes jünger als ich, aber wir wurden Freunde. Er hatte eigentlich keine Bildung genossen, aber er hatte liebenswürdige Naturanlagen, und wenn in seinem Wesen auch ein gewisser Trotz lag, so diente derselbe mehr zur Stählung seines Charakters, als um anderen Menschen unangenehm zu sein. Es hat sich manch strenge geschulter Mann als mein Freund bekannt, der mir nicht so viel war, als der kleine Wendel. Er hat, in Bezug auf das, während unseres zweijährigen Beisammenseins nur eine einzige Dummheit gemacht. Auf mehreren Ausstellungen erregte ein Bild von mir besonderes Aufsehen. Als Folge des Beifalls erwuchsen — wie das immer so geht — auch die Widersacher. Einen solchen Widersacher, es war ein Zeitungsredacteur, forderte der kleine Wendel meines Bildes wegen zum Duell. Der Redacteur machte ihn abtreten und lachte ihn aus. Nun kam er wüthend zu mir und ich lachte ihn auch aus.

Seinem Meister, dem Anstreicher und Zimmermaler, war er ein fleißiger Gehilfe, aber Niemand als ich wußte, mit welchem Widerwillen er das Handwerk betrieb. Und eines Tages trat er aufgeregter als sonst in meine Stube und sagte, daß er nun komme, um von mir Abschied zu nehmen. Er habe sich so viel erspart, daß er nach Italien gehen könne, um sich an den berühmten alten Meistern zu unterrichten.

Ich fragte, ob er wohl ermesse, was er gesagt habe. Er antwortete, daß ich noch von ihm hören würde und daß er auch als Künstler meiner Freundschaft, die ihm das Theuerste auf dieser Welt sei, würdig werden wolle. Ich suchte ihm in der Eile ein paar Empfehlungsschreiben aufzubrängen, dann ging er. Ging ohne Geld — denn sein Erspartes half ihm kaum bis über die Grenze — ohne Kenntnisse, ohne Freunde und ohne Plan nach Italien.

Von dem Tage seiner Abreise an war er verschollen. Und war's jahrelang, so daß mein Gedenken an ihn voll Wehmuth wurde, wie man eines Todten gedenkt. Mein Leben ging in der Stille fort, aber jedes Jahr machte mich um mehrere Jahre älter, weil mit dem Wachsen meiner Einsicht mich meine künstlerischen Erfolge, so lärmend dieselben auch sein mochten, immer weniger und weniger befriedigen wollten. Die Ehre, welche mir die durch Effect leicht zu bestechende Menge zollte, vermochte meinen inneren Unmuth nicht aufzuwiegen und so zog ich mich sachte zurück in die Beschaulichkeit, lebte der Natur und machte Reisen von Gallerie zu Gallerie, um das an Anderen mit Ehrfurcht zu bewundern, was mir selbst nicht gelingen wollte. Von Wendel fand ich auch nicht die leiseste Spur. Da erhielt ich eines Tages in Wien das folgende Schreiben:

„Geschätzter Freund!

Für den Fall Du einmal Lust nach malerischen Landschaften hast, so reise nach der Insel Rügen. Und wenn Du dort sein wirst, so versäume ja nicht, nach dem Landgute Zurkow zu fragen, denn der Besitzer desselben ist ein alter Freund von Dir, der Dich bittet, es Dir bei ihm recht wohl ergehen zu lassen. Er hofft, daß Du seiner nicht vergessen haben wirst und freut sich sehr, Dich nach sechs Jahren endlich wieder zu sehen. Es ist Dein alter

Wendelin Blees.“

Die Schrift war glatter geworden als sie einst gewesen, aber es war die seine. Mein Erstaunen war fast grenzenlos. Zur alten Neigung kam nun auch die Neugierde. Leicht mobil gemacht war ich überhaupt und schon an einem der nächsten Tage saß ich auf der Nordbahn.

Von Anklam bis Stralsund hatte ich Gelegenheit, mich bei einem Passagier, der aus Bergen, dem Hauptorte der Insel Rügen, war, nach dem Landgute Zurkow und seinem Besitzer zu erkundigen. Da erfuhr ich, daß Zurkow zwar kein Edelsitz sei, wohl aber eines der schönsten und reichsten Güter der Insel. Es wäre ein Edelsitz gewesen, aber der letzte Edelmann hätte ihn am Spieltisch eines rheinischen Bades verloren und sich flink darauf erschossen. Hierauf sei ein pommerscher Holzhändler gekommen, Markeitze geheißen, der habe das zerfahrene Zurkow gekauft und in einen Stand gesetzt, wie es seit Menschengedenken nicht erhört worden. Der Landbau und die Waldwirthschaft, die Jagd und die Fischerei blüheten nun. Auch habe der neue Eigenthümer von Zurkow Bergwerke in England besessen und Schiffe, die zwischen Stettin und Kopenhagen verkehrten. Und das Schloß habe er herstellen und einrichten lassen, daß es nun einer königlichen Residenz ähnlich sehe. Das habe ihm aber Alles nichts geholfen; mit seinem Sohne sei er unglücklich gewesen und so sei er, nachdem das Gut so fürtrefflich hergestellt war, aus Gram gestorben. Es sei aber ein junger Mensch aus dem Süden dagewesen, der habe die Tochter von Markeitze gefreit und sei nun Herr auf Zurkow und sei gut für drei Millionen. Man erzähle sich von dieser Familie Mancherlei, aber da nichts Bestimmtes zu sagen sei, so thue man am besten, zu schweigen.

So war ich vorbereitet worden und so lag ich nun auf dem Ruhebette des Schlosses Zurkow — ich konnte nicht sagen, daß mir gerade wohl zu Muthe war.

Nun dämmerte es und als ich wieder zum Fenster hinausblickte, war das Meer nicht blau, sondern lichtgrau und in seinem Queckſilberſchimmer am Horizonte ſcharf abgeſchnitten von der aufſteigenden Nacht. Das Schiff, welches früher fern wie ein Sternchen gefunkelt, war näher gekommen, es war das einzige Fahrzeug auf der unmeßbaren Fläche. Auf den Felſen von Stubbenkammer glühte der Wiederſchein des Abend-rothes und ſie ſpiegelten ſich im Meere wie blutige Schatten.

Als ich träumend ſo zum Fenſter hinaus ſchaute, legte ſich ſachte eine Hand auf meine Achſel. Wendel ſtand hinter mir.

„Wenn Du ausgeruht haſt," ſagte er, „ſo lade ich Dich ein, mit mir zum Abendbrot zu kommen."

„Hier haſt Du eine merkwürdige Welt um Dich," lautete meine Entgegnung, „ich habe dieſen ſtillen, meerumſchlun-genen Hain als Knabe im Traume geſehen, zur Zeit, da wir die nordiſche Mythologie ſtudirten."

„So iſt es," antwortete er raſch, „ſo iſt es. Darum kann dieſer Ort ſo anheimelnd und ſo ſchrecklich ſein."

„So ſchrecklich?"

Jetzt faßte mich Wendel an meinen beiden Händen und ſagte: „Geliebter Freund, ich danke Dir tauſend-, viel tauſendmal, daß Du zu mir gekommen biſt."

Seine Hände zitterten, ſein Stimme war ſo ſeltſam bewegt, daß es mir durch Mark und Bein ging.

Die Kruſte war nun gebrochen, bei ihm, bei mir. Arm in Arm gingen wir auf das Zimmer, in welchem unſer Abendtiſch gedeckt war. Es war ein anderes, als jenes, in welchem wir das Mittagmahl genommen hatten, es war viel einfacher und viel heimlicher. An der Wand fiel mir ein techniſch mit Meiſterſchaft gemachtes, aber an Aehnlichkeit nicht beſonders gelungenes Oelporträt meines Gaſtherrn auf. Wir ſaßen uns bei etwas gedämpftem Lampenlichte an einem kleinen Tiſch gegenüber; ſonſt war Niemand da, und der Mann, der uns bediente, erschien nur, wenn er mit dem Glöcklein gerufen wurde. Die Speisen waren nach Wiener Art zubereitet, und anstatt des aufgeblasenen Champagners stand eine Flasche jenes ehrlichen, männlich herben Rothweines da, wie er in den gott-gesegneten Thalungen der tirolischen Etsch wächst, und wie ich ihn in Gemeinschaft mit Wendel einst so gerne getrunken hatte.

„Nun haben wir uns wieder," sagte mein Freund und schaute mir mit feuchtem Auge in's Gesicht.

„Ich kann mich immer noch kaum fassen vor Verwunderung, Dich so wiederzufinden," bemerkte ich.

„Mir erging es nicht besser," sagte er, „aber ich bin in den letzten Stunden, während Du Dich von den Reisestrapazen für den ersten Augenblick ein wenig erholtest, nicht müßig gewesen. Ich habe nach der Art gesucht, die uns wieder zu-sammenbringen soll, wie wir dazumal beisammen gewesen sind. Offen herausgesagt: mit den ersten Stunden unseres Wiedersehens war ich nicht zufrieden."

„Ich auch nicht. Aber nun sage mir endlich, Wendel, was um Alles in der Welt ist mit Dir vorgegangen?"

„Du siehst es," antwortete er mit einer wehmüthigen Miene, „ein reicher Mann bin ich geworden."

„Das passirt Manchem und geht es gewöhnlich mit so natürlichen Dingen zu, daß man weiter gar nicht darüber spricht. Aber bei Dir ist's was Anders. Du warst stets un-praktisch, hast weder Schick gehabt zum Spiel noch zum Speculiren, hast weder ein Los besessen noch einen reichen Onkel. Du hast auch meines Wissens nie ein Interesse gehabt an Geld und Herrlichkeit — Künstler werden wolltest Du, diesen Weg sah ich Dich von mir fortziehen, nun finde ich einen Millionär. Das geht nicht mit rechten Dingen zu, mein Freund!"

„Du hast eine naheliegende Eventualität nicht erwähnt."

„Ich weiß es, die reiche Heirat. Doch der Gedanke ist mir zu trivial."

„So decorire ihn mit der Liebe."

„Wirklich? Nun, die Liebe rentirt eine reiche Heirat immerhin."

„Und meinst Du, daß eine reiche Heirat nicht auch die Liebe rentiren könnte?"

Der Ton und der Blick, mit dem diese Worte gesprochen wurden, war etwas verblüffend. Ich schwieg.

„Du hattest damals Recht," fuhr er fort, „ich bin kein Künstler geworden."

„Aber Du bist Mann geworden, das ist mehr."

„Es mag mehr sein, aber es ist nicht so schön. Freund, wann war ich glücklicher, als damals, als ich mich wie ein Bettelvagabund durch die Alpenländer nach Italien schlug! Ich war fest überzeugt, daß meine Rückkehr ein Triumphzug sein würde und daß die abenteuerliche Wanderschaft des Zimmer= malers einst ein interessantes Capitel in der Biographie des berühmten Künstlers geben müsse. Ein junger Idealist, und wäre es auch nur ein eitler Tropf, nimmt im Reigen irdischer Seligkeit den ersten Platz ein. Ich habe diesen Platz bald verloren. In der schönen Stadt Mailand sah ich das Abendmahl — ein Triumph der Zimmermalerei," setzte Wendel lächelnd hinzu. „Ich griff dort aus Noth wieder nach dem alten Gewerbe. Ein Zufall verschlug mich mit einem Arbeits= geber nach Genua und vor dem baroken Denkmale des Colum= bus kam mir der Gedanke, ob ich mich nicht etwa doch der Bildhauerei zuwenden solle. Auf jeden Fall wollte ich von hier aus zur See nach Rom gehen, dort weht alte, echte Künstlerluft, die wollte ich erst athmen, das Weitere konnte

nicht fehlen. Da trat ich eines Tages in ein Gasthaus der
Via nuova. Das, Freund, war der erste Schritt nach dem
Herrengute Zurkow auf Rügen."

„Im Gasthofe lerntest Du sie kennen, nicht wahr?"

„Wen?"

„Die schöne Maid, die mit dem Vater auf Reisen war
und die hernach Deine Frau wurde."

„Du dichtest," sagte Wendel Blees, „meine Geschichte
ist noch viel romanhafter — fast unheimlich romanhaft."

„Bin ungeduldig, sie zu hören," sagte ich.

„So werde ich rasch und kurz erzählen. — In einer
Weinlaube des Gasthausgartens setzte ich mich ermüdet hin
und musterte die Speisekarte. Ich suchte nicht nach dem feinsten
Braten, sondern in der Preisrubrik nach der kleinsten Ziffer
— nun, das kannst Du Dir ja denken. Es war für die
Italiener noch nicht die Zeit des Mittags, so war der Garten
noch fast leer, nur hinter einem Citronenbaum saß ein Herr
mit weißem Backenbart und schaute zwischen den grünen
Blättern zu mir herüber. Er schob endlich seinen Teller bei-
seite und blickte noch schärfer auf mich her. Endlich stand er
auf, kam an meinen Tisch und drückte mir die Hand. Er
that es, ohne ein Wort zu sagen, dann trat er wieder an
seinen Tisch zurück und brütete vor sich hin. Dann zog er
aus seinem Ledertäschchen eine Photographie und sah sie an
und schaute auf mich — und stützte sein Haupt traurig auf
die Hand. Jetzt mußte auch ich immer wieder auf ihn hinblicken
und ich wurde dabei ganz unruhig; ich bildete mir ein, das
wäre ein großer Künstler und habe an mir vielleicht das Genie
entdeckt; Du siehst, ich hatte nicht mehr weit zum letzten Ziele
manchen Künstlers — zum Narrenhaus. Es gehörte ein Wunder
dazu, um mich davon zu retten — und das Wunder geschah."

„Als ich," fuhr mein Freund Wendel fort, „mich zur Noth gesättigt hatte, erhob ich mich, um meine nebelhaften Wege weiter zu wandeln. Da sprang der Mann am Citronenbaume auf, hielt mich zurück, er wolle wissen, wer ich wäre."

„Also ein Polizeiorgan!" rief ich aus.

„Mein Bester," sagte Wendel, „wenn Du in meiner Geschichte die Wahrheit errathen willst, so mußt Du Dich gerade an die größten Unwahrscheinlichkeiten halten. Der Mann hörte meine Geschichte, kaufte mir neue Kleider und ich war tagelang sein Gast. Er war liebevoll und fast zärtlich mit mir, und er war doch nur ein Fremder. Mehrmals sah ich ihn weinen. Er lud mich ein, mit nach Rügen zu kommen, wo er ein Gut habe, er wolle für mein Fortkommen sorgen helfen."

„Er hatte Dich so plötzlich lieb gewonnen?"

„Und weißt Du, warum? Weil ich große Aehnlichkeit mit seinem verstorbenen Sohne hätte."

„Du gingst mit ihm?"

„Natürlich, ich ging nicht mit ihm, ich ging nach Rom. Und als ich dort meine Künstlergelüste gründlich ausgehungert hatte, und in dem Gemäuer des Colosseums bei den Fledermäusen mein Nachtlager hielt, fiel mir wieder die Einladung des greisen Mannes ein. Ich schrieb ihm, daß ich nun kommen wolle und ob er für mich einen Erwerb hätte; wäre es was immer, nur ein ehrlich Brot. Er schickte mir Geld, ich reiste auf dem kürzesten Wege nach Rügen. Als ich nach Zurkow kam — auf dieses schöne, reiche Zurkow, ja — da hat er mich wie einen lieben Anverwandten empfangen, hat seine Tochter gerufen, mich ihr vorgestellt und ausgerufen: Nun Freda, ist er's nicht? — Ja, sagte Freda, und doch wieder nein, Albin war nicht so schlank. Aber er hatte dasselbe nußbraune Haar, das ihm gerade so in die Stirn stand, denselben Mund, das ganze Gesicht; schau sein Aug' an, Freda, schau sein Aug' an! O Gott, mein Albin! — Er hat geweint, sie hat ihn mit Mühe beruhigt —"

„Und Dein Auge?"

„Das hat sie angeschaut."

„Dann verliebt?"

„O nein," antwortete mein Freund Wendel, „so schnell ging das nicht. Wir mußten uns erst aneinander gewöhnen. Der Alte gab uns zu schaffen, der wollte — höre es! — er wollte uns schon in den nächsten Wochen zusammenhaben. Er war durch den plötzlichen Verlust seines Sohnes verwirrt und schwachsinnig geworden."

Wendel führte mich dann zum Fenster: „Du siehst dort die weißen Felsen?"

Ich sah sie in des Mondenscheines nebelhafter Blässe schroff aus dem Meere aufragen.

„Von jenem Felsen," fuhr mein Freund fort, „ist Albin Markeitze, der einzige Sohn des reichen Mannes, in seinem breiundzwanzigsten Lebensjahre auf einer geologischen Excursion, bei welcher er sich zu tollkühn an die Hänge hinauswagte, in das Meer gestürzt und zu Grunde gegangen. Der Vater war trostlos, seine Tochter, nun sein einziges Kind, suchte ihn umsonst zu zerstreuen, er gab sie zu Verwandten nach Putbus, überließ das Gut einem Verwalter und ließ sich von seinem Grame ziellos in der Welt herumtreiben. So war er auch nach Genua gekommen, wo wir uns begegneten. Ich kann ihm die Liebe, die er mir schenkte, nimmer vergelten, der kranke Greis sah in mir seinen verstorbenen Sohn. — Hast Du dieses Bild schon betrachtet?" Wendel wies auf das Oelgemälde an der Wand.

„Das scheint ein gewandter Künstler geschaffen zu haben,“ bemerkte ich, „es ist viel Individualität in dem Bilde und doch stört mich ein Etwas in den Zügen, ohne daß ich mir sagen könnte, worin es liegt. Durch die wohlbekannte Form schaut mich eine fremde Psyche an.“

„Im Ganzen leugnest also auch Du die Aehnlichkeit nicht. Und siehe, das ist das Porträt des verunglückten Albin.“

Das fand ich denn doch merkwürdig und nun fing ich an, das besondere Interesse des alten Markeitze für Wendel zu begreifen.

„Da mir,“ fuhr mein Freund fort, „die Lust, Maler zu werden, begreiflicherweise vergangen war, wenigstens einstweilen vergangen, so fügte ich mich gerne den fürsorglichen Wünschen meines Gönners, ich gab mich, anfangs gleichgiltig, später mit Interesse, der Landwirthschaft hin und machte in derselben Fortschritte. Außerdem geschah Manches zur Vermehrung meiner sonstigen Kenntnisse, damit wuchs auch — möchte ich sagen — mein Herz und ich schloß mich warm und dankbar meinem Wohlthäter an. Ich war kaum drei Jahre auf Zurkow, als mir Markeitze eines Tages zu verstehen gab, daß es ihm lieb wäre, wenn noch vor seinem Tode meine Verbindung mit seiner Tochter zu Stande käme. Freda war um einige Monate älter als ich, sie war mir nicht unangenehm gewesen. Es hatten sich, wie leicht erklärlich, reiche Bewerber eingefunden, allein —“

„Sie hat den frischen, guten Jungen vorgezogen,“ unterbrach ich in meiner vorwitzigen Ungeduld, „reich war sie selbst, gesellschaftliche Rücksichten war sie nicht schuldig, so nahm sie sich einen Herzensmann. Ich habe mir oft gedacht, Wendel, daß in Dir Trotz und Geschmeidigkeit, Männlichkeit und

Weichheit gerade so gemischt sind, wie es die Weiber gerne haben."

„Genug. Als der Vater starb, waren wir ein Ehepaar und ich habe mich wohl oder übel mit meiner neuen Würde und Herrlichkeit abfinden müssen."

„Aufrichtig gesagt, hoffe ich, daß Dir die Kunst, ein reicher und glücklicher Mann zu sein, besser gelingen wird, als Dir jemals ein gutes Gemälde gelungen wäre."

Eine Weile nach dieser Bemerkung antwortete Wendel: „Es gehört zum Einen wie zum Andern ein großes Talent. Wenn sich der reiche Mann in seine Lage nicht zu schicken weiß, so ist er ein armer Mann — ein sehr armer Mann."

Derlei besprachen wir, da begann allmählich das Gespräch zu stocken. Wir machten noch manchen stillen Schluck aus unseren Gläsern, dann wünschten wir uns in freundlicher Höflichkeit gute Ruhe und ich wurde hierauf in mein Zimmer geführt.

Ich stand noch lange am Fenster und blickte in die Nacht hinaus. Auf dem Meere lag der Schimmer des Mondes und die zackigen Kreidefelsen von Stubbenkammer standen wie Gespenster da. Jetzt legte sich auf meine Schulter wieder die Hand. Wendel stand neben mir und war bleich und verstört, wie ein Nachtwandler.

„Verzeihe mir, mein Freund, daß ich Deine Ruhe störe," sagte er mit unsicherer Stimme, „ich wollte Dich heute noch fragen, wann Du von hier abreisest?"

Mit Befremden entgegnete ich: „Wann ich abreise? Ich glaube, Du könntest es ebenso gut erfahren, wenn Du mich gefragt hättest, wie lange ich denn zu bleiben gedächte. Du weißt, daß ich auf Deine Einladung aus Wien komme, um Dich zu besuchen."

„Ich danke Dir, daß Du gekommen bist!“ stieß er hervor, „aber ich verreise morgen und wünsche in Deiner Gesellschaft zu reisen.“

Ich starrte ihn an.

„Du hältst mich für verrückt,“ sagte er.

„Allerdings —“

„So muß ich Dir's denn gestehen, Freund, mein geliebter einziger Freund — ich bin unglücklich, sehr unglücklich. Ich ertrage es nicht mehr länger, ich will fliehen, ich will nach Wien zurück. Mein Weib und ich, wir lieben uns nicht. Sie behandelt mich mit Hochmuth, sie hat ihre Freunde, mit denen sie sich herumtreibt, fischt und jagt; ihrem Reitpferde schenkt sie mehr Aufmerksamkeit als mir. Von einem Familienleben ist in diesem Hause nicht der Schatten, entweder sie zieht ihre junkerlich faden oder aufgeblasenen Sportgenossen herbei und giebt laute Feste, wobei ich offen und verstohlen die Zielscheibe ihrer Launen bin, oder sie reitet davon und läßt mich allein in diesem Schlosse, das mir unheimlich geworden ist, wie eine Gruft. Ich hätte mit ihr für mein Leben gern einmal eine Reise nach Oesterreich gemacht; sie schlug mir's ab, ich möge allein reisen, wenn es mir auf Zurkow nicht behage, sie sei keine Freundin der vielgerühmten österreichischen Gemüthlichkeit. Das einzige Glück ist, daß ich sie nicht liebe, denn sonst müßte ich mich von jenem Felsen dort, welcher die erste Ursache meiner Leiden ist, in das Meer stürzen. Ich habe nichts und will nichts, ich bin frei, ich verlasse Zurkow noch in den nächsten vierundzwanzig Stunden, arm wie ich gekommen bin. Ich gehe mit Dir nach Wien.“

„Du mußt Deine Aufregung vorübergehen lassen, armer Freund,“ sagte ich, „wenn Du ruhig geworden sein wirst, wollen wir es überlegen.“

„Diese Ceremonie ist nicht mehr nöthig. Ich habe es längst überlegt und heute mich entschlossen. Ich habe sie von Deiner Ankunft unterrichtet und sie gebeten, daß sie zu Hause bleibe, um Dich zu empfangen; sie weiß, daß Du mein liebster Freund bist, der aus der Ferne zu mir kommt, und sie konnte das Haus verlassen, und sie konnte mir das lieblose Wort sagen."

„Welches Wort?"

„Wen ich eingeladen, den möge auch ich bewirthen, sie könne sich denken, wie mein bester Freund aus der Zeit der Farbenkleckserei aussehe, sie sei auf derlei vagabundirendes Künstlervolk nicht neugierig. Tiefer hätte sie mich nicht mehr verletzen können. Ich trenne mich von ihr."

„Ich danke Dir," sagte ich, „also mich willst Du zur Ursache eines unsinnigen Schrittes machen! Dann empfehle ich mich."

„Bleib', Hans!" schrie er auf und packte mich an beiden Armen, „von Dir ist keine Rede. Es handelt sich um mich! Mir hat sie den Schlag versetzt, sonst wollte sie nichts, als mich, mich beleidigen, aber das wollte sie. Meiner überdrüssig ist sie, den Bruch wünscht sie zu vollziehen. Der Wunsch kann erfüllt werden."

Der Mann schoß wildsprühende Blicke um sich und knirschte mit den Zähnen.

„Du hassest sie also?" war meine Frage.

Hierauf antwortete Wendel: „Wenn ich sie haßte, so würde ich ihr diesen Wunsch nicht erfüllen, ich würde Herr auf Zurkow bleiben und das Leben des Reichen genießen und ihr im Wege stehen und mich an ihrem ohnmächtigen Aerger belustigen. Nein, ich hasse sie nicht, sie ist mir gleichgiltig."

„Gleichgiltig? Deine Aufregung straft Dich Lügen."

„Bin ich aufgeregt? Dann bin ich's nicht ihretwegen, sondern meinetwegen. Mein Unglück, ich schleudere es von mir, ich nehme wieder die Armuth und Nichtigkeit auf mich. Seit ich Dich sehe, mein Freund, habe ich wieder Muth, ich gehe mit Dir nach Wien!"

Das kam mir nun etwas verworren vor; da frägt er mich: „Könntest Du an meiner Stelle bleiben? Es mögen Gesetze und Sitten hundertmal für Dich sprechen, wenn die Thatsache zeigt, daß Du überflüssig bist, so wirst Du auf alle Rechte verzichten und lieber mit Stolz und Ehren wieder der arme Anstreichergeselle sein, als auf Zurkow ein — was weiß ich! Es war ja nichts, ein toller Traum, nichts als ein Roman, aber ein Roman ohne Liebe. Eine fixe Idee, geschmeichelte Eitelkeit und der Kitzel, reich zu sein, waren die Helden! Könntest Du mich denn noch achten, wenn ich so noch hier sitzen bliebe?"

„Ich gebe keine Antwort, so lange ich nicht Deine Frau gesehen habe."

„Die wirst Du nicht sehen," sagte Wendel Blees, „wie ich sie kenne, kehrt sie erst zurück, wenn sie die Gewißheit hat, daß Du nicht mehr im Hause bist."

„Dann erlaube mir, daß ich jetzt einige Stunden ruhe. Bevor die Sonne aufgeht, werde ich dieses Haus verlassen."

„Thue so, mein Freund, und schlafe wohl."

Rasch hatte sich mein Gastherr nun entfernt. Unsere Unterredung hatte einen fast trotzigen Charakter gehabt. Ich schlief schlecht in derselben Nacht. Reue, daß ich hierhergekommen, Mitleid mit dem armen Wendel, Rathlosigkeit, was nun anzufangen, peinigten mich. Es kam mir der Gedanke, Frau Freda aufzusuchen und den Vermittler zu spielen; diesen Gedanken schleuderte ich rasch von mir — zwischen Eheleute dränge sich kein Dritter, am wenigsten ein Fremder. Er

würde es unter allen Umständen noch schlechter machen. Als
der erste Schimmer des Morgens aus dem Meere stieg,
war ich entschlossen. Ich packte haftig meine Sachen zusammen,
schrieb auf ein Blättchen Papier die Worte: „Wendel, ich
bin aus Wien hierher gekommen, um Dir auf dieses Stück
Papier das Wort zuschreiben: Sei ein Mann. Lebe wohl.
                                    Dein treuer Hans."

Als ich durch den Hof eilen wollte, fuhren zwei Bullen-
beißer auf und ließen mich nicht weiter. Ich mußte umkehren
in mein Zimmer, warf mein kleines Gepäck zum Fenster hinaus
und kletterte selbst nach. Das Schloß und das naheliegende
Gehöfte lagen noch in Ruhe da; ich huschte durch Gestrüppe
hin und bog erst eine Strecke weiter hin zum Wege.

Ich war auf demselben etwa dreihundert Schritte gegangen,
als von einer Eichengruppe ein Mann auf mich zusprang
und mich mit dem Worte: „Da bist Du ja schon!" an der
Hand faßte.

Wendel war's, der Herr auf Zurkow: Und doch nicht
mehr der Herr auf Zurkow, in dem Kleide eines fahrenden
Gesellen stand er da.

„So, Kamerad," sagte er, „nun wollen wir einmal mitsammen wandern."

Dagegen ließ sich nun nichts einwenden. Wir trabten
wortkarg nebeneinander her. Als wir eine Stunde gegangen
waren, machte mein Begleiter plötzlich einen Juchschrei, wie
er so frisch und laut auf Rügen vorher wohl kaum erklungen
sein mochte.

„Sieh da, dieser Stein ist mir noch auf dem Herzen
gelegen," sagte er hernach und deutete auf einen bemoosten
Grenzstein, „hier endet das Gut Zurkow, hier beginnt die
weite Welt. Freund, nun bin ich wieder Dein!"

Da dachte ich: Wenn ich nur wüßte, was ich mit Dir anfangen soll!

So begann die Wanderschaft. Den Sund übersetzten wir auf einer abseits gelegenen Fischerbarke, Stralsund umgingen wir, weil Wendel sich vor dem Erkanntwerden fürchtete. Und dann wollte er zu Fuß nach Wien reisen. Er hatte von dem Schlosse ja nichts mit sich genommen, als was er einst dahin mitgebracht hatte, ein abgeschabtes Ledertäschchen und einen Hagenstock. Ich hatte viele Mühe, um ihm die Eisenbahnfahrt anzuzwingen. Endlich, als es in's Oesterreich hereinging, fanden wir uns und waren harmlos heiter, wie einst; ich suchte seine Verhältnisse mit Ruhe und Erwägung zu besprechen, allein er war dazu viel zu nervös aufgeregt; bei ihm ging Alles im Ueberschwunge und sein ganzes Wesen wurde mit fortgerissen.

Als er die alte Kaiserstadt sah, war er überglücklich. So saßen wir nun endlich wieder in meiner Stube, wo wir vor Jahren oft froh beisammen gesessen und ich fragte ihn: „Wenn Du jetzt zurückdenkst auf Zurkow, wie ist Dir zu Muthe?"

„Unsäglich wohl!" rief er, „hast Du einen zweiten Freund, Hans, der im Stande ist, ein Herrenschloß und ein reiches Weib von sich zu schleudern, wie eine faule Birne?"

„Du bist der einzige," sagte ich, „und nun suche ich mir noch einen, der im Stande ist, ein Herrenschloß und ein reiches Weib zu beherrschen."

„Da wird sie zurückgekehrt sein auf Zurkow," sagte Wendel, „ausgerüstet mit neuen Mitteln, mich zu bemüthigen, und wird selbst die größte Demüthigung erlebt haben, die ein reiches Weib erleben kann: von dem Bettler abgelehnt zu sein."

Schon am nächsten Tage war Wendel Blees so glücklich, in einem Vororte Wiens als Zimmermaler Beschäftigung zu finden. Er besuchte mich häufig, aber für meine Bilder und ästhetischen Studien hatte er kein Interesse mehr, er saß zumeist still da und blickte zum Fenster hinaus auf die alten Ulmen und Eichen eines verwahrlosten Parkes. Von seinem abenteuerlichen Gutsherrnleben sprachen wir nicht mehr; ich aber dachte daran und mir kam die ganze Geschichte nicht geheuer vor.

Ich wußte nur, daß er seiner Gattin nicht schrieb und ihr absichtlich seinen Aufenthaltsort verheimlichte. Umso eifriger las er ein Pommer'sches Wochenblatt und in demselben einmal eine Feilbietung des Gutes Zurkow auf Rügen. Er zeigte mir mit dem Finger die Stelle; wir haben nicht ein Wort darüber gesprochen.

Mittlerweile bemerkte ich, daß die Farben — die grünen sollen besonders schädlich sein — dem Wendel Blees nicht mehr so wohl bekamen, als einst, er wurde bleich und bekam eingefallene Wangen. Seine Besuche bei mir verminderten sich, er strich in seinen freien Stunden allein umher in den Vorstädten oder er saß in seiner Dachkammer und brütete vor sich hin. Als ich von einer größeren Reise zurückgekehrt war, gedachte ich wieder einmal seiner und suchte ihn auf. Ich fand ihn auf dem Fußboden kauernd, wo er eben ein paar Patronen (Formen für Zimmermalerei) aneinander=zuheften vorhaben mochte, aus Erschöpfung aber rasten mußte. Ich erschrak vor der herabgekommenen, krankhaften Gestalt, vor dem stieren Blick, der mich völlig unheimlich anglotzte.

„Bist Du krank, Wendel?" fragte ich.

„Was habt Ihr denn mit mir?" fuhr er jetzt auf, „warum soll ich krank sein?" Dann setzte er wehmüthig und sanft bei: „So hast Du doch nicht ganz auf mich vergessen. Du kannst mir aber nicht helfen."

„Willst Du nicht bisweilen mit mir einen kleinen Spaziergang machen? Das zerstreut und erfrischt."

„Wenn Du recht langsam gehen willst," versetzte er, „ich war schon lange nicht mehr auf der Gasse und habe das Gehen verlernt."

Als ich von ihm fortging, hastete mir die alte Frau, die ihn pflegte, zur Thüre nach und fragte: „Wie lang' kann er's denn noch machen, Herr Doctor?"

Es waren freundliche Spätherbsttage. Ich führte den armen Wendel mehrmals auf den Ring; er sprach wenig, nur einmal, als er stehen blieb und sich an mich stützte, sagte er, mit großen Augen hinschauend: „Es ist eine herrliche Stadt!" Dann saßen wir auf einer stillen Bank des Stadt=parkes und er schaute die gilbenden Blätter an, wovon eins um's andere langsam zu Boden sank.

Da war's eines Tages, als wir über den Schwarzenberg=platz schritten, daß mein Begleiter plötzlich einen Schrei ausstieß. Ein Fiaker rollte vorüber, in welchem eine schwarz=gekleidete Dame saß. Wendel riß sich von mir los und mit ausgestreckten Armen lief er dem Wagen nach. Ich suchte ihn zurückzuhalten, aber er eilte, als wären seine Arme Flügel, er verfolgte den Wagen bis zur Brücke, dort stürzte er zusammen.

Allsogleich waren wir von einem Menschenhaufen umringt. Wir hoben ihn auf. Seinem Mund entströmte Blut; er schlug die Augen weit auf, und stierte um sich und murmelte: „Sie ist fort."

„Wen meinst Du, Wendelin?"

„Freda!" hauchte er matt. —

Man trug ihn in einem geschlossenen Lederkasten in's nächste Lazareth; als sie ihn in der Halle niederließen und ich die Klappe öffnete, um zu fragen, wie er sich befinde, da waren die blassen Lippen für immer verstummt.

*    *

Man erinnert sich vielleicht noch an eine Zeitungsnotiz, daß an jenem Octobertage ein Mann einem Fiaker nachgelaufen, auf der Schwarzenbergbrücke mit dem Rufe: „Freda!" zusammengebrochen und bald darauf verschieden sei.

Aber man weiß wohl nicht, daß diese Notiz einen seltsamen Besuch in der Leichenhalle zur Folge gehabt hat. Eine fremde Dame fand sich ein, bat sich die Leiche des Zimmermalers Wendelin Blces aus, bekränzte sie mit Eichenlaub, überführte sie auf einen still und lieblich gelegenen Friedhof des Wienerwaldes und begrub sie in einem eigenen Grabe.

Ich versuchte, sie zu sprechen, aber sie war unzugänglich und ist seither nicht wieder gesehen worden. Auf Wendel's Grabstein stehen die Worte: „So groß ist meine Liebe zu Dir, daß ich Dir verzeihe und sterbe."

Ob sich diese Worte auf ihn beziehen oder auf sie?

Weitere Erkundigungen, die ich einholte, haben nur ergeben, daß das Gut Zurkow auf Rügen von einem Engländer gekauft worden sei, worauf seine frühere Besitzerin aus Gram über ein trauriges Familiengeschick in's Ausland gezogen wäre.

Ich schließe meinen Bericht und drücke nur noch die Vermuthung aus, daß mein armer Wendelin und seine Freda zu jenen Paaren gehören, welchen es der Tod erst sagen muß, daß sie sich liebten.

# Meister Hermann.

Die Geschichte des Gerbermeisters Hermann beginnt mit der Ochsenhaut. Diese lag mit ihren aufgefalteten Rändern auf dem Werkstisch ausgebreitet und der Meister war just im Begriffe, sie für den Kleinverkauf in Stücke zu trennen.

Er wurde bei dieser ledernen Arbeit anmuthig unterbrochen. Sein junges munteres Weibchen flatterte herbei Er stemmte das scharfgespitzte Messer auf den Tisch und hielt seine muskulöse Gestalt stramm, daß sich das warmherzige Wesen recht weich daran schmiegen und das apfelrothe Wänglein au seinen Arm legen konnte, an welchem das Hemd der Arbeit wegen bis hinter die Ellbogen zurückgestreift war.

Eveline wurde von Tag zu Tag huldvoller. Sonst war sie seinem gutmüthigen Ernste halb schüchtern und fast kindlich fromm gegenüber gestanden, hatte ihn Meister, oder Alter, oder Mann genannt, oder höchstens Väterchen, obgleich gar keine Ursache für dieses reizende Wörtlein da war. Die liebe Junisonne des Frauenjahres schien erst in den letzten Wochen hervorzubrechen, da hieß sie den Gatten in unverhüllter Zärtlichkeit ihr Männlein, ihren Schatz, ihr Herz, ihren kleinen Engel, ihr weißes Lämmchen, was der stattliche, derbknochige Gerbermeister mit besonderem Wohlgefallen vermerkte. Er war ein Mann von vierzig Jahren; sie hätte seine Tochter sein können, sagten die Leute.

Jetzt war eben der Knabe von der „goldenen Rose" dagewesen, von der Tischgesellschaft geschickt, dieselbe verlange nach dem Meister: Er möge sich diesen Abend im Wirthshause zu einem Spielchen einfinden. Die Anderen säßen schon beisammen und mischten die Karten.

„Mir kommt's nicht ungelegen heute," sagte Hermann, „da besorge ich zeitig den Häute-Einkauf beim Fleischhauer." Und steckte die Geldtasche in das Wams. „Aber," setzte er bei und schaute schmunzelnd auf Eveline: „Was wird das Weibchen sagen?"

„Was kann ich denn machen, wenn sie mir mein Männlein wegnehmen? Ihrer sind Viele, ich bin allein. Ich muß warten, was sie übrig lassen." So sagte Eveline betrübt, wie es von einem jungen Frauchen nicht anders zu erwarten, und ergeben, wie es einer Ehefrau geziemt.

„Komm' mit!" rief er und breitete seine Arme vor ihr aus, als wollte er sie um die Mitte fassen und davontragen.

Sie wich einen Schritt zurück und sagte: „Gott verhüt's! In der Herrengesellschaft! Ich bin einmal dabeigewesen — und nicht wieder! Niemals wieder, mein Goldherz. Weiß ich nur, Du zerstreust Dich von Deiner Müh' und Sorg', so bin ich schon zufrieden."

„Aber es wird sicherlich Unterhaltung geben," warf der Meister ein.

„Geh' nur, Ihr spielt Karten. Soll ich etwa daneben hocken und Finger nutschen?"

„Ist der Geometer dort, so wird ja gar nicht gespielt. Der erzählt wieder Geschichten."

„Was geht mich der Geometer mit seinen Geschichten an!" sagte Eveline fast unwirsch, „geh' Schatz. Ich lege mich bald in's Bett und schlafe."

So nahm er Rock und Hut, sagte einen guten Abend und ging durch die lange Gasse des Städtchens hinab gegen die „goldene Rose".

Dort im Extrazimmer saßen etliche Bürger und kartelten. Der Eintretende grüßte, sie knurrten den Gruß zurück, er setzte sich zu ihnen und kartelte mit. Die Kerze brannte trüb und Einer schob sie mit dem Ellbogen dem Andern zu, daß er sie putze, denn Keiner hatte die Hände leer. Der Wein war heute nicht gerade süffig. Es flog kein muntres Wort; ein Einziger machte zwei Witze rasch nacheinander, sie verpufften, ohne daß Einer lachte, das verdroß ihn und er schwieg. Es waren die Rechten noch nicht beisammen. Auch war's dumpfig schwül im Zimmer. Ein Fenster auf, und es streicht die kalte Nachtluft durch Mark und Bein. Die Kellnerin sitzt im Winkel, scheinbar der Wünsche gewärtig, aber es sinken ihr die Augen. Die ganzen Nächte keine Ruhe. Noch am besten rastet sie, wenn die Gäste karteln.

„Gestochen!" rief Meister Hermann und warf ein Aß᾿ aus.

„Dasmal nicht gestochen, Gerber," sagte der Nebenmann, „der Herzbub ist Trumpf."

„Gestochen, sag' ich!" rief der Meister nochmals, „ich will einmal stechen!"

„So stich Deine Katz'," gab ein Anderer halb scherzhaft d'rauf. Ein zurechtweisendes Hinwort, ein bissiges Herwort.

„Ich pfeif' Euch heut' auf die Karten," sagte der Gerber und legte das Spiel weg. „Ich bin nicht aufgelegt."

Er zahlte den Wein und ging nach Hause.

— Diese Hohlberger Bürger, so dachte er unterwegs, lauter Sauertöpfe sind es. Wer gewandert ist und die Welt gesehen hat! — Manchen Tag meint man, das Hirn friere ihnen im Kopf.

Da ist der Geometer ein Anderer!

Der Geometer! Freilich, das war ein junger, munterer, witzsprudelnder Spanier, der vor einem halben Jahre mit einer „geometrischen" Gesellschaft in die Gegend gekommen war, um Berg und Thal abzumessen. Seine Genossen waren abgezogen, nachdem sie der schönen Umgebung von Hohlberg das Maß genommen; der schwarzbärtige Spanier blieb sitzen und wurde durch seine gefälligen Manieren, durch sein stets aufgewecktes, feuriges Temperament und seine tollen Anek= doten der Liebling von Hohlberg und der unentbehrliche Zech= genosse in der „goldenen Rose". Die Frauen wußten von ihm auch zu erzählen, daß er ein schönes Auge habe und eine interessante Stimme. Er sprach etwas gebrochen deutsch, was ihn aber nicht hinderte, seine Gedanken und Wünsche auf die eleganteste Weise auszudrücken. Gewißlich lebten Etliche im Städtchen, die es gerne hätten wissen mögen, was in seinem Taufscheine stand. Wenn man darauf anspielte, so zeigte er den Schein stets auch mit der größten Bereitwilligkeit, aber allemal von hinten, wo nichts d'raufstand. Er erzählte fort= weg aus seinem Leben, von seinen Abenteuern und Plänen die heitersten Stücke, aber die griffen nie so tief, daß auch nur ein Einziger aus ihm klug geworden wäre. Geld schien er zu haben, das war einstweilen den Männern genug; galant war er, das ließen sich die Frauen gern gefallen, und so gehörte er in das Städtchen Hohlberg hinein, als wäre er daselbst geboren und wolle daselbst sein Leben beschließen — was noch lange gute Weile habe.

Der Geometer hatte sich in der „goldenen Rose" ein Zimmer genommen, in welches er sich manchen Abend einschloß, um seinen Studien zu obliegen, denn er war nicht allein Lebemann, sondern auch ein Mann der Arbeit und der That, und da ließ er denn die Tischgesellschaft im Extrazimmer, die stets mit Sehnsucht seiner harrte, manchen Abend allein sitzen.

So auch an diesem Abende, und darum war heute die „goldene Rose" so weit gewesen. Der Fleischermeister war ebenfalls langweiligerweise daheim sitzen geblieben und so konnte der Gerbermeister nicht einmal die Hauteinkäufe besorgen. Kurz, es war ein verlorener Abend und Hermann ging verdrießlich seinem Hause zu. Wenn der Aerger einmal da ist, dann sucht er sich nicht just immer den richtigen Gegenstand aus, dann bindet er mit Allem an. — Was nur dieser Stein da zu liegen hat, mitten auf der Straße? Verfluchter Stein! Müssen denn die Müllers just am Weg hin ihren spießigen Gartenzaun haben? Sollen Laternen dazu setzen. Daheim wird auch wieder kein Licht sein, daß man sich den Schädel einstoßen könnt'. Was sie allemal schon so früh in's Bett zu kriechen hat! Wäre sie mit gewesen, hätt's anders sein können, aber das ist ihre neue Art: bleib' ich zu Haus, so will sie gehen, und gehe ich, so ist ihr um's Schlafen. Nicht einmal die Hausthür ist heute noch geschlossen — brummte er weiter, als er an sein Haus gekommen war. — Soll man dem Gesindel den Thürhaken in den Buckel schlagen, daß sich's merkt: nächtig muß das Hausthor versperrt sein!

Der Hausgang war finster, das Gesinde schon zur Ruhe gegangen. Der Meister bekämpfte seinen Unmuth, leise schritt er durch die Werkstatt, in welcher eine Lampe halb niedergedreht brannte. Leise drückte er an der Thürklinke des Schlafzimmers, um das Weib nicht zu wecken. Sie soll nur schlafen, sie hat ganz recht, wenn sie schläft. Die Thür ging nicht auf, war versperrt. Ein derber Druck des Armes, das Schloß sprang entzwei, die Thür war offen, hart an ihm stand im Nacht-kleide Eveline, mit Hast im Begriffe, das Lampenlicht aus-zutilgen. Er schleuderte sie an die Wand, ergriff an der Leder-bank das Messer, stürzte auf einen Mann, der zum Fenster hinausspringen wollte, und stieß ihm das Eisen in die Brust. Der Spanier — lautlos sank er zu Boden. Eveline fiel mit einem heiseren Schrei in Ohnmacht — Hermann lief zum Hause hinaus in die finstere Nacht. — —

Da war der Baumgarten, da standen die schwarzen Ulmen. Weiter unten waren die dunklen Dächer der Stadt, oben funkelten die Sterne.

Jetzt kam er zu sich, jetzt fragte er: „Was ist da geschehen? Ist das wahr, daß Du jetzt Einen erstochen hast? — Rosen-wirth, was hast Du mir heute in den Wein gethan? Wahn-sinnig werden! So auf einmal wahnsinnig werden! — Das Weib untreu! Der Spanier! — Das kommt davon, weil Du Salpeter in dem Wein thust. — Jetzt muß ich geschlafen haben, da auf dem Rasen. Im thaunassen Gras liegen! Das ist nicht gesund. Dann hat man das Hämmern im Kopf und die Träume. Untreu. Man soll so tollwitzigen Gedanken niemals Gehör geben, sonst stellen sie sich im Schlaf ein. Ach, das Hämmern, das Hämmern im Kopf! — Wie ich nur auf den Geometer gekommen bin? Auf den lustigen Geometer? Das wird ein Gelächter beim Rosenwirth, wenn ich's erzähle demnächst, daß der Geometer — — daß ich den Geometer! . . . hat, 's ist toll, 's ist toll, ich bin nicht gesund. Eveline."

Er wollte in's Haus gehen und einmal recht zanken mit seiner Frau, daß sie ihn im feuchten Garten schlafen lasse, und ihr dann den Traum erzählen und ihr abbitten, daß er

so von ihr geträumt habe. Schon der Traum ist ein Verbrechen. O Gott, wenn die Weiber allemal so schlecht wären,
als sie die Männer träumen! Von jetzt an will er sie nicht
mehr halten, wie ein munteres Kind; er will sie verehren
wie eine Frau, der er einmal tief Unrecht gethan. Er will zu
ihr gehen. — Da stürzte zur Thür schon eine Magd heraus,
händeringend, zeternd, es wären Räuber und Mörder im
Hause, Meister Hermann liege ermordet in seiner Schlafstube.

Mehr wollte er nicht hören. Jetzt war er wach, jetzt
träumte er nicht mehr, daß er geträumt hätte. Jetzt war er
wach. Er eilte quer durch den Garten, sprang über den Zaun
hinaus auf das Feld und lief dem Walde zu. Als er aber
zum Kreuze kam, welches sie das Armensünderkreuz nennen,
weil auf diesem Platze einst die Verbrecher gerichtet worden
waren, stand er still und sagte: „Was soll das unsinnige
Laufen? Das sieht ja ganz aus wie eine Flucht! Wer wird denn
fliehen? Dort drüben liegt die Straße, die zur Kreisstadt führt,
morgen Früh, bis die Richter aufwachen, bin ich dort. Es
läßt sich bequem mit ihnen reden. — Ihr Herren Richter!
Der Gerbermeister Hermann aus Hohlberg bin ich. Ein fleißiger,
braver Mann, wie die Leute sagen, auch nicht über Gebühr
trinkend, auch nicht rachsüchtig und nicht jähzornig. Ein gut=
müthiger Mensch, der gern lacht, wenn Einer lustige Geschichten
erzählt. Der Gerbermeister Hermann. Geboren zu Hestritz
in Schlesien, vierzig Jahre alt. Verheiratet, Ihr Herren. Un=
beanständet bisher, nur wegen ehrlicher Zeugenschaft einmal
vor Gericht gestanden. Der Gerber Hermann, Ihr Richter!
Schaut ihn nur einmal an, der gehört jetzt Euch. Den Spanier
hat er niedergestochen, heute Nacht. — Den Arm hat mir
Einer hingestoßen, ich weiß nicht wer. Aber gethan habe ich's.
Der Kopf weiß nichts davon, und wird's doch büßen müssen.

Spuiet Euch, daß das Henken auch so schnell vor sich geht, als das Zustoßen! — Nehmt Euch aber in Acht, Ihr Herren Richter! Was ich heute vollbracht habe, das kann Einer von Euch morgen vollbringen. Geglaubt hätte ich's mein Lebtag nicht, daß so wenig Schlechtigkeit dazu gehört, um ein Verbrecher zu werden. Aber das nutzt Alles nichts. — Thut nicht lang' um mit Schreiben und Verhandeln. Untersucht, wenn Ihr wollt, ob ich bei Sinnen bin, und nachher macht's kurz, ich bitt' Euch." —

Auf der Straße ging er jetzt still und gleichmäßig hin und ließ die Aufregung seines Blutes vertoben. Er hörte das Wasser rauschen, er sah manche Sternschnuppe vom Himmel fallen. Dann stand er einmal still und schaute um sich und dachte: Ich habe oftmals gehört, daß den Schuldigen nach der bösen That Furcht und Angst erfasse. Ich merke nichts dergleichen. Meine Ahne hat mir doch auch erzählt, was die Sternschnuppen bedeuten. Ich hätte immer gemeint, ein Weniges dürfte sich das Gewissen doch rühren, wenn man in die Sterne aufschaut. Ich merke nichts. 's ist wohl wahr, ich hab's vollbracht, ohne zu denken; ganz als ob plötzlich ein Blitz losgesprungen wäre aus meiner Brust, so ist's gewesen. Wenn ich's aber jetzt überdenke, und wenn ich sie noch einmal so finden sollte, sie und ihn, gerade so, und ich könnte mit Bedacht handeln — ich stieße ihn noch einmal nieder. Beim Herrgott im Himmel, ich stieße ihn noch einmal nieder. Dann ginge ich zum Gerichte wie ich jetzt gehe und wollte sagen: Gericht, ich habe meine Ehre vertheidigt, das ist meine Schuldigkeit. Und jetzt henkt mich, das ist Eure Schuldigkeit. Es geht seinen geraden Weg. —

Als er in die Kreisstadt kam, war es noch eitel Nacht. So in der kalten Stille dahin gehen zwischen den Häusermaſſen, und drinnen ſchlafen ſie und legen ſich einander den Arm um den Hals, wie ſie ſich lieb haben. — Als er den Hammer an das Thor des Gerichtsgebäudes fallen ließ, einmal und zweimal, da hub drinnen der Pförtner gottesläſterlich zu fluchen an, daß denn in dieſer vermaledeiten Nacht die hölliſchen Nachtſchwärmer wieder gar keine Ruhe gäben! Daß er ſie aber, ſo wahr er eine höchſt unſterbliche Seele habe, mit Hunden zum Teufel hetzen laſſe, wenn ſie das Thor noch einmal auch nur mit einem krummen Finger berührten! Der wahrlich genugſam geplagte Chriſtenmenſch wolle in der Nacht ſchlafen, Keiner möge ſich verſündigen, ſondern Jeder möge Gott danken, der an dieſem Thore nichts zu thun habe.

Jetzt, da Meiſter Hermann wieder eine Menſchenſtimme hörte, brach ſich ſeine heroiſche Büßerſtimmung. — So, dachte er ſich, da wird nicht aufgethan? Gut, du ſtolzes Haus, ſo lebe wohl. Mögen wir uns nicht mehr ſehen. Ich habe meine Schuldigkeit gethan und bin zum Gericht gegangen. — Hernach eilte er mit leichten Füßen, als hätte er ein neues Leben geſtohlen, zur Stadt hinaus, und als er durch die Auen zog, wo ſich die Pappeln und die Birken in nebelichtem Morgenſchimmer zu lichten begannen, hub er an, ſich folgendermaßen ſelbſt freizuſprechen: Wo liegt's denn eigentlich? Ich bin Herr meines Hauſes und meines Weibes und werde den Räuber wohl unſchädlich machen dürfen. Es ſind ja Geſetzparagraphen dafür da, daß ich's darf — und ſoll. Hätte ich nicht zugeſtoßen, ſo hätte es er gethan. Das Gericht ändert nichts mehr; der Ankläger hätte einen Teufel und der Vertheidiger einen Engel aus mir gemacht und das Rechte hätte Keiner getroffen. Alles in einen Topf und laugen, wie der Gerber die Häute. Das kennt man. Und für's Weitere unſchädlich machen, das gilt bei mir nicht. Der Spanier steht nicht mehr auf, und einem Andern thue ich nichts. Weib hab' ich kein's mehr und nehme mir kein's. Mein Haus und Geschäft in Hohlberg ist das Lehrgeld, das ich zahle für meinen gestrigen Schultag. Ich bin als Bursch in Bremen gewest und finde wieder hin. Dort stehen die Schiffe und in der neuen Welt giebt's auch zu gerben.

Als die Sonne aufging, war er schon so weit von der Kreisstadt entfernt, daß er von ihr nur mehr die höchsten Thürme sah. Dort säße er nun im finstern Gewölbe und sähe nichts mehr von der schönen Welt. Es ist besser so. Der Mensch muß manchmal eine Reise thun.

Als die heißen Mittagsstunden kamen, legte er sich in einen Kiefernwald zu einer mehrstündigen Rast. Das ist ja ganz wieder, wie in der Burschenzeit. Wenn man diese fünfzehn Jahre in Hohlberg herausschnitte, wie den brandigen Fleck aus der Kuhhaut! Es wäre gut, aber ein Loch bliebe doch zurück. Manche Leute füllen solche Löcher mit Schnaps und anderem Gebräu. Mögen es thun, ein braver Bursch denkt an die Gesundheit. — Hernach kehrte er in einem Bauernwirthshaus zu, welches schon so weit von Hohlberg stand, daß man ihn nicht mehr erkennen konnte. Aber die Wirthin erzählte ihm zur Neuigkeit, daß in der vergangenen Nacht unten im Hohlbergerstädtlein ein schreckbarer Mord geschehen sei. Ein fremder Geselle, der sich schon längere Zeit im Orte aufgehalten, habe den Gerbermeister Hermann erstochen.

„Das wird wohl nicht so sein," antwortete Hermann auf solche Nachricht, denn er hatte die leidige Gewohnheit, alle Unwahrheiten berichtigen zu wollen. Also, der fremde Geselle würde den Gerbermeister nicht erstochen haben!

„Aber ich sag's!" rief die Wirthin schneidig.

„So sagt Ihr eine Unwahrheit."

„Ich?!" begehrte sie auf, „also bei einer Lügnerin wollt Ihr jetzt was essen und trinken? — Geht mir, geht, ich hab' nichts für solche Leut'!"

Er hatte Hunger und mußte es also nachgerade gelten lassen, daß der Gerber zu Hohlberg erstochen worden sei. Aber nach dem kleinen Mahle ging er rasch davon.

Und nun trat er seine weite Wanderung an. Er reiste als Gerber, nahm aber nirgends Arbeit. „Ich habe mich fremd gemacht," sagte er nach Handwerkers Art. Er hat sich fremd gemacht. — — —

Nach Wochen war es, daß er krank und abgehärmt in Bremerhaven ankam. Da war der graue feuchte Nebel und durch denselben schimmerten verschwommen die Masten der Schiffe. Noch einmal stieß Hermann seinen Fuß zornig auf die Erdscholle, die zu einem Welttheile gehört, auf welchem der Rächer seiner Ehre Verbrecher heißt. Dann bestieg er das Auswandererschiff die „Hoffnung". Das Geld, welches er an jenem unseligen Abende für den Häute-Einkauf zu sich gesteckt hatte, sollte ihm jetzt hinüberhelfen über das große Meer. Erschöpft, wie er war, wurde er in eine dunkle Cajüte gebracht, wo er nach den Aufregungen und Strapazen in eine Krankheit verfiel. Tagelang lag er bewußtlos dahin oder phantasirte von Mord und Blut. Aber in einer Nacht, da kam er so viel zu sich selbst, daß er darüber nachdachte, warum denn fortwährend seine Bettstatt schaukle und was nur das immerwährende Geräusch außerhalb an der Wand bedeute? Das war oft, als ob man ganze Lasten von Sand an die Wand werfe, der dann wieder langsam abriesele. — „Es ist doch der Kerker!" sagte er sich, „es ist nichts als der Kerker, den sie mit Schutt und Erde zuwerfen, um mich lebendig zu begraben." Aber sein Nachdenken regelte sich allmählich), und es kam ihm dunkel in Erinnerung, daß er ein Schiff bestiegen habe. Er wollte Gewißheit haben. Er erhob sich von seinem Lager und taumelte die Eisenblechtreppe hinan auf das Verdeck. Er stieß an Masten, er stieß an Geländer, er klammerte sich an einen Balken und schaute hinaus und sah nichts als unendliches Gewässer. Es war die graue, belebte Meerfluth im ersten Morgenschein. Im Bauche des Schiffes schnob die Dampfmaschine, auf den Takelwerken saßen ein paar Matrosen, die von Zeit zu Zeit eintönige Laute ausstießen. Am Oberraume, wo das warme Rohr des Rauchfanges emporstieg, saß ein dicht in den Mantel gehüllter Mann, der gedankenvoll hinauszublicken schien auf die weiten Wasser.

Hermann fühlte das Bedürfniß nach einem Menschen und nahte sich dem Manne. Dieser starrte ihn fragend an, und Hermann taumelte entsetzt zurück und floh angstvoll in seine Cajüte hinab. „Ich bin sehr krank!" wimmerte er auf seinem Lager und preßte die Hände an sein Haupt.

„Selbstverständlich, wenn Ihr in der kalten Nachtluft herumgeht, daß Euch wieder schlechter wird," rief ihm ein Cajütengenosse zu.

„Seinen Geist habe ich gesehen!" stöhnte Hermann.

„Gesehen!" spottete ein Genosse, „es scheint eher, daß Ihr welchen getrunken!"

„Seinen Geist habe ich gesehen!" wimmerte der Kranke.

„Wessen Geist?"

„Den Geist des Spaniers, den ich erschlagen habe."

„Geht in's Bett."

Von dieser Nacht an währte es wieder tagelang, bis sich der kranke Auswanderer so weit erholt hatte, daß ihm der Arzt gestattete, nach Gutdünken auf dem Decke der „Hoffnung" herumzugehen. Nur selten dachte Hermann über die greulichen

Fieberphantasien nach; häufiger quälten ihn die Erinnerungen an verlorenes Glück. Es waren doch schöne Zeiten gewesen, die er mit Eveline verlebt. Er hatte sie lieb gehabt. Was soll jetzt aus ihr werden? Aus den Armen des Verführers sinkt Jede in's Verderben. O, des Elenden! straflos schleicht er — als böser Geist in menschlicher Gestalt, um überall abenteuerlich zu zerstören, was die Gesetze weise schützen und die Elemente gütig verschonen. — So war oft sein Sinnen, aber seine männliche Natur wurde der Wehmuth Herr. Der Gerbermeister war im Grunde ja nicht allzu weichmüthig geartet, er war — wie er sich selber gerne einredete — ein Mann für Amerika.

Eines schwülen Abends, als er lange den Arbeiten der Matrosen zugeschaut hatte und als er nun gegen den Kiel hinausschritt, um dort den freien Ausblick auf die untergehende Sonne zu genießen, die, eine riesige Scheibe, roth und glanzlos in das Meer sank, sah er vor sich auf einer Kiste sitzend — Eveline und den Spanier.

Hermann dachte nun an keinen Geist mehr. Rasch wandte er sich um und schritt über das Deck, um seine Aufregung zu bemeistern. — Er lebt, er flieht mit ihr! deß war er sich nun gewiß. Doch, nicht umsonst soll sie die Nemesis auf dieses Schiff geworfen haben. Zum Lieben ist er nun zwar nicht mehr aufgelegt, und um sich an dem Spanier zu rächen, wäre es fast ein gutes Stück, sie mit ihm unbehelligt ziehen zu lassen, damit sie dereinst auch ihn betrügen und verderben könne. Doch nein, so billig soll man's nicht geben. Als Hermann wieder zum Kiel zurückkehrte, wollte das Paar eben davonhuschen. Er vertrat ihm den Weg. Eveline verdeckte ihr Gesicht und wimmerte: „Herr Gott, erbarme Dich unser! Erbarme Dich unser!"

Ohne sie zu beachten, murmelte Hermann dem Spanier zu: „Also hab' ich meine Sache schlecht gemacht!"

„Führen Sie hier keine Scene auf!" versetzte der Geometer kalt. „Der Stoß hat das Herz verfehlt. Die Rippenwunde ist heil, Eveline hat gewählt, also lassen Sie uns ferner mit den Vorurtheilen der alten Welt in Ruhe."

„Sie sind ein nichtswürdiger Abenteurer, ein Schurke!" rief Hermann.

„Wenn Sie glauben, daß Einer von uns Beiden auf dem Schiffe zu viel ist — — .—"

„Zum Teufel, das glaube ich!"

„So werdet Ihr Euch schlagen!" fiel das Wort eines nebenstehenden Matrosen ein, bevor der Spanier sein bereits sichtbares Vorhaben, den Angreifer über Bord zu werfen, ausführen konnte.

„Ich schlage mich mit keinem Schelm!" rief Hermann.

„Und ich mich mit keinem Hahnrei!" höhnte der Spanier.

Da stürzte der Gerbermeister auf ihn los, und er hätte den „Geometer mit den lustigen Geschichten" auf der Stelle erwürgt, wenn die Herbeieilenden sich nicht dazwischen geworfen hätten. Das Weib hatte sich, als der Kampf begann, davon gemacht; die beiden Männer wurden getrennt und in ihre Cajüten gebracht, die Strafe gewärtigend, die für eine Gewaltthat auf dem Schiffe verhängt ist.

Hermann wußte nun gar nicht, wie ihm geschah.

„Zum Teufel!" knirschte er, „man meint doch, weil die Weiber d'rauf gehen, es müßt' Fleisch und Blut sein. Daß ich ihn aber jetzt schon das zweitemal anrühre, und er ist noch nicht todt, das nimmt mich Wunder. Eveline, beschaue Dir ihn einmal!"

— Dem schwülen Abend folgte eine stürmische Nacht. Alle Mannschaft auf Deck. Das Schiff wurde aus seinem Lauf geworfen, rasch gegen die Klippen der Azoren getrieben. Alle Schrecken des Schiffbruches wütheten: Der Sturm, die Fluthen, das Feuer, die Verzweiflung, die Raserei — doch nach einer Stunde war Alles vorüber. Der stolze Dreimaster zerschellt, Mann und Maus ertrunken. Drei einzige Menschen hatten sich an das treibende Stück eines Mastbaumes geklammert und so auf ein ödes Eiland gerettet. Als sie sich anstarrten im blassen Mondschein, thaten sie einen gräßlichen Schrei, es waren der Gerber Hermann und sein Weib Eveline und der Spanier. — Der Schrei des eigenen Mundes weckte Hermann aus seinem schweren Traum. — Die „Hoffnung“ zog unversehrt auf den stillen Wassern dahin.

Aber der nächste Morgen brachte eine Neuigkeit. Seit dem vorigen Abende wurde eine Frauensperson vermißt, die sich aller Wahrscheinlichkeit nach in's Meer gestürzt habe. Hermann ahnte — und als er den Spanier sah, allein, blaß und verstört, da blieb ihm kein Zweifel mehr.

Hermann hatte keine Klage, ja, er schien von diesem Tage an ruhiger und munterer als sonst. Er meinte fast, der Tod eines treulosen Weibes sei für den Mann die auserlesenste Huld des Himmels.

Bevor seine Disciplinarstrafe angehen sollte, wollte er noch etwas Lustiges anstellen. Er ging auf das Deck und bewirthete die Matrosen mit Schnaps, bis sie übermüthig wurden. Um dieselbe Stunde erschien wie gewöhnlich der Spanier, der wortkarg an der Mannschaft vorbei gegen den Kiel hinausging, sich dort an die Brüstung lehnte, eine Cigarre anbrannte und einem Walfisch zusah, der draußen auf der Wasserfläche Wellen schlug und bisweilen mit Schweif oder Rachen an die Oberfläche kam.

Hermann gab den Matrosen einen Wink; diese näherten sich dem Kiel und dämpften ihre Gespräche. Jetzt trat Hermann hervor, stellte sich mit unterschlagenen Armen dem Spanier und rief:

„Schurke! Der Walfisch dort drüben scheint Fleisch gewohnt zu sein, meinst Du nicht? Und nach einer frischen Portion zu lüften, meinst Du nicht? Ich hätt' ihm ein Stück für diesen Mittag. Nun weiß ich wohl, daß er Dirnen frißt, jedoch ob er auch Spitzbuben verträgt, das möcht' ich schier versuchen. Thu's aber nicht, Windkerl, mag keinem unschuldigen Thier was zu Leide thun, Wichtling. Ich will Dich noch eine Weile Luft schnappen lassen, aber merk' Dir's, Schurk', Du hast sie von mir!"

Jetzt war der Spanier aufgesprungen, und mit einem gezückten Dolch stürzte er auf Hermann. In dem Augenblicke schleuderten ihn die Matrosen zurück auf die knarrenden Dielen. — Die beiden Männer begegneten sich nicht mehr.

Als die „Hoffnung" in den Hafen von New=York einlief, sprang Jeder für sich fluchtartig aus der schwimmenden Burg.

Den Gerber litt es in der Weltstadt nicht, er trachtete landeinwärts. Seine weiteren Wege sind unbekannt geblieben; vielleicht ist er als Bettler gestorben, vielleicht als Millionär — als Glücklicher kaum. Denn da hat er noch folgendes Wort gesagt: Wem in solcher Art das Weib Eins versetzt, der mag das Wörtlein „Glück" flink aus seinem Büchlein streichen, er setze dafür Gold, Ehre, Sinnengenuß hinein, oder was er will. Das Leben wird endlich ja wohl verstreichen.

Und der Spanier, der „lustige Geometer"? Der hat sich sicherlich munter durchgeschlagen; er soll wieder nach Europa zurückgekehrt sein, um die Männer im Wirthshaus zu erheitern — und die Weiber —

— in der Kammer — hilft kein Schloß und kein Gitter, wenn die Treue nicht drinnen ist.

# Ein moderner Hellespont.

Bruno Ysong wollte als Künstler leben und als Hagestolz sterben. Kein schlechtes Vornehmen! Allein die Weiber sind das Schicksal der Männer, und schon die alten Weisen haben es gesagt, daß man seinem Schicksal nicht entgehen könne.

Bruno Ysong war sozusagen ein schöner Mann, und so haben an seinem Lebenswege die Weiber Spalier gemacht, und er hat der Einen verbindlichst zugenickt, der Andern wärmstens die Hand gepreßt, der Dritten schelmisch die Wange gekneipt, der Vierten vielsagend zugeblinzelt — und ist seines Weges gegangen. Sein Weg führte ihn durch Lorbeerhaine, er war ein berühmter Maler geworden. Der König hatte ihn vielfach ausgezeichnet, das Volk hatte ihn vergöttert.

Er zählte nun vierzig Jahre, aber die Weiber versicherten ihn, das Genie bliebe ewig jung. Ein reifendes Mädchen vor Allem zu nennen, welches seine Kunstwerke glühend verehrte und besonders von einem seiner Bilder, „Hero und Leander," so sehr entzückt war, daß sie stundenlang wie im Traume versunken vor demselben stand, daß sie für alles Andere geradezu stumpfsinnig wurde und selbst in den Nächten schlummernd von dem Bilde sprach.

Sie war die Tochter eines reichen Kaufherrn der Stadt, in welcher Djong lebte. Und da von der Begeisterung des Kindes auch die Eltern angesteckt wurden — wie das in solchen Fällen häufig zu geschehen pflegt — und da berühmte Gäste dem Hause eines reichen Mannes immer zur Zierde gereichen, und da der Kaufherr Hofekuft von jeher gewohnt war, seine Salons mit tropischen Gewächsen, seine Tafeln mit seltenen Leckerbissen und seine Menagerie mit fremdartigen Thieren auszustatten, so lud er denn auch einmal unseren sonst zurückgezogen lebenden Bruno Djong in sein Haus. Das Töchterlein Irma war gar befangen, wich dem Künstler aus und hatte doch wieder für nichts Auge und Ohr, als für den neuen Gast. Sie war ungeschickt und befangen in ihren Geberden und Antworten, wenn Djong eine leichtverbindliche Frage an sie richtete, so daß die Hausfrau und Mutter es für gut fand, während der Mahlzeit dem Gaste zuzuflüstern: „Wissen Sie, daß meine Tochter geradezu in Sie verliebt ist?"

Das genügte, um den Maler darauf zu bringen, daß er sie mit anderen Augen ansah, daß er ihre große Schönheit und ihre gewinnende Bescheidenheit wahrnahm und daß sein Herz anhub, unruhig zu werden. Er kam nunmehr öfter in's Haus des Herrn Hofekuft und ein kurzes Jahr nachher war Irma die junge Frau des Malers Bruno Djong.

„Er ist zu alt für sie," sagte man.

„Das nicht, aber sie ist zu jung für ihn."

„Aelter wird sie mit jedem Tag, doch der Mann, wenn er klug ist, macht stets noch mit Fünfzig einen Mann in den besten Jahren."

„Er könnte ihr Vater sein."

„Er ist es sicherlich nicht, hingegen wird er der Vater ihrer Kinder sein, und das ist weit besser."

So die Welt, die über Alles ihr Gutdünken abzugeben pflegt; sie war diesmal besonders gut gelaunt, die liebe Welt, denn ein junges Ehepaar kommt sonst so leichten Kaufes nicht davon.

Irma hing an ihrem Manne, wie ein eben erwachtes Kind an der neuen Puppe, die sie herzt und kost und lachend von sich schleudert und kosend wieder aufnimmt. Bruno konnte es kaum fassen, wieso es denn kam, daß alle Wonnen des Himmels niedergesunken waren in sein Erdenleben. Wie glänzte auch ihr Auge, wenn sie in den öffentlichen Blättern seinen Namen fand, stets überhäuft mit Lob und Auszeichnung! Wie glänzte ihr Auge, wenn sie an seinem Arm durch den Corso schritt, von allen Seiten gegrüßt, bewundert als die junge Frau des verehrten Künstlers. Wie das stolz macht, an der Seite eines Auserkornen durch Ballsäle zu schreiten, sich im Theater, im Concert, im Bazar zu zeigen! Irma hatte gewiß auch als anmuthige Tochter eines reichen Mannes mancherlei Aufmerksamkeiten erfahren, aber der Abglanz des Künstlerruhmes ist doch noch was ganz Anderes!

Ysong nahm die Huldigungen, die ihm gebracht wurden, mit gelassener Freundlichkeit hin; er hatte nun ja angeblich erfahren, daß Ehre und Ruhm noch lange nicht das höchste irdische Glück sei. Seine Augen leuchteten, wenn er mit Irma in der süßen Abgeschiedenheit seines Hauses war, das er der jungen Gattin zu Liebe mit reichem Glanze und feinstem Geschmacke ausstatten ließ. Diese schöne Ausstattung ihres Gemaches schien ihm um so nothwendiger, da bald die Zeit kam, wo er wieder mehr in seinem Atelier zu schaffen hatte, als im Boudoir. Und sie sollte es in seiner Abwesenheit recht hübsch und behaglich haben. Da hing ihr Lieblingsbild: „Hero und Leander", vor welchem sie auch jetzt — nach den

Flitterwochen — noch oft und oft träumte und sich an den Gestalten dieses Liebespaares nicht satt sehen konnte.

Nun ging etwas mehr als ein Jahr dahin, als Meister Ysong eine neue Bekanntschaft machte. Schon seit einiger Zeit war ihm auf der Gasse ein junger Mensch aufgefallen, der ihn mit ganz außerordentlicher Höflichkeit grüßte. Er blieb allemal stehen, zog seine Mütze vom Kopf und setzte sie nicht eher auf, als bis Ysong vorüber war. Es war ein Bursche in den Zwanzigern mit etwas verkommenem Aussehen, aber hübschen Zügen und mit verwegenem Blick. In allen Gassen war er zu sehen, wie er etwa, die Hände in den Hosentaschen, gleichmüthig dahinschlenkerte oder vor Kunst oder Eßwaarenauslagen stand, oder mit einem Monocle, welches zu seinen etwas fadenscheinigen schwarzen Kleidern ein wenig abenteuerlich stand, die Vorübergehenden musterte.

Alles, was da fuhr und ritt und lief und schlenkerte, schien ihm gleichgiltig zu sein, nur wenn Meister Ysong des Weges kam, machte er in angedeuteter Weise seine Reverenz.

Und eines Tages, als Ysong mit seiner Irma unter den Platanen der Promenade hinschritt, kam der junge Mensch auf sie zu und vertrat ihnen mit ehrerbietig entblößtem Haupte den Weg.

„Was wünschen Sie von uns?" redete ihn der Meister an.

Der Bursche sagte in raschen Athemstößen: „Glauben Sie nicht, daß ich was Ungeziemendes will, ich heiße Karl Erasti. Ich habe einen Wunsch, den Sie mir gewähren wollen."

„Mit Vergnügen, wenn es in meiner Macht steht."

„Herr, Sie haben ein Bild gemalt, das ich noch einmal sehen möchte und nirgends finde. „Hero und Leander." Wohin haben Sie es verkauft? Wo kann ich's finden?"

„Dieses Bild," sagte der Meister, „habe ich nicht verkauft, und in der Ausstellung, die in wenigen Wochen hier eröffnet wird, können Sie es sehen."

„Ich danke Ihnen," sagte der junge Mann, verneigte sich vor dem Maler und seiner Frau und wendete sich seitab.

Ysong blickte ihm nach und sagte zu Irma: „Das ist ja ein ganz wunderlicher Kauz. Für wen würdest Du ihn halten?"

„Jedenfalls für einen jungen Künstler," versetzte sie.

„Ich möchte in ihm eher einen Studenten sehen, der vor einem Jahre die Rigorosen nicht bestand und seither herrenlos ist."

„Der Arme!" rief Irma. „Und jetzt soll er warten bis zur Ausstellung! Du hättest ihm doch erlauben sollen, zu uns zu kommen, um das Bild anzusehen."

„Ich glaube nicht," sagte Ysong, „daß es des Bildes wegen ist. Dies kann ein Vorwand sein."

„So," versetzte sie, „Du meinst am Ende wohl auch von mir, daß „Hero und Leander" blos ein Vorwand war, um — in Dein Haus zu kommen!"

„Soll diese Bemerkung ein Witz sein? Dann applaudire ich."

„Wie Du es für gut findest."

„Irma," sagte der Meister in weichem, aber ernstem Tone, „wieso kommst Du auf diesen Vergleich? Habe ich Dir je dazu Veranlassung gegeben? Nein, mein liebes Kind, eben darin besteht ja ein so großer Theil meines Glückes, daß Du Sinn und Seele für meine Schöpfungen hast. Nicht jeder Künstler trifft's so gut. — Doch, Du sagtest, der junge Mensch soll sich das Bild bei uns ansehen. Ich bin damit einverstanden und wenn ich ihn demnächst wieder auf der Gasse begegne, so werde ich ihn einladen."

Es fügte sich und schon nach einigen Tagen war es, daß der junge Mann in das Atelier des Malers trat. Seine etwas nachläſſig gehaltene Kleidung ſtand mit dem überaus ſorgfältig geſchniegelten ſchwarzen Haupthaar in Widerſpruch, ebenſo auch ſeine in gewiſſen Augenblicken wegwerfenden Geberden mit der ehrfurchtsvollen Miene, mit welcher er vor dem Meiſter ſtand.

„Nun darf ich wohl fragen, wer Sie ſind?" begann Pſong das Geſpräch.

„Was ſollen Sie von mir denken, wenn ich ſage, daß ich es ſelbſt nicht weiß," verſetzte der junge Mann, der mit ſcharfem Blick und kerzengerade daſtand wie ein Soldat, der Rapport bringt, vor dem Vorgeſetzten. „Ich wohne ſeit meiner Kindheit bei einem Tiſchler in dieſer Stadt, bei dem für mich gezahlt wird. Wer meine Eltern ſind, weiß ich nicht, glaube aber, daß ich mich ihrer nicht zu ſchämen brauchen würde."

„Und es ſteht wohl zu hoffen, daß es auch umgekehrt nicht der Fall ſein wird, wie?"

Der junge Mann verneigte ſich.

„Sie ſtudiren?" fragte der Meiſter.

„Ja, mein Herr."

„Und warum intereſſiren Sie ſich ſo beſonders für mein Bild?"

„Weil ich mich der Künſtlerlaufbahn widmen will und weil ich ſehen will, wie Bilder beſchaffen ſein müſſen, mit denen man ſein Glück macht. Man ſagt, Sie hätten mit „Hero und Leander" Ihre Frau Gemahlin gewonnen."

„Sie ſind etwas ſtark unverfroren," lachte der Maler, „indeß ſollen Sie denn ſehen, wie ſolche Bilder beſchaffen ſein müſſen."

Frau Irma hatte von ihrem Gemache aus das Gespräch belauscht und nun rasch ein blumiges Kleid umgeworfen, da die beiden Männer bei ihr eintraten.

So stand der fremde Bursche mitten im Cabinet der jungen Dame und blickte finster auf das Bild hin, welches die Scene darstellte, wie Leander, dem Meere entstiegen, seine Arme nach der lieblichen Hero ausstreckt. Ringsum ist Nacht, nur die weißen Schäume der Wellen spielen Lichter und auf den schönen Leib des Jünglings fällt der helle Strahl einer Lampe, welche eben der zitternden Hand der Hero entsinken will.

Endlich glitt das glühende Auge des Burschen vom Bilde ab und blieb an dem rosigen Gesichtchen Irma's hängen. „Madame," sagte er, „Sie haben es jeden Tag vor Augen."

„Sie wünschen vielleicht ein kleines Abbild davon mit sich zu nehmen," sprach der Meister und wollte dem Burschen eine Photographie von dem Gemälde in die Hand geben.

„Das will ich nicht," sagte der junge Mensch, „ich habe jetzt das ganze Bild in dieser Schale," und er schlug mit der flachen Hand an seine Stirn. „Ich werde es zu Hause wieder= malen. Darf ich's bringen, wenn es fertig ist?"

„Thun sie das!" fiel Irma rasch ein. Man wußte nicht, war es leiser Spott oder ein wenig Interesse.

Mit einem kühnen, aber doch wieder geschmeidigen Griff faßte der junge Mann ihre kleine weiße Hand und hob sie zu seinem vorgeneigten Haupt empor, bis die Lippen sie leicht berührten.

Mehr, als die angeführten Worte hatte Karl Erasti bei diesem Besuche kaum gesprochen. Doch kam er von nun an öfter in's Haus, setzte sich in das Atelier und schaute dem

Meister bei seinen Arbeiten zu. Dabei ließ er bisweilen ein ganz vernünftiges Wort fallen, dann wieder that er paradoxe Aussprüche, und Alles mit einer gewissen Verwegenheit, ohne aber die Bescheidenheit dem Künstler oder seiner Gattin gegenüber im Mindesten außer Spiel zu lassen. Ysong war dem jungen Manne nicht abgeneigt, er schlug ihm Beschäftigungen und Studien vor, die Erasti stets rasch ergriff, aber gewöhnlich auf eine ungeahnte Weise ausführte. So begann er einmal mit einem Werke über griechische Bildhauerkunst, sprang aber plötzlich auf Makart's „Katharina Cornaro" über, indem er sagte, für's Plastische habe er keine Neigung, das Plastische in der Bildnerei sei nicht Poesie, sondern nur eine versteinerte Wirklichkeit. Die Farbe sei Poesie, weil sie die Vorstellung von Körpern bezwecke, die gar nicht existiren, Körper, die sichtbar sind, ohne einen Raum einzunehmen. — Rieth ihm Ysong das Studium der Geschichte an, so behauptete Erasti, ihm sei der öffentliche Platz einer großen Stadt, wo sich alle Classen von Menschen mit ihren Lüsten und Leiden herumtummeln, weit lehrreicher, als die todten Buchstaben, erzählend von todten Geschlechtern.

„Auf diese Weise, lieber Freund," bemerkte der Meister einmal nach ähnlichen Aussprüchen, „dürften Sie für Ihre künftigen Berufspflichten kaum befähigt werden."

Darauf antwortete Erasti, er hätte keine Pflichten gegen die Welt, weil die Welt jene gegen ihn nicht erfülle. Rabeneltern hätten ihn in die Fremde geworfen, die Fremde habe ihn ausgenützt. In den Schulen habe man ihn zu einem Zugochsen für die Gesellschaft abrichten wollen, aber er habe das Joch zersprengt. Daß man arbeiten müsse und jeden Genuß verdienen, das sei eine fixe Idee der Menschheit, ein Schacherprincip, sonst nichts.

„Mein Zweck ist leben und genießen; kann ich das nicht, so tödte ich mich."

Meister Ysong lächelte.

„Er interessirt mich," sagte da Irma einmal.

„Man sieht, daß auch die moderne Jugend ihre Ideale hat," sprach Ysong.

„Nur daß solche Willenskraft sympathischer ist, als die verschwommene Schwärmerei, aus welcher später der Philister herauskommt," hierauf sie.

Da Meister Ysong kein Moralprediger war, am wenigsten gegenüber seiner reizenden Frau, so ließ er ihre Bemerkung ohne Antwort, gab auch zu, als Irma den „modernen" Idealisten mehrmals einlud, sich an dem häuslichen Imbiß oder Vesperbrot zu betheiligen. Der junge Mann von der Straße wußte dabei der Hausfrau gar artig den Ritter zu spielen, was der munteren Irma nicht übel gefiel.

Eines Tages fand sich Erasti wieder ein, und trotzdem ihm der Diener bedeutete, daß Herr Ysong nicht zu Hause sei, trat er in den Salon, warf dort seine Mütze in eine Ecke des Sofas und setzte sich an das Clavier. Er begann mit ziemlich geläufigen Fingern ein lärmendes Präludium, so daß aus ihrem Boudoir Irma hervorkam, um zu sehen, wer ihr stilles und vereinsamtes Haus mit den hellen Tönen erfülle.

Erasti stand rasch auf und begrüßte sie höflich mit einem entschiedenen Handkuß. Er war die letztere Zeit her sorgfältig und nach dem Schnitte des Tages gekleidet und durch die vertraulichere Bekanntschaft mit dem Hause hatte sein Auftreten und Gehaben nur gewonnen.

„Sie sind auch musikalisch?" rief Irma.

„Nein," antwortete er rasch, „ich bin wagnerianisch. Sie lächeln, schöne, gnädige Frau, es ist kein Spott gegen den großen Reformer. Wagnerianisch heißt mehr als musikalisch — tausendmal mehr — es heißt musikalisch, malerisch, architektonisch, dramatisch, griechisch, germanisch, antik, modern."

„In dieser gelehrten Sache kann ich Ihnen nicht folgen, Erasti," sagte Irma, „hingegen möchte ich wissen, ob Sie Ihr Vorhaben mit „Hero und Leander" schon ausgeführt haben?"

„Das Bild ist fertig, hören Sie es!" rief der Bursche und begann neuerdings auf dem Clavier zu spielen. Anfangs war's, wie der Schwanengesang aus „Lohengrin", dann wie der „Tannhäuser"=Marsch und dann ging's in jenes wilde Gewirre von Tönen über, in denen das Elementare in Natur und Seele so genial ausströmen soll.

Als Erasti geendet hatte, wandte er sich in einer Art von gedämpfter Schwermuth an Irma: „Das war Hero und Leander."

Sie blickte ihn fragend an.

„Dieses Bild mit dem Pinsel zu malen genügt mir nicht," sagte der Bursche mit lebhafter Miene, „es ist in Tönen schöner als in Farben; ich wollte es malen, dichten und bramatisiren zugleich, so brachte ich es in Musik. Hören Sie!" Und mit Musikbegleitung sang er:

> „Hero's und Leander's Herzen
> Rührte mit dem Pfahl der Schmerzen
> Amor's heilige Göttermacht."

Nachdem er eine Weile nachgespielt hatte — es waren unzusammenhängende, willkürliche Accorde, fragte er die Hausfrau: „Soll ich es Ihnen nun mit profanen Worten schildern? Wohlan:

> Und in weichen Liebesarmen
> Darf der Glückliche erwarmen

Von der schwerbestand'nen Fahrt,
Und den Götterlohn empfangen,
Den in seligem Umfangen
Ihm die Liebe aufgespart . . .

Ach, reizende Frau!" unterbrach er sich mit Leidenschaft, „was sind Worte, blutlose Begriffe! Laffen Sie mich das Bild sehen!"

Der heimkehrende Gatte veränderte die Scene.

Irma verabschiedete den jungen Mann ziemlich rasch; sie hätte, sagte sie, eben Mancherlei zu besorgen, da ihr Mann morgen auf ein paar Tage verreisen wolle.

„Du hast ihm ja geradezu die Thür gewiesen," bemerkte Ysong, „ist vielleicht auch das beste Mittel. Herr Erasti erscheint mir mitunter denn doch etwas zudringlich."

„Warum sagst Du das hinter seinem Rücken?" fragte sie pikirt, „wenn mir Jemand nicht behagt, so lade ich ihn nicht in's Haus."

„Ich that's auf Deine Veranlassung."

„Uebrigens weiß ich nicht, was Du gegen ihn hast! Er ist artig gegen Dich, ein Verehrer Deiner Werke und allseitig gebildet."

„Allseitig gebildet?"

„Er treibt z. B. Musik, und zwar mit Verstand," erzählte Irma und begann dem Manne Erasti's Aussprüche über Musik brühwarm mitzutheilen.

„Ich kenne das," unterbrach er sie, „in der Musik alle Künste! Aber mein Weibchen, musicire mir einmal eine Laokongruppe vor. Gieb mir das Plastische, das Epische, das Dramatische, das Lyrische derselben zugleich! Musicire mir eine Erzählung ohne Titel, und man wird in neun von zehn Fällen nicht wissen, was Du gemeint hast. Die Musik ist rein lyrisch, wenn Du erlaubst. Herr Erasti liebte sich wieder in Paradoxen zu ergehen und weder er noch Du verstehst es, was Richard Wagner mit seiner Vereinigung aller Künste in der Musik meint."

„Du fühlst Dich wohl gar verletzt," lachte sie, „weil er die Musik über Deine Malerei stellt. Wirst Du es bestreiten, daß z. B. „Hero und Leander" in Tönen schöner ist als in Farben? Erasti hat das Bild auf dem Clavier gespielt."

Der Meister brach ab und ging auf sein Zimmer.

Dort schritt er eine Weile gedankenvoll auf und ab. Endlich kam seine junge, reizende Frau mit frischer Munterkeit zu ihm hereingehüpft und glättete seine trübe Stirne.

Er schämte sich der Eifersucht, und um sich vor allem Scheine zu wahren, als wäre er dieser Schwäche und Lächerlichkeit verfallen, sagte er, daß, wenn an dem jungen Manne ein wirkliches Künstlerstreben bemerkbar sei, er gerne bereit wäre, ihn darin zu unterstützen, vielleicht gar in die Schule zu nehmen.

Dann kam ihm in den Sinn, ob er nicht die projectirte kleine Reise verschieben sollte. Weshalb? Auf wann? Es war ja keine Ursache dazu da. Ja doch, er sollte sein liebes Weib verlassen. Er ist — das fühlt er jetzt auf einmal — an ihre Gesellschaft so sehr gewohnt; die Welt hat für ihn nur zwei Zellen, in denen es nicht öde und leblos ist: Das Boudoir seiner Gattin und sein Atelier. Er liebt Irma, weil sie ihn wiederliebt. Die quälende Leidenschaft zum Weibe ist durch sein vorgeschritteneres Alter und durch das künstlerische Schaffen, dem er sich ergiebt, gemildert und macht neben sich einer philosophischen Toleranz Platz. Liebe läßt sich nicht zwingen, sie ist ein Geschenk der Natur, das diese geben und nehmen kann, wann sie will. Thöricht ist es, sich mit

Eiferſucht zu quälen. Entweder, das Weib iſt treu, dann iſt die Eiferſucht grundlos und niedrig; oder das Weib iſt untreu, dann iſt an ihr nichts zu lieben, nichts zu hüten, nichts zu verlieren, nichts zu beklagen. Und wenn das Weib zwiſchen Treue und Untreue ſchwankt, wenn ſie nur noch mit dem Rechtlichkeitsgefühl am Manne hängt, die Liebe ſie aber zu einem Andern zieht, auch dann mag der Ehegatte auf ſie verzichten, denn er hat von ihr nicht mehr und nicht weniger zu fordern, als Alles — nämlich die Liebe. Nun kann es auch ſein, daß ſie dem Gatten mit Liebe ergeben iſt, hingegen aber plötzlich durch eine halb unbewußte Leidenſchaft zu einem andern Manne hingezogen wird, gleichſam von einem Schwindel erfaßt, der auch Solche, die gar keine innere Neigung zum Falle haben, in die Tiefe ſtürzt — in ſolchem Verhältniſſe iſt es am beſten, die Spannung der Leidenſchaft ſachte aufzu=löſen. Das geſchieht nicht, indem man die Liebenden durch ein Meer trennt, wie Hero und Leander's Geſchichte bezeugt, denn Hinderniſſe ſpannen die Begier ſtets noch ſchärfer an — ſondern es geſchieht, wenn man die phyſiſchen Schranken ganz niederreißt, denn das kräftigt die moraliſchen.

Nach ſolcher Erwägung trat Meiſter Bruno Yſong am nächſten Tage ſeine Reiſe an.

*  *  *

Wie ſelten wird der ſtillen Leiden einer jungen Frau gedacht, die einem heiterbelebten Kreiſe von Vater, Mutter und Geſchwiſtern entzogen wurde und nun in der laut=, aber nicht ſorgloſen neuen Häuslichkeit ihre langen Tage ver=bringen muß.

Der Mann kann nichts dafür; er iſt an ſeinen Beruf gekettet und kommt des Abends erſchöpft und ruhebedürftig nach Hause, um nun erst das Weibchen für die Langweile des Tages entschädigen zu sollen.

Irma hatte sich den Ehestand als einen mit Rosen umwundenen Taubenschlag gedacht, in welchem das Paar fortwährend schnäbelt. Und wenn sie jetzt die Wirklichkeit nahm, so machte das Schnäbeln im ganzen vierundzwanzigstündigen Tag kaum an die zehn Minuten aus. Heiratet man sich denn, damit der Mann in seiner Arbeitsstube und die Frau in ihrem Schmollwinkel sitzen soll? Die Männer sind langweilig. Der Maler malt entzückt von der Schönheit ein Weib und vergißt über das Abbild das Original. Ist eine Figur auf Leinwand vor den glänzenden Augen ihres selbstgefälligen Schöpfers schon einmal lebendig geworden? Manche junge Gattin hingegen ist erkaltet, weil sie der Mann nicht oft genug an sein warmes Herz schloß.

Irma fühlte die Abwesenheit ihres verreisten Gemahls nicht allzu tief, als sie an diesem Herbstabende im Rosaschimmer einer bereits angezündeten Lampe in ihrem Gemache saß, denn sie war es gewohnt worden, daß er sie allein ließ. Andere Frauen zerstreuen sich beim Kinde; Irma hatte Zeit, das Modejournal zu studiren und Romane zu lesen. Das that sie denn auch. In den Romanen zieht der Mann, der seine Frau vernachlässigt, immer den Kürzern; das unterhielt sie. In den Romanen gesellt sich Jung und Jung zusammen und heimlich Verliebte kommen trotz allerlei Widerwärtigkeiten an's Ziel; das unterhielt sie überaus.

Was liest der Mann? Politik, Geschäftsbriefe, Rechnungen. So eine Philisterlectüre war eben wieder mit der Abendpost gekommen: Ein Kunsthändler sandte den Rechnungsausweis über photographische Nachbildungen von Meister Ysong's berühmtesten Gemälden. Der „Minnesänger" per Dutzend vier

Mark, „Die Krönung Karl des Großen" per zehn Stück drei Mark; „Hero und Leander" per Dutzend fünf Mark. Das ist die Poesie des Künstlerthums. „In einem übermüthigen Gassenjungen liegt mehr Poesie, als in einem unserer ruhmgekrönten Maler," murmelte die gelangweilte junge Frau und warf die Rechnung auf ihren Schreibtisch.

In diesem Augenblicke pochte es stark an der Thür und bevor Irma fragen konnte, wer es sei, ging dieselbe auf und Erasti trat ein.

„Sie hier? Wen suchen Sie?" fragte Irma etwas betroffen.

„Zürnen Sie nicht, gnädige Frau, ich gedachte Meister Ysong hier zu finden," sagte der junge Mann gefaßt, indem er vollends in's Gemach trat und die Thür hinter sich zuzog.

„Ich sagte Ihnen doch vorgestern, daß mein Mann verreise," entgegnete sie halblaut.

„Sie sagten es," versetzte er schlagfertig, „aber ich glaubte es nicht."

„Habe ich Ihnen je Veranlassung gegeben, an meinen Worten zu zweifeln?"

„Ich glaubte es nicht, weil ich es für unmöglich hielt, ein so entzückendes Weib verlassen zu können."

„Hat Sie die Dienerschaft bemerkt?" fragte Irma, wie zerstreut mit einem Spitzentüchlein spielend.

„Nein, es ist mir Niemand begegnet, als der Postbote, der mir die Thürklinke in die Hand gab."

„Kommen Sie morgen, Erasti, aber jetzt verlassen Sie mich," sagte Irma, indem sie sich erhob.

Er überhörte den Befehl und schaute auf das Lieblingsgemälde hin. — „Könnten Sie so grausam sein, mich dieses unschätzbaren Genusses zu berauben?"

„Welches —?"

„Das Bild bei solcher Beleuchtung bewundern zu können."

„Aber es ist ja ganz dunkel," lachte sie, „man sieht kaum die Umrisse der Gestalten."

„Für dieses Bild giebt es kein besseres Licht," sagte Erasti. „Und wenn es das Werk eines Genius ist, Madame, so wird es auch im Finstern leuchten."

„Wie meinen Sie das?"

„Löschen Sie jetzt das Licht aus, so wird die Lampe der Hero strahlen. Und dann erst wird Leander schön sein, und die Gestalt der Hero wunderbar. Ja, wunderbar, schönste Frau! Löschen Sie das Licht aus, und es wird an diesem Bilde ein Wunder geschehen!"

„Die Lampe der Hero soll leuchten?"

„Löschen Sie das Licht aus!" sagte Erasti und beugte sich mit dem Haupte gegen die porzellanene Petroleumlampe vor, um es selbst zu thun.

Sie schob ihn mit der Hand zurück: „Das schickt sich nicht, Karl!"

„Hero und Leander!" murmelte der junge Mann unmuthig. „Einst war's das Meer, das sie trennte, heute ist es dieses: Es schickt sich nicht. Ein glimmender Oeldocht, ein Fetzen Tuch soll mächtiger sein, als das stürmische Meer? Die Liebe soll Hochfluthen besiegen und vor diesem: Es schickt sich nicht! erlahmen?"

„Erasti!"

„Ein Stümper war der Maler, der diese Hero machte!"

„Uebertreffen Sie ihn, wenn Sie können!" sagte Irma gereizt.

„Ich werde es können, wenn Sie mich küssen."

Sie schob ihn energisch zurück: „Zuerst das Verdienst, dann der Preis."

„Wohlan," knirschte Erasti, warf sich in's Fauteuil und ergriff hastig ein Blatt Papier.

„Ein Künstler, der die höchste Schönheit mit Lappen verhüllt, ist ein Verräther an der Kunst," sagte er und begann mit einem Bleistift zu zeichnen.

Das junge Weib blickte dem leidenschaftlich erregten jungen Manne über die Achsel; sie war doch begierig zu sehen, wie Der das Kunstwerk ihres Gatten übertreffen wollte. Sein Angesicht war blaß, sein Auge brannte wild bewegt, seine Hand zitterte und der Griffel flog zuckend über das Blatt.

Plötzlich erhob sich Irma und zog den Glockenzug.

Er sprang auf: „Was thun Sie? O Weib! Ich habe Dich schon geliebt, ehe Du sein warst! Alle List habe ich ersonnen, um zu Dir zu kommen. Was ist dieses Bild! Du bist meine Hero!"

„Erasti," sagte Irma sanft, „ich habe Sie lieb, aber Sie müssen vernünftig sein. Durch diese Tapetenthür gelangen Sie durch ein Vorzimmerchen unmittelbar in den Gang hinaus."

„Gott und Teufel bringen mich nicht von Dir!" hauchte er mit wahnwitziger Geberde.

„Aber mein Stubenmädchen," sagte Irma, „sie naht schon. Gute Nacht, Karl."

Einen heftigen Kuß in ihr Haar, und Erasti floh durch den bezeichneten Gang.

*  *  *

Mit einem Kusse schied der Eine, mit einem Kusse kam am nächsten Tage der Andere.

Als der heimgekehrte Gatte seiner Artigkeit Genüge gethan zu haben glaubte, fragte er, was Neues angelangt sei-

Irma wies auf die Zeitungen und Briefe. Auch Ysong war vom Postgeist besessen. Es war ein behagliches Gemach da, es war der Tisch gedeckt, es war das reizende Weibchen zugegen, es meldeten sich vielleicht Besuche oder es drängten häusliche Angelegenheiten — aber Ysong grub sich in die Post ein. Suchte er nach Neuigkeiten, nach Kritiken über neue Bilder? Er kam ja eben aus der Stadt, von der Quelle. Interessirten ihn eingelaufene Bestellungen? Er hatte ja nicht Zeit, sie zu befriedigen. Heischte er nach Lebenszeichen von guten Freunden? Solche ließen ihn längst gleichgiltig. Und doch durchwühlte er mit Hast und Gier die Post, um wieder davon überzeugt zu sein, daß sie inhaltslos ist. Aber die erste öffentliche Anerkennung war mit der Post gekommen. Die großen Honorare waren mit der Post gekommen und die Orden und Auszeichnungen und auch Billetdoux — parfümirte Billetdoux — das Alles war ihm in die Nerven gefahren, und die Nervosität wirkte noch fort und hielt den Mann im Banne des Postgeistes.

„Wer hat diese Skizze gebracht?" fragte Meister Ysong und hielt der Gattin ein Papierblatt über den Tisch hin.

„Der Rechnungsausweis vom Kunsthändler," berichtete Irma, „den hat gestern der Geschäftsdiener gebracht."

„Ich meine diese Zeichnung auf der Rückseite," bedeutete der Mann; „wenn ich nicht irre, ist das Erasti's Hand."

„Und wenn es wäre, was weiter?" entgegnete sie mit erkünsteltem Gleichmuth.

„Nichts weiter, natürlich," sagte er, „der Bursche zeichnete die Hero nach dem Bilde, das in Deinem Schlafzimmer hängt, blos die Hero — die bloße Hero, nichts weiter. Er versteht sich nicht übel auf den hüllenlosen Gliederbau, der junge Mann."

Irma schwieg.

Bruno ebenfalls. Es ist an demselben Abende weiter nichts gesprochen worden.

Aber als Djong allein in seinem Gemache war, sprach er wieder mit sich selbst. — „Nun ist es sicher," sagte er. „Ist es aber ein Wunder? Der Bursche ist jung. Macht's die Jugend? Junge Mädchen pflegen für Ehegatten stets reife Männer vorzuziehen, und hat das Weib einen solchen, dann wird das Verlangen nach — dem Unterschiede wach. Einen jungen! Einen sehr jungen. Laß sie gehen, laß sie machen! sagt der Franzose, sie kehrt gerne zum Mann zurück. Wenn sie kann! Wenn sie darf! — Ja einst, meine Irma, einst, als Dir das erstemal mein „Hero und Leander" an's Herz ging! — Das Bild gefiel ihr, denn es gefiel ihr der Maler. Aber das Clavierspiel gefällt ihr noch besser, denn noch besser gefällt ihr der Spieler. Am besten sollen ihr aber die gewichsten Stiefel gefallen, denn ich will einen charmanten Stiefelputzer in's Haus nehmen. Hahnrei sein ist eine Schande, wenn's der Mann unfreiwillig ist. Ist er's freiwillig, dann kommt die Schande auf das Weib."

Als demnächst sich Erasti wieder bei Meister Djong einfand, ihn zur glücklichen Rückkehr beglückwünschte und mit großem Interesse sich nach den neuen Arbeiten des Meisters erkundigte, sagte dieser plötzlich: „Lieber Freund, Sie könnten mir vielleicht einen Gefallen erweisen?"

„Werde glücklich sein, wenn Sie mich in Stand setzen, Ihnen zu dienen."

„Ich suche schon seit einiger Zeit einen verläßlichen Menschen für mein Haus, der Schick hat und zu mancherlei häuslichen Geschäften verwendbar ist, besonders aber die Requisiten zu besorgen und in Stand zu halten und mir bei

Bereitung der Farben behilflich zu sein hat. Ich verlange
von einem solchen — sagen wir — Factotum vor Allem
Ehrlichkeit, Discretion und ein sympathisches Aeußere. Sie
kommen viel herum, lieber Erasti, vielleicht könnten Sie mir
— wenn's just der Zufall wollte — so einen Mann vermitteln. Er soll gut bei uns gehalten sein."

„Nehmen Sie mich!" sagte Erasti.

„Ich bitte, Sie haben überhört, daß ein solches Indivi-
duum auch mancherlei häusliche Arbeiten zu verrichten haben
würde."

„Herr!" entgegnete hierauf Erasti, „ich nannte mich, so
oft ich die Ehre hatte, Sie zu sehen, Ihren ergebensten
Diener; das Wort ist Phrase in aller Welt Mund, aber in
dem meinen nicht. Ich kenne keine Phrase, was ich sage, das
meine ich. Ich verehre Sie, ich bewundere Ihre Werke, Sie
sind ein großer Meister, ich bin Ihr Diener, so bin ich es
auch. Befehlen Sie über mich. Vielleicht kann ich Ihren
Anforderungen entsprechen, versuchen Sie es, nehmen Sie
mich, ich ziehe noch heute in Ihr Haus."

Der Meister nahm ihn, und Karl Erasti übersiedelte
schon am nächsten Tage in sein Haus. Das Vorzimmerchen,
durch welches man aus dem äußeren Gange in die Gemächer
der Hausfrau gelangen konnte, wurde ihm auf Djong's Befehl
zur Wohnung angewiesen.

Frau Irma hatte, wie wir sahen, dem unternehmenden
jungen Manne das lebhafteste Interesse entgegengebracht.
Seine etwas dunkle Vorgeschichte erweckte ihre Neugierde,
seine jugendliche Erscheinung muthete sie an, seine Paradoxen
unterhielten sie, seine Kühnheit nahm sie für ihn ein, seine
Leidenschaft — besiegte sie. Besiegte hassen den Eroberer,
aber sie verzieh ihm, und je mehr sie ihm zu verzeihen hatte,

desto wärmer — heißer wurde ihr Empfinden, so daß ihr mitunter die Ahnung aufdämmerte, glücklich wäre sie, ihm Alles verzeihen zu können. So ist die holde Tochter Eva's: dem sie Alles zu verdanken hat, den wird sie quälen; dem sie Alles zu vergeben hat, den wird sie lieben. Der Mann, mit Ausnahme des Ehegatten vielleicht, hat nicht Anlaß, mit solcher Evas-Art unzufrieden zu sein.

Als Irma vernahm, daß Karl Erasti sich als Diener aufnehmen ließ, um in's Haus zu kommen, war sie über den abenteuerlichen Plan entzückt; als sie gewahrte, daß er in ihrer nächsten Nachbarschaft sein Wohnzimmer einrichtete, war sie über eine solch beispiellose Kühnheit außer sich. Und als sie erfuhr, daß dem jungen Manne dieses Zimmer von ihrem Gatten zugetheilt war, überfiel sie eine Art von Lähmung. Stundenlang war sie theilnahmslos für Alles, kauerte auf ihrem Canapé und starrte an die Wand. Dort hing das Bild — sie sah es nicht. Liebeglühend entstieg Leander den Wellen, in Sehnsucht aufgelöst sank Hero an seine Brust — sie sah es nicht. Die Lampe der Jungfrau verlosch, das Meer wogte, der Sturm brauste, alle Elemente trieben ihr gewaltiges Spiel — Irma empfand es nicht.

Als der Abend zu dämmern begann, erhob sie sich und schritt blaß und unheimlich wie ein Gespenst in das Atelier ihres Mannes.

Dieser war eben mit einer Studie beschäftigt, einem Frauenkopfe von antiker Schönheit.

„Bruno!" so redete sie ihn an, ihre Stimme war entschieden, aber klanglos, „Bruno! Warum hast Du diesen Menschen in's Haus genommen?"

„Das fragst Du mich?" war seine Antwort.

„Warum hast Du ihn in jenes Zimmer gethan?"

„Warum hätte ich ihn in ein anderes thun sollen? Dein Gemach ist etwas entlegen, ich will, daß Du nicht schutzlos seiest."

„Ich verlange, daß Erasti die Kammer noch in dieser Stunde räumt!" rief Irma.

„Was hast Du nur gegen diesen Menschen?" fragte Pjong mit Hohn.

„Meine Ehre!" stöhnte sie krampfhaft und hielt ihr weißes Batisttüchlein an den Mund.

„Ei ja richtig, Deine Ehre. Es ist ein Anderes, wenn die Welt sagt: Diesen jungen Menschen und diese junge Frau trennt nur eine Tapetenthür, als —" er hielt ihr das Blatt mit der Bleistiftzeichnung vor. „Ein ganz Anderes ist's, das hätte ich bedenken sollen. Weniger pikant mag die Tapete sein."

Ohne noch ein Wort zu sagen, verließ Irma das Atelier. Sie rief das Dienstpersonale, daß es auf der Stelle die Kammer ausräume, in welche das neue Mitglied des Hauses eingezogen war.

Erasti hatte sich schon bequem gemacht. Diesen heutigen, unerhörten Tag, der ja eben zu Ende ging, wollte er durch Arbeit nicht mehr entweihen; so lag er nun mitsammt Rock und Stiefeln auf dem Bett, drehte an dem jungsprossenden Schnurrbart, betrachtete die sauberen Tapeten, die sich glatt und gleich über Wand und Thür legten — sein Hellespont! — und dankte Gott, daß er unbegreifliche Ehemänner erschaffen habe.

Da trat die Hausfrau ein.

„Herr Erasti," sagte sie, indem sie die Thür hinter sich weit offen ließ, so daß die Perspective über die Häupter des Dienstpersonals hin eröffnet war, „Herr Erasti, Sie verlassen in diesem Augenblicke das Zimmer und dieses Haus!"

Der junge Mann war aufgesprungen und suchte nach Worten. Er hatte deren sonst immer zur Verfügung gehabt, nichts war jetzt da. Ein „Gnädige Frau!" — ein armseliges „Gnädige Frau!"

„Sie verlassen dieses Haus und kommen mir nicht mehr vor die Augen. Schaffet die Sachen fort!"

„Was habe ich gethan?" rief er und stellte sich vor sie hin: „Ich liebe Sie!"

„Ich Sie auch, mein Herr, und darum rathe ich Ihnen, laufen Sie so schnell Sie können, und laufen Sie keinen tollen Abenteuern nach! Erschleichen Sie sich das Vertrauen ehrlicher Menschen nicht! Legen Sie Ihren Narrheiten Zügel an, gehen Sie in eine Schule, lernen Sie was und werden Sie ein anständiger Mensch. Das merken Sie sich und jetzt fort!"

Irma sprach's, und mit Flammenröthe auf ihren Wangen begab sie sich hinweg. Erasti eilte zu Meister Ysong, um ihm das Unerhörte zu klagen, was ihm soeben geschehen.

„Leander!" rief Ysong lachend aus, „nicht durch den Hellespont geschwommen und doch der Kopf gewaschen worden! Nehmen Sie von einer Ehefrau die wohlgemeinte Lection. Und nun trollen Sie sich!"

So hat die Geschichte geendet.

Aber dem Meister Bruno Ysong war jetzt das Herz voll. Er hatte geahnt, daß sein Plan eine Wirkung haben werde, nun war es aber gar seltsam gekommen. Und es sollte noch seltsamer kommen.

Als er jetzt in's Gemach seiner Irma trat, um sich mit ihr auszusöhnen, sie um Vergebung zu bitten, insofern er sie mißkannt, ihr zu versprechen, daß er ihr sein ganzes, bisher von der Kunst absorbirtes, aber doch noch so jugendliches

Herz wieder zuwenden wolle, daß Alles vergessen sei, Alles wieder gut — da hat er Irma nicht mehr gefunden. Im Gemach nicht und im ganzen Hause nicht.

Der erste Gedanke war: Die Falsche ist mit dem Taugenichts geflohen.

Aber noch an demselben Abende kam durch einen eigenen Boten folgendes Schreiben:

„Mein Herr!

Diese Zeilen schreibe ich im Hause meiner Eltern, wo ich Zuflucht gefunden habe. In Ihrem Hause bin ich fremd. Meine Handlungsweise wäre selbst im schlimmsten Falle menschlich gewesen, Sie jedoch haben es teuflisch mit mir gemeint. Unter tausend Beweisen von Lieblosigkeit haben Sie den wirksamsten erbracht. Mich hat die Ehe enttäuscht, ich gestehe es; dasselbe ist mir auch an Ihnen nicht entgangen. Vor Kurzem tröstete mich noch der Gedanke, daß Sie Ersatz in der Kunst fanden — heute ist mir das Alles gleichgiltig. Was da geschah, es war schlau geplant und schlecht gespielt. Sollten Sie fühlen, daß Genugthuung zu leisten wäre — nein, es giebt keine! — so lassen Sie sie darin bestehen, daß Sie mir von heute an Ihren Anblick ersparen. Wir kennen uns nicht mehr. Leben Sie wohl.

Irma Hofekust."

Seit dieser Begebenheit sind nun sieben Jahre verflossen. Karl Erasti, der illegitime Sohn einen Banquiers, ist in einem Zwangsarbeitshause; Irma ist die Braut eines sächsischen Officiers. Bruno Djong sitzt einsam zwischen seinen Bildern. Er sagt, daß er sich zufrieden fühle, aber wenn er an langen Winterabenden die veröbeten Räume seines Hauses durchschreitet, so ist es fast, als suche er etwas.

Es giebt Menschen, welche das, was sie suchen, mit Augen sehen, mit den Händen fassen — und doch nicht finden. Bruno Ysong, so ist es einst auch Dir ergangen. Du wolltest als Hagestolz sterben und wirst es nun thun müssen als Witwer — bei lebendigem Weibe.

# Die Gattin meines Freundes.

Wie schätzt Ihr ein Weib, welches vor Gericht seine Ehre und Frauenwürde verleugnet, um das eheleibliche Kind zu behaupten?

Ich hatte einen Freund. Der war ein blasser, hagerer Geigenspieler und auf ihn ließ sich das Sprichwort münzen: im Spiel größeres Glück als in der Liebe. Auf den reichen Lorbeern, die ihm seine berühmten Concerte eintrugen, konnte er zu Hause nicht ausruhen, weil seine Frau ihm keine Ruhe ließ. Sie war um zwanzig Jahre jünger als er und sehr interessant. Aber war es, daß sie mit den Musen eiferte, denen ihr Mann ergeben war, oder daß ihr ein Jugendgespiele fehlte, kurz, wie er die Geige spielte, so spielte sie die Unglückliche. Sie hatten ein Kind, einen schönen Knaben von etwa zwei Jahren. Sie lebten in diesem Kinde; er wünschte, daß es aufwachse und die Geige spielen lerne; sie hingegen sagte, es wäre tausendmal besser, das Kind wäre nicht, weil es auf der Welt ja ohnehin kein Glück gäbe. Auf solche Bemerkungen strich Gustav's Fiedelbogen mitunter ein bischen zu scharf über die Saiten, worauf die Gattin mit verhaltenen Ohren schrie: das sei nicht auszuhalten; sie lasse sich von ihm scheiden.

Ich weiß nichts Näheres davon, ich weiß nur, daß oft solche Scenen vorfielen, daß Beide dabei höchst aufgeregt waren, daß sie sich jedesmal schwerer beleidigten, als es der Anlaß — der oft sehr geringe Anlaß — erheischt hätte, daß das Wort Scheidung immer häufiger fiel und daß sie endlich das Gericht angingen, sie zu scheiden.

Das Gericht ist oft rührend naiv, aber sie ließen sich nicht rühren. Die Behörde hielt dem so arg von der Centrifugalkraft erfaßten Paare eine eindringliche Rede über die Bedeutung der Ehe, über den Werth des häuslichen Friedens, über die Pflichten gegen Kinder u. s. w., das Paar wurde dabei noch zorniger und alte Fetzen von Familienangelegenheiten wurden hervorgezerrt, die besonders die Frau wie Siegesfahnen zu schwingen wußte. Habt Ihr — liebe Leser — einen ehelichen Krieg vor Gericht schon gesehen? Nicht? Dann ist es verdienstlicher für mich, wenn ich ihn Euch nicht näher beschreibe. Wäre ich dabei gewesen, ich hätte meinen Freund, der sonst ja so vernünftig war, an der Hand genommen: „Laß' sie! Geh' mit mir. Frauen sind nur geschlagen, wenn sie der Mann allein läßt!" Aber ich war nicht bei ihm und mein guter Gustav hat sich bei seinem nervösen Temperamente in die Sache hineingebohrt, als ob sie ihn etwas angegangen wäre. Und er war bei der ganzen Angelegenheit doch nur bloß der Ehemann — da hätte er ruhig seines Weges gehen können.

Endlich erklärte sich die Behörde zum Vollzuge der Scheidung bereit.

Nun aber war die Frage: Was geschieht mit dem Kinde?

„Das Kind gehört zur Mutter!" rief die Frau.

„Der Sohn gehört zum Vater," behauptete der Mann.

„Nun, darüber müßt Ihr Euch einigen," sagte der rührende Richter.

Jetzt entbrannte der Streit noch heftiger und es hatte den Anschein, daß diese Frage nur durch den bekannten

jalomonischen Vorschlag gelöst werden könne. Das Gericht entschied wie folgt: Maßen die von nun an alleinstehende Frau
vielleicht weder die Subsistenzmittel, noch den moralischen Halt
besitzt, um das Kind zu ernähren und zu erziehen; maßen
das Kind als Knabe mehr auf den Einfluß des Vaters
angewiesen ist, dessen Namen es trägt, als auf den der Mutter:
maßen gesetzliche Bestimmungen über das Heimatsrecht legi-
timer Kinder solche dem Vater zusprechen und maßen in diesem
Falle kraft väterlicher Gewalt der Vater sein Anrecht behauptet —
hat das dieser nun gelösten Ehe entsprungene Kind bei dem
Vater zu bleiben.

Jetzt war die Frau einen Augenblick still gewesen und
man sah an ihrem erbleichenden Angesichte, was in ihrem
Mutterherzen vorging. Wenn sie sonst in Ohnmacht gefallen
war, ohne zu erblassen und ohne eine Veränderung des Puls-
schlages zu zeigen, blieb sie jetzt aufrecht stehen, aber ihr
Körper bebte, sie rang schwer nach Athem, bis sich der krampfige
Schmerz in einen Thränenstrom löste.

Diese Thränen gingen den Mann nun eigentlich nichts
mehr an; aber man kennt ja die Frauenthräne als die wirk-
samste Flüssigkeit, in welcher sich das steinerne Herz des
Mannes löst. Gustav dachte daran, wie unendlich dieses Weib
an seinem einzigen Kinde gehangen war, wie sie die Amme und
die Kindsfrau verschmäht hatte, nur um sich selbst ganz dem
Kinde zu widmen und den Kleinen sich anhänglich zu machen.
Sie, die sonst nach Prunk haschende, nur der Bequemlichkeit
ergebene Frau, hatte sich ganz an's schlichte Kindszimmer
gewöhnt, hatte dem hilfebedürftigen oder gar erkrankten Wesen
sorgenvolle Tage und schlaflose Nächte gelebt. Und so oft
sie auch geäußert: „Besser, das Kind wäre nicht auf dieser
unseligen Welt!" war sie doch stets bereit gewesen, das Leben

desselben mit dem ihren zu schützen und zu bezahlen. Hatte sich der Kleine auch mehr dem milden und gemüthlichen Vater angeschlossen, als der launischen, leidenschaftlichen Mutter, so konnte Gustav doch trotz alldem das Recht nicht bestreiten, das die Mutter an dem Kinde hatte, und er schwankte, ob nicht etwa doch er das schwere Opfer zu bringen und den Knaben hinzugeben habe.

Der Schreiber setzte schon die Feder an, um die Clausel vom Kinde niederzuschreiben. In demselben Augenblick trat die junge Frau zu Gustav heran. Ihre Glieder bebten, in ihren Augen lag ein wilder Glanz.

„Weißt Du denn so bestimmt," hastete sie ihm zu, „ob Du an dem Kinde ein Recht hast?"

„Mein Recht an meinem Kinde ist nicht zu bestreiten," sagte er.

„Weißt Du denn auch, ob es Dein Kind ist?"

Auf dieses ihr Wort ist dann mein Freund Gustav einen Schritt zurückgewichen.

„Lieber, als ich mein Kind lasse," rief sie in fürchterlicher Aufregung, „lieber gestehe ich Alles. Dieser Mensch ist nicht der Vater von dem Kinde!"

Nun war die Reihe zu erblassen an Gustav. Er blieb äußerlich ruhig — aber endlich fragte er mit tonloser Stimme das Weib: „So darf ich doch vielleicht wissen, Madame, wen ich als Ihr formeller Gatte öffentlich zu vertreten die Ehre hatte?"

„Sie werden sich seiner kaum zu schämen brauchen," sagte die Frau, „er zählt zu Ihren besten Freunden."

„Hans!?" rief Gustav aus.

„Sie sollen Recht haben," sagte sie und stürzte aus dem Saale.

Der Richter sprang dem zu Boden sinkenden Manne bei. Dieser legte seine Hand auf die Achsel des Stützenden. „Es ist eine Lüge!" sagte er, „nicht wahr, Herr, es kann nicht sein! Das Kind, ich hab' es allzu lieb! Ha, der Maler! Der Maler! Doch, sie mögen schlecht sein, wie sie wollen; das Kind ist unschuldig. Ist's auch nicht mein Blut, so ist es doch mein Herz, mein Leben geworden. Ich lasse es nicht. — Ha, ha, mein Knabe, Du warst unvorsichtig in der Wahl Deiner Eltern. Aber sie sollen Dich nicht verderben, Du bleibst bei mir."

So hatte er gesprochen; dann verließ er den Saal und kam zu mir in meine Wohnung.

Ich erschrak, als ich ihn sah. Das war ein wirrer Bursche.

„Was erschrickst Du, Hund!" rief er fast stöhnend vor Aufregung. „Du glaubst wohl, daß ich Dich nun niederschießen werde!"

„Was ist Dir, Gustav?" rief ich aus.

„Du leugnest es? Darum also die Feinheiten mit ihr, die Zärtlichkeiten mit dem Kinde!"

Es bedurfte lange, bis ich aus seinen Worten klug wurde. Als ich endlich aber sah, um was es sich handle, fragte ich, wie alt sein Junge sei.

„Du wirst es recht gut wissen, daß er in einem Monat zwei Jahre wird."

„Und Du — doch es ist ja nur ein Scherz von Dir, aber ein recht unpassender, lieber Freund."

„Ich rathe Dir, das Höhnen sein zu lassen!" rief er mit müthender Geberde.

„Und Du," fuhr ich fort, „solltest wissen, daß ich erst seit anderthalb Jahren aus Italien zurück bin, wo ich ununterbrochen vier Jahre in Rom gelebt habe."

Der Beweis davon war leicht erbracht, umso leichter, da
Gustav sich nun ja selbst daran erinnerte, daß ich erst seit
einem Jahre in sein Haus kam, wir uns früher persönlich
fremd gewesen waren, nur daß er von meinem Aufenthalte
und meinen Kunststudien in Rom gehört hatte.

Wie träumend ging Gustav seiner Wohnung zu. Dort
fand er vor dem Bettlein des Knaben, der mit rosigen Wangen
ein Mittagsschläfchen that, sein Weib knien, bitterlich weinend.
Als er eintrat, wendete sie sich mit gerungenen Händen zu ihm.

„Tödte mich, Gustav!“ rief sie, „ich verdiene das Leben
nicht mehr, aber das Kind ist Dein!“

„Ich weiß es, Margarethe.“

„Hätte ich aus sinnlicher Leidenschaft Dich betrogen,“
fuhr sie fort, „ich wäre nichts als ein leichtsinniges, beklagens-
werthes Weib, daß Du verstoßen könntest. Aber ich habe meine
Ehre mit Absicht verleugnet, aus Eigennutz. Ich habe die Ehre
Deines Hauses befleckt, nur um das Kind zu behaupten. Ich
stand nicht an, dem Kinde den Vater und Namen zu rauben,
seine gesellschaftliche Stellung und Legitimität zu vernichten,
nur damit ich es an meiner Brust kosen und herzen könne.
O mein Gustav, ich habe in der Angst um das Kind so nieder-
trächtig gehandelt, daß ich jetzt verzagen muß.“

„Ein Beweis, wie gewaltig und rücksichtslos die Mutterliebe ist,“ sagte Gustav. „Ich komme eben von Haus und
weiß, daß Deine Behauptung grundlos ist. Aber ich gebe
Dir nun das Kind — diesen lieben Knaben — mein ganzes
Glück auf der Welt . . .“

Er konnte nicht weiter sprechen. Sie umklammerte seine
Knie und schluchzte: „Nimmer zu sagen, Gustav, wie lieb
ich Dich habe! Nun ist mein Trotz gebrochen. Das Unrecht,
welches ich Dir und Deinem Kinde zufügen konnte, die Schuld

ist so groß, daß sie alle Launen, Gereiztheiten und Bosheiten, womit ich bisher meine Umgebung gequält habe, niederdrückt auf mein Leben lang. Ich habe kein Anrecht mehr auf Deine Liebe, keines mehr auf die Liebe dieses Engels. Verstoßest Du mich nicht, Gustav, so will ich Deine Magd sein und meine Unthat löschen, so viel ich kann; willst Du mich aber nicht mehr um Dich sehen —" sie wimmerte wie ein Kind.

Er hob sie auf zu seiner Brust. Der Tag ihrer Trennung ist der Tag ihrer Vereinigung geworden. Der schwere Fehler, der die Gattin zur Einsicht aufgeweckt und zahm gemacht, war eine Lüge und diese Lüge hat ihr der Gatte gern verziehen. Ich meide seitdem selbstverständlich ihr Haus. Ich höre den guten Gustav zwar geigen, aber bei ihm soupiren — das lasse ich bleiben.

# Aus dem Tagebuch einer Ehefrau.

———

Graz, am 7. April 18**

Ich heirate ihn. Meiner Mama zu Trotz heirate ich ihn. Cousin Karl lacht mich aus und Mama sagt, am Ende nähme mich auch Der nicht, ich bekäme gar Keinen. Karl sagt, ich bekäme Jeden. Mama ärgert sich, daß er Professor der Philosophie ist, ja sogar — wenn er seinen Titel zeigen wollte, aber er will das nicht — Ritter von! Das macht alle ihre Prophezeiungen von meiner Taugenichtsigkeit zu Schanden und ich soll in der schönen Villa am Rosenberge die Hausfrau sein.

Er ist genau zweimal so alt als Karl, ich habe ihn auch zweimal so lieb. Lieben muß eine brave Frau ihren Mann, das weiß ich schon, und ich will eine brave Frau werden, gerade der Stiefmutter zu Trotz, weil sie immer sagt, sie beweine den Mann, der mich nimmt.

Sie mag's thun und er soll sie belachen, das will ich.

10. April.

Heute war die Verlobung. Mama hat wirklich dabei geweint, aber vor Freuden und über mein Glück, wie sie laut sagte. Es ist auch Eins. Ich weiß gar nicht wie mir

ist, so als ob ich in den Lüften schwebte, und Alles beweist
mir Ehrerbietung, und die ganze Welt, so ist mir, wendet
sich ringsum auf mich her und alle Bäume, alle Sträucher,
an denen wir beim Nachhausegehen vorbeikamen, flüsterten
mir zu: Sie ist Braut.

Ich werde es aber nicht lange sein. Mama behauptet,
ich zähle im Traume schon die Tage, bis ich einen Mann
hätte. Mein Onkel sagte mir scherzend: „Bleibe so lange
Braut als möglich, heirate so bald als möglich. Der Ehestand
ist am schönsten von vorne, der Brautstand von hinten." —
So etwas Unverständiges kann nur der gute Onkel sagen.

Gottlob, daß ich Braut bin!

30. April.

Gestern war's. Aber gestern war ich unfähig, auch nur
ein Wort zu schreiben.

Heute will ich's, denn ich kann das Geheimniß nicht in
mir verschließen, ich kann nicht. Das Papier will ich ja dann
verbrennen.

Mein Bräutigam richtet die Villa neu ein, ich hörte,
daß er in meinem künftigen Boudoir ein Fenster ausbrechen
lasse gegen Mariatrost hin, weil er weiß, daß mir dieser
Blick so lieb ist. Ich bin mit Mama und dem Cousin Karl
sehr oft in Mariatrost gewesen; aber wenn ich vom Walde
auf das weiße Haus am Rosenberg herübergeblickt hatte, wie
hätte ich denken können, daß es einmal mein sein sollte!

Ich war begierig, die neue Wohnung zu sehen und wollte
gestern meinen Bräutigam überraschen. Er war aber nicht zu
Hause, er hatte Vorlesung auf der Universität. Ich fand die
weißbeklecksten Maurer, die dummen Tapezierer, die auf ihren
Leitern standen und nicht einmal grüßten. Ich wünschte, daß

es heimlicher würde in diesem Hause und verließ es bald. In der Panoramagasse begegnete mir der Cousin. Ganz zufällig war er spazieren gegangen gegen Mariagrün hin und lud mich ein, ihn zu begleiten. Ich ging gerne mit ihm, aber er war sehr langweilig, riß im Vorbeigehen Blätter von den Bäumen und warf sie wieder weg.

Als wir zum Kirchlein kamen, war mir weich zu Muthe und ich sagte, wir wollten doch hineingehen und die Mutter Gottes grüßen.

Karl antwortete, er habe sie schon oft gegrüßt, sie hätte ihn aber niemals erhört. Sein Fuß sei halblahm wie immer — er hat ihn von einer schlimmen Erkältung als Kind schon so bekommen — er sei arm und verachtet, wie immer, verlassen, von Niemandem geliebt. Ich bat ihn, daß er nicht so reden möge, und vielleicht, daß ihn die Mutter Gottes heute erhöre. Ich sagte das, weil er mir leid that und weil ich einen Spaß machen wollte und endlich auch, weil ich wirklich immer ein großes Vertrauen hatte zu Mariagrün.

Wir gingen aber an der Kirche vorüber und durch den Wald hinauf. Er wollte noch nicht sprechen und als ich ihn von der Seite heimlich anblicke, sehe ich, daß sein Auge voll Wasser steht. Mir wollte das Erbarmen mein Herz zerdrücken. Ich ärgerte mich, daß mir gar kein Wort einfiel, ihn zu trösten. Wenn er nur zu Hause bei uns wäre, dachte ich, unter Leuten macht er ja seine lustigen Glossen, daß Alles lacht.

Da ist es plötzlich. Er reißt mich an sich und küßt mich so heftig, daß ich vor Schreck ohnmächtig werden mußte ...

Wir sind spät nach Hause gegangen.

Jedes allein.

30. Juni.

Die Hochzeit ist vorüber; sie war in der Domkirche, einfach und würdig. Ich hätte aber vermuthet, es würden mehr Leute in der Kirche anwesend sein. Mir sei beim Heiraten alles Aufsehen zuwider, hatte ich gesagt, aber insgeheim wäre mir doch um Zuschauer zu thun gewesen. Mama war zärtlich mit mir, wie vorher noch nie; ich hätte mir nicht träumen lassen, daß mir der Abschied von ihr so schmerzlich fallen würde.

Als mich mein Mann — ach, mein Mann! — durch unsere neue Wohnung führte, war mir sehr bange und wußte ich nicht, was ich sagen sollte, um meine Beklemmung zu erleichtern. Ich hatte einen unverstehbaren Drang, als müßte ich etwas sagen, was mir oder ihm weh thäte. So sagte ich, daß ich nur Eines fürchte in diesem Haus: Die Gegenwart seiner verstorbenen Frau. Ich sei maßlos eifersüchtig.

Er lächelte und meinte, besser, die zwanzigjährige Frau sei es, als der vierundvierzigjährige Mann habe Anlaß dazu. Dann gab er mir den Schlüssel zu einem kleinen Zimmer und sagte, das Zimmer solle mein Brautgeschenk sein, mein ganz allein, er wolle es nimmer betreten und nicht mehr wissen, daß es auf der Welt sei.

Während er mit dem Hausmeister sprach über das, was bei unserer Abwesenheit zu geschehen hat, öffnete ich das Zimmer, denn ich war sehr begierig auf die Brautgabe. Im Zimmer befanden sich alle Gegenstände von der ersten Frau, von ihrem Oelbilde an bis zum Hochzeitsschmuck, ihr Schreibtisch, ihre Kleider, ihr Toilettekasten, die kleine Wiege mit dem blauseidenen Vorhang, die nicht verwendet worden ist. — Das Alles! Und es war mein Eigenthum, ich konnte es vernichten.

Als mein Mann zu mir zurückkam, fragte er in seiner gütigen Weise, warum ich weine?

„Wie lange ist es, daß sie nicht mehr lebt?" so mußte ich fragen.

Ich hätte fast gewünscht, daß er entgegenfragen möchte, von wem ich spreche, aber er sagte nur: „Seit Du lebst, Juliana, ist sie nicht. Du wirst gesehen haben, wie Alles schon verblaßt ist. Dein Geburtsjahr ist ihr Sterbejahr gewesen."

Nun sitze ich im Zimmer des Hôtels. Mein Mann erkundigt sich beim Portier nach dem morgigen Wagen auf den Bahnhof. Ich solle mich um gar nichts kümmern, ich soll nur die schöne Welt genießen.

Wenn nur schon morgen wäre!

16. Juli.

Wir sind von der Hochzeitsreise zurückgekehrt. Es waren herrliche Tage. Ich habe mich während derselben in meinen Mann verliebt. Das ist ein goldener Mann und kann scherzen wie ein zwanzigjähriger Student.

„Ei geh', Ludwig!" verwies ich ihm einmal neckend, „ein Professor der Philosophie und so übermüthig!"

Was ich mir unter Philosophie denn eigentlich vorstellte, war seine Frage, wenn nicht die Lehre vom heiteren Genuß der lieben Welt?

Ich könnte damit einverstanden sein — aber für mein Unglück giebt es keine Philosophie.

1. September.

Keine Fürstin kann's so haben als ich. Draußen die paradiesische Landschaft mit der schönen Stadt im Thale.

Im Hause die frohe Umgebung, in meinem Gemach der stille Frieden — in mir die unbeschreibliche Pein.

Wie Wochen sind mir die Stunden, da Ludwig nicht bei mir ist, und wie zittere ich, wenn er bei mir ist! Er ist jetzt in den Ferien Bauer, Gärtner und Jäger und immer munter, immer gut und liebevoll. Gar nie tritt er in's Zimmer, ohne mir eine Blume, eine Knospe mitzubringen, er ziert damit mein Haar, meinen Busen, tritt dann zwei Schritte zurück und schaut fröhlich her, wie es mir passe. Gestern Abends, da wir beisammen im Garten standen vor einem Strauche tiefrother Herbstrosen, nahm er mich an beiden Händen, schaute mir mit feuchtem, leuchtendem Auge in's Gesicht und sagte: „Juliana, ich danke Dir! Ich danke Dir, daß Du mein bist!"

Einen Stich gab's mir im Herzen, ich wankte halb ohnmächtig in's Haus.

Ich liebe ihn! Ich liebe ihn so heiß, daß ich den Frevel nicht begreifen kann, wie ich einst sagte: blos Mama zum Trotz.

4. September.

Es wird nicht anders. Es ist fürchterlich!

11. September.

Heute ging Karl vorbei und blickte zu meinem Fenster herauf. Kaum konnte ich mich noch verbergen, daß er mich nicht sah. Ich weiß nicht, was größer ist, mein Haß gegen ihn oder meine Verachtung gegen mich.

30. September.

Heute fand Ludwig, daß die Haustreppe für mich zu steil sei und will sie flacher legen lassen. Ich beschwor ihn, daß es nicht der Fall ist. Zum mindesten belegt er sie mit schweren Teppichen, daß es meine Füße recht sanft haben sollen.

Wie er strahlt vor Glück, wenn er mir etwas Liebes erweisen kann! Mein ganzer Tag, meine ganze Existenz ist lautere Liebe von ihm.

Mama kommt mit ihren Rathschlägen, die mir zuwider sind, ich will nur ihn hören — und daß ich's thue, thun kann, ist eine Schmach für mich.

Ihm gestehen! Es ist unmöglich! Unmöglich!

9. October.

Seine Studenten lieben ihn auch. Sie haben ihm gestern zu seinem Geburtstage einen Fackelzug gebracht.

„Der gilt Dir!" jubelte er mir heimlich zu, „es ist ja der erste, den sie mir bringen."

Zum Fenster rief er hinab: „Ihr jungen Freunde! Mein Leben ist licht geworden. Opfert den Göttern, daß ich demüthig bleibe!"

„Ludwig," sagte ich später zu ihm, da wir allein waren, „Philosophen pflegen sonst dem Glücke nicht sehr zu trauen. Ich kann nicht so zuversichtlich sein."

Nach einer Weile habe ich beigesetzt: „Du hast nur einen einzigen Fehler, lieber Mann. Daß Du gar nicht eifersüchtig bist."

„Diese Bemerkung," sagte er darauf, „beweist, daß ich ganz recht habe, es nicht zu sein."

Ich las einmal, daß es Frauen giebt, die ihre Männer nicht allein mit Eifersucht quälen, nicht allein hintergehen, sondern sie auch eifersüchtig haben wollen. Bei Gott, von diesen bin ich keine. Wie könnte ich glücklich sein, daß er mich so kennt, und über sein Vertrauen!

6*

12. October.

Heute sind wir in die Stadt gezogen. Ich sehe von meinen Fenstern aus die schönen Alleen des Glacis und den Schloßberg. Die herbstlichen Schattirungen der Bäume sind gar zu schön. Seit ich diesen Mann habe und seinen Gesprächen lauschen kann, gehen mir erst die Augen auf für Allerlei, das mir sonst gleichgiltig gewesen ist. Wie könnte ich es genießen!

Er hat mit dem Inspector des Hauses einen förmlichen Pact geschlossen, daß Letzterer jeden Lärm möglichst hintanhalte und wie ein Engel mit flammendem Schwerte unser Paradies bewache. Und doch ahnt er es nicht, wie nahe die Zeit ist.

Hat er jemals so viel an seine erste Frau denken können, als ich es thue? Alle Sachen von ihr, alle Erinnerungen an sie habe ich in das Stadthaus mitgenommen, hier damit ein Zimmer eingerichtet, das wie meine Hauscapelle ist. Wenn mir gar zu schwer wird um's Herz und ich trotz des geliebtesten Menschen, der mit mir lebt, nicht weiß, wem ich meine Angst und Noth klagen soll, gehe ich in das Zimmer der Verstorbenen und weine mich aus.

Und bete, sie möchte mich dahin rufen, wie sie dahin gerufen worden ist. Sie hat die Wiege bereitet, die Linnen gestickt mit Freuden — sie hätte gerne gelebt mit diesem Mann.

Ich kann nichts bereiten und Ludwig wird sich darüber wundern. Ich kann nicht, ich habe es versucht — es ist, als stickte und webte ich an der Sünde weiter.

Darf ich denn wünschen, daß es aus werde mit mir, da ich doch weiß, es könnte ihn nichts so hart treffen auf Erden?

Ach, wenn ich ihn nicht so sehr liebte! Wenn er nur nicht so unsäglich gut wäre!

25. December.

Das war ein trauriger Christabend.

Ludwig überschüttete mich mit Gaben, mich und das Kind, als ob es schon da wäre und spielen und jubeln könne. Und er saß in der dunklen Ecke des Zimmers und sagte kein Wort, sondern verdeckte sein Gesicht mit den Händen. Ich wußte nicht, was es war, und der Christbaum gab einen Schein, wie die Lichter an einer Bahre.

Ich wagte nicht, ihn zu fragen nach seinem plötzlichen Kummer, denn ich glaubte, daß er nun Alles wisse. Aber es war doch was Anderes, denn endlich stand er auf, trat zu mir heran, die ich allein am Tische des Baumes gesessen war, und küßte mich so herzlich und treu, daß es nicht zu beschreiben ist.

28. December.

Er ist nicht, wie er sonst war.

Er ist liebreich und gütig gegen mich wie immer, aber er ist nicht so heiter. Er ist zerstreut, ist viel an seinem Arbeitstische, arbeitet aber nicht, sondern schaut mit aufgestütztem Haupte nur so vor sich hin.

Er muß einen großen Kummer haben. Hundertmal wollte ich ihn schon fragen, was es sei, aber ich kann nicht, ich vermag's nicht, ich weiß nicht warum. Weiß er etwas, wie könnte er so herzlich mit mir sein, es wäre ja nicht möglich.

30. December.

Er ahnt doch etwas. Heute sprach er davon, daß es Zeit sein dürfte, das Wochenzimmer zu bereiten.

1. Januar 18**

Er ahnt nichts. Wir haben in der Nacht die zwölfte Stunde wachend erwartet.

„Ich segne Dich, Du vergangenes Jahr," sagte er, „Du hast mir mein Menschenthum verzweifacht. Und ich segne Dich, Du kommendes Jahr, Du wirst es verdreifachen."

Er ist wieder heiter und voll Zuversicht.

5. Januar.

Ich wüßte keine andere Pein, die so höllisch sein könnte, als die meinige ist. Den Menschen, den man über Alles liebt, dem man Alles verdankt, ohne den man nicht mehr leben könnte, mit jedem Tage neuerdings täuschen und betrügen zu müssen.

Ihm gestehen? Meinetwegen glaube ich, daß ich es könnte. Sei es um seinen Haß, lieber den ertragen, als ihn zu hintergehen. Aber seine Verachtung! Nein, ich kann es nicht. Und wie ein Teufel für meine Sünde die Hölle ausschütten in sein liebes Herz? Nein, nein, eher soll er mich im Sarge sehen.

O unseliges Kind! Wie ich Dich hasse, jetzt schon. Das Einzige, was die Mutterliebe für Dich thun kann, daß sie betet, Du mögest das Tageslicht nimmer erblicken. Erscheinst Du mir todt, ach, wie werde ich Dich lieben und dankbar küssen und jubelnd begraben! O, Mutter Maria, ich rufe Dich an! Mein Herz ist zum Zerspringen so schwer. Wenn ich dieses Büchlein nicht hätte! Alles in mich könnte ich nicht verschließen.

13. Januar.

Der Gedanke verläßt mich nicht, o Gott! Es wäre ja zu unser Aller Besten. Mein Fehltritt gebüßt, kein fremdes

Wesen zwischen uns. In der Ehe Harmonie und Frieden nach Gottes Willen. Wie kann etwas, das so zum Guten führt, ein Verbrechen sein?

Wenn ich nur mit ihm darüber sprechen könnte, wie über ein Fremdes, so daß ich seine Meinung wüßte für solchen Fall. Einmal hat er gesagt: Den Gott am meisten liebet, den nimmt er als Kind zu sich.

17. Januar.

So bin ich vor mir selbst nicht mehr sicher. Heute Morgens fragte mich Ludwig, woher ich denn plötzlich das Tigerherz genommen? Ich hätte in der Nacht vom Erwürgen gesprochen.

. Er mußte merken, wie ich erschrak, denn er sagte sogleich: „Wenn die Frauen so schlimm wären, als ihre Träume — besonders in solcher Zeit! Der Traum ist das Ventil, durch das sich die Laster der tugendhaften Frau austoben."

Gott wolle, es wäre so!

25. Januar.

Es ist merkwürdig, wie ich seine erste Frau, die ich anfangs als meine größte Feindin betrachtet habe, nun ganz zu meiner Vertrauten mache. Wie sehr sie ihn geliebt hat, er spricht auch nicht ein Wort darüber, aber tausend Spuren geben davon noch Zeugniß.

O weise mich, seliger Geist, wie ich Dich ihm würdig ersetzen kann!

10. Februar.

Heute bin ich das erstemal aus dem Bette. Im Nebenzimmer schläft es.

Ludwig war über die Frühgeburt nicht besonders überrascht. Es ist auch gar zu klein.

Wenn er vom Collegium nach Hause kommt, setzt er
sich an's Bettlein und schaut es an. Ich habe immer gehört,
es spreche das Blut, das muß doch nicht so sein. Er liebt es
so zärtlich.

Wenn ich jetzt denke an meine Gedanken! Ich bin doch
ein schlechtes Weib und eine Rabenmutter. Solches nur
denken zu können!

Das Kind ist so hilflos und arm, daß ich weinen muß,
so oft ich es anblicke. Ich soll ruhen und schlafen, ich kann
nicht, ich denke an das Kind immer und immer. Liebe darf
es nicht sein, das wäre Untreue gegen Den, der mir in
meinen schweren Stunden wieder bewiesen hat, daß er mir
Alles ist, daß ich ihm Alles bin. Ich litt viel, er litt noch
mehr. Er weinte und lachte, als es geboren war.

Er kommt.


12. Februar.

Und so soll es nun fortgehen? Das Geheimniß soll
bleiben und ich soll ihn betrügen bis an's Lebensende?

Das sei nicht. Das sei nimmer.

Gut kann es sich nicht lösen — aber es löst sich, ich
weiß einen Ausweg. Da das Kind nicht hier bleiben darf
und ich ohne dasselbe nicht sein kann, so muß ich mit ihm
fort. Nach Wien, zur Schwester meiner Mutter. Von der
Ferne werde ich ihm Alles schreiben und die Form finden,
die ihm am wenigsten weh thut. Ludwig ist nicht allein im
Hörsaal Philosoph, er wird sich zurechtfinden. Hat er den
Verlust des treuen Weibes ertragen können, so wird ihn
der des falschen nicht zu Boden drücken. Habe ich sein

Andenken an die erste Frau unterbrochen, so wird es nach meiner Flucht — es soll nichts von mir zurückbleiben — wieder erwachen und er wird nicht verlassen sein.

20. Februar.

Ein Schreiben wollt' ich ihm zurücklassen, daß ich ihn bis zu meinem Tode unaussprechlich lieben werde, daß ich von ihm gehe, weil ich seiner nicht werth wäre.

Ich darf es nicht, ich darf diesen Brief, in den ich mein ganzes Herz und Leid gelegt habe, nicht an ihn gelangen lassen, das würde den Schmerz nur steigern. Ich will ohne Alles, so wie eine Undankbare, eine Unwürdige geht, so will ich davongehen.

Seine Verachtung gegen mich soll ihn retten und mich strafen, wie ich es verdiene. O mein Gott!

3. März.

Ludwig ist mit einer kleinen Gesellschaft von Historikern auf einige Tage nach Cilli und Pettau gegangen, um dortige Römerdenkmale zu besichtigen.

Er war sehr munter und sagte zu mir beim Abschied, ich sollte ihm nur recht den kleinen Ludwig hüten.

Ich will nicht d'ran denken, will stark bleiben, ich habe viel zu vollbringen.

Bei dem Packen sehe ich erst, wie wenig ich in dieses Haus gebracht habe, und wie viel von ihm empfangen.

Der Dienerschaft sage ich, es sei verabredet, daß ich der Luftveränderung wegen auf einige Wochen nach Wien gehen werde.

Also heute Nachmittags vier Uhr in Gottesnamen!

6. März.

Nun ist es so gekommen!

Ich zittere jetzt noch, da ich es schreibe. Wozu schreibe ich es nur, ich sage ihm ja Alles und darf es sagen, o Glück!

Ich habe ihn geliebt, jetzt bete ich ihn an und den Nachkommen schreibe ich es entgegen: er ist anbetungswürdig!

Jetzt weiß ich erst, was das ist: ein Mensch! Er hätte mich göttlicher nicht strafen, herrlicher nicht bemüthigen können und erheben zugleich, als er es gethan hat. —

Das Kind dicht eingehüllt am Arm, so floh ich wie eine Diebin. Der Wagen stand vor dem Thore; über die Aufregung vergaß ich des Schmerzes, der mich schrecklich gequält hatte die Nacht und den ganzen Tag hindurch.

Am Thore steht Ludwig und fragt den Kutscher, wer wegfahre. Dieser deutet auf mich, die ich hastig aus dem Hause trete.

„Was ist das, Juliana?" ruft Ludwig.

Mir ist zum Zusammenbrechen, er stützt mich und bringt mich und das Kind zurück in die Wohnung.

„Du wolltest — mir entgegenfahren, mein Herz?" fragte er, „konntest es nicht wissen, daß wir die Reise um einen Tag abgekürzt haben."

„Ludwig," versetzte ich und mir wollte der Athem versagen, „laß' mich jetzt ein wenig rasten, mir ist schlimm zum Sterben. Es wird bald besser sein. Ich will Dir dann was sagen."

Er führte mich voll zärtlicher Sorgfalt auf mein Zimmer und schloß die Thür ab.

„Daran thust Du wohl, Ludwig," sagte ich, dann fiel ich vor ihm auf die Knie.

Ich habe ihm Alles gesagt — Alles.

Er hörte es. Sein Blick war traurig, aber blieb liebevoll. Er hob mich auf und setzte sich neben mich, er war blaß, und seine Hand, mit der er die meinige hielt, zitterte sehr.

„Juliana," sagte er, „diese Stunde mußte kommen, ich habe sie ersehnt, ich habe sie gefürchtet. Gerne möchte ich Dir die Qual mildern, vielleicht dadurch, daß ich Dir sage: Ich wußte es schon, wußte es seit dem Christabend."

So viel sprach er, dann stand er auf und ging einigemale das Zimmer auf und ab. Hierauf setzte er sich wieder und sagte: „Ich fand an jenem Tage auf Deinem Arbeitstischchen das kleine Notizbuch liegen; es hätte meinetwegen immer dort liegen können, ich sah es nur diesmal, da ich etwas suchte, um Dir ein kleines Gedicht einzuschmuggeln, einen Gruß dem Nahenden, der uns das nächstjährige Christfest feiern helfen soll. Ich pflege nicht indiscret zu sein, aber als ich das Büchlein aufschlug, sprang mir ein Wort in's Auge, das mir sofort Deine nächtlichen Träume und Ausrufe in Erinnerung brachte. Ich mußte lesen, denn es war ein Sturm in mir, den ich beschwören wollte mit Deinen Aufzeichnungen. Aber kein Wort gab mir den Frieden zurück und ich las Alles."

„Und hast uns nicht verstoßen und hast uns lieben können!" rief ich aus.

„Die Ehebrecherin hätte ich verstoßen," sagte er ruhig, „Dein Fehltritt war vor dem Tage, da wir uns die Treue gelobten. Ich entschuldige nichts, denn daß es eine große Schuld war, beweist das Leid, welches sie in Dein Herz warf."

„Und das Kind?"

„Ist unser. Ich gestehe Dir wohl, es war eine schwere Betrübniß in mir, da mich die Thatsache so plötzlich überrascht hatte; aber als ich des Gemeinen Herr wurde und die Wahrheit fand, da war ich zufrieden. Es ist mein Kind, wie es das Deine ist, denn in unseren Armen ruht es, durch unsere Fürsorge wird es gedeihen, durch unser Herz wird das seine genährt und erweckt, durch unser Vorbild wird es uns ähnlich an Seele und Leib. Es wird uns und nur uns lieben und nichts Anderes wissen. Nicht der Augenblick ist mir der höchste, welcher der niedrigste ist und mir möglicherweise vom Kind einst zum Vorwurf gemacht werden kann. Nicht wer das Menschenkind erzeugt, ist sein Vater, sondern wer es erzieht. Diesem nur hat es zu danken, denn dieser macht es zum Menschen, diesen nur kann es lieben. Kein thierisches Band ist es, das mich an unsern Ludwig fesselt, ethische, menschliche Beziehungen sind es, und wenn der Himmel den lieben Kleinen beschützt, so wirst Du sehen, daß keines Andern, daß mein Wesen verjüngt aus ihm hervorgeht. Auch uns verknüpfen dann unlösliche Bande der Natur, aber solche besserer Art, und der nur kann mir mein Anrecht streitig machen, der mir beweist, daß je ein leiblicher Vater sein Kind so theuer erkauft hat, als ich das meine."

In diesem Sinne hat er gesprochen. Ich wimmerte zu seinen Füßen, dann an seiner Brust wie ein Kind, das den Ruthenstreichen trotzt und durch milde Worte der Liebe zerknirscht ist.

„Jedoch ein ernstes Wort," so fuhr er fort, „habe ich mit Dir zu sprechen, Juliana, Deiner geplanten Flucht wegen. Ich erwäge die Gründe, die Dich dazu bewogen haben, sie mögen gewichtig sein oder Dir so geschienen haben. Aber ich hätte von Dir so viele Kenntniß meines Wesens und Charakters erwartet, durch welche Du wissen solltest, daß unter allen Umständen ein vertrauensvolles Bekenntniß das Beste gewesen wäre. Ich habe dieses Bekenntniß von Dir fast bestimmt noch vor der Geburt des Kindes erwartet; es hätte

Dir Beruhigung und Muth gebracht, es hätte Dich meinem Herzen wo möglich noch näher gebracht, schon durch das Mitleid mit der Reuigen und durch den Vortheil, verzeihen zu können. Wie, wenn Du in den Wochen hättest sterben müssen, gepeinigt von dem Gewissen, und ohne von mir den Beweis der wahren Liebe, den ich heute erbringen kann, hören zu können! Das Alles war nicht, aber verlassen wolltest Du mich heimlich, uns Drei in ein Elend stürzen, wie ein größeres auf dieser Welt kaum zu denken ist. Diese Untreue, meine Juliana, ist mir noch schmerzlicher, als die erste es war . . . ."

An all das kann ich mich noch erinnern, daß er's gesagt hatte, dann weiß ich nicht mehr, was mit mir geschah. Als ich wieder zu mir kam, lag ich auf meinem Bette, der Arzt stand neben mir und zu meinen Häupten Ludwig, der mir mit einem kühlen Tuch die Stirne trocknete.

Ich legte den Arm um seinen Nacken, und sein liebes Haupt beugte sich nieder auf mein Gesicht, und auf meine Stirne fiel eine warme Thräne . . .

———————————

Als ein letztes Siegel der Treue, ja sozusagen als eine Votivtafel zur Danksagung für ein so seltsamerweise gefundenes Eheglück fühlte sich die Frau Professorin veranlaßt, diese Tagebuchblätter — selbstverständlich mit Hinweglassung der persönlichen Merkmale und Erkennungszeichen — zu veröffentlichen.

Ich, der ich dieses zu vermitteln übernahm, habe nur zwei Bedenken: als erstes, ob die Scrupel der Frau, als zweites, ob die Philosophie des Mannes wohl das richtige Verständniß finden werden?

# Das verkehrte Laternlein.



Da lebte in alten Zeiten einmal ein Mann. Den hatte der König zu wichtigen Diensten erkoren und sandte ihn einst in ein fernes Reich, um dem Fürsten desselben eine geheime Botschaft zu bringen.

Herr Alerich entschloß sich zur großen Reise nur schwer, denn er hatte daheim eine junge, schöne Frau, um deren Huld sich viele Männer der Nachbarschaft bewarben und an deren wonnigsüßem Angesichte der König selbst sein Wohlgefallen hatte.

Bei seinem Abschiede hatte er sie gebeten, ihm treu zu bleiben; sie schloß ihr Auge und sah ihn nicht an. Er hatte ihr befohlen, ihm treu zu sein; sie warf ihm einen trotzigen Blick zu. Als er davonging, küßte sie ihn mit Inbrunst und that ihm so schön, als wäre sie dankbar, daß er gehe.

Unterwegs schickte er sein Gefolge weit voraus, oder ließ es weit hinter sich. Er ritt allein, um ungestört der Qual seiner Liebe obliegen zu können. Er dichtete die farbenreichsten Bilder, wie sie ihn daheim betrüge, und er wiegte sich in diesen Bildern, und dort in seinem Herzen, wo sonst die Liebe gewaltet, empfand er etwas, wie Pein und Lust und Rachegefühl. Es war ein böses Reisen, umso unerträglicher, als er kaum Hoffnung hatte, vor Jahresfrist zurückzukehren. Seine Pein stieg von Tag zu Tag, denn auch die Träume der Nacht thaten das Ihrige.

Da war es eines Tages, daß Herr Alerich durch einen großen Wald ritt und daß er zu einer Stelle kam, wo Räuber gerade einen hilflosen Greis überfielen. Herr Alerich spaltete einem der Strolche den Schädel, die Uebrigen machten sich kopfscheu davon. Der Gerettete, ein häßliches, uraltes Männlein, warf sich vor dem Ritter auf die spitzen Knie und dankte für die Rettung und hob mit hageren Armen ein schwarzes Kästlein zu ihm empor, zum Lohn für die Erhaltung des süßen Lebens.

„Laßt das sein, Alter, laßt das sein," sagte abwehrend Herr Alerich, „ich that's wahrlich nicht Euretwegen, ich that's der Räuber wegen."

Wie er das meine?

„Ob Ihr todt oder lebend seid, das ist mir gleichgiltig; meine Lust ist, das Verbrechen zu bestrafen."

„Deß habt Ihr wohl Recht," sagte der Greis, „daß der Unschuldige lebt, ist kein Glück, aber daß der Schuldige lebt, ist ein Unglück. Ihr wißt wacker zu handeln und zu denken, und darum sollt Ihr meinen Lohn nicht in den Wind schlagen. In diesem Kästlein ist ein reicher Schatz."

„Ihr meint wohl, daß ich Euch den Räubern abgejagt habe, um Euch selbst zu berauben?"

Da lächelte der Greis. „Um das, lieber Herr, was dieses Kästlein birgt, schlagen die Söhne der Wildniß Keinen todt. Die goldene Kette sahen sie, die ich am Halse trage und die nur ein äußeres Zeichen ist von dem, was ich bin und habe. Denn alles Gold auf Erden zusammengenommen wiegt die Kleinode nicht auf, die in diesem Schränklein sind."

Er öffnete es und als Herr Alerich einen Blick hinein-
warf, rief er: „Das ist ja Trödel!"

„Trödel sagt Ihr?" grinste der Greis. Dann begann
er mit zwei Fingern die Dinge herauszuheben. Zuerst ein
elfenbeinernes Stirnband: „Das ist der schlafende Schlaf."
Dann ein silbernes Horn: „Das ist das hörende Ohr." Und
endlich ein krystallenes Laternlein: „Das ist das sehende
Auge."

„Und das," sagte der Ritter, dem Männlein auf die
Achsel klopfend, „das ist der närrische Narr."

„Ihr seid armselige Wichte," rief der Greis, „Ihr
meint, weil Ihr schlaft, so schliefet Ihr auch; und meint, weil
Ihr das Tausendste vom tausendsten Schall höret, der Euch
umbraust, Ihr wäret nicht taub; und meint, weil Ihr in der
unendlichen Welt beim himmlischen Lichtmeer etliche tausend
Spannenlängen vor Euch hinsehen könnt, Ihr wäret nicht
blind. Zähmt Euer Rößlein, Ritter, daß es sich bescheide,
noch ein wenig auf diesem Waldplatze stehen zu bleiben und
sagt mir, habt Ihr eine Grille im Kopf, die Ihr Euch gern
aus dem Sinn schlagen möchtet? Tragt Ihr keine Erinnerung
in Euch, die Euch das Leben vergällt? Ihr wollt sie tödten,
sie stirbt nicht, Ihr wollt entfliehen, sie verfolgt Euch wie
ein böser Geist. Zum Schlafe glaubt Ihr Euch retten zu
können, aber was ist Euer Schlaf, wenn jeden Augenblick der
böse Gast des Traumes einfallen und Euch quälen kann! Es
nähme mich Wunde, Herr, wenn Ihr keiner von Denen
wäret, die dieses Stirnband brauchen könnten!" _

„Nun, was hat's damit für eine Bewandtniß?" fragte
Herr Alerich, den die Sache anfing, ein wenig zu berücken.

„Wer dieses Stirnband auf sein Haupt legt," sagte
der Greis, „und dabei wünscht, einer bestimmten Erinnerung,

auch mehrerer los zu sein, an etwas ganz und gar zu vergessen, der wird davon frei sein und so lange er das Stirnband trägt, nicht mehr an das denken, was ihn gepeinigt hat."

„Das wäre nicht übel," sagte Herr Alerich. Dann dachte
er, wie schön und munter seine Reise sein könnte durch der
Herren Länder, wenn er nicht immer an sein Weib denken
müßte, und daran, was während seiner Abwesenheit möglicherweise zu Hause vorgehen könne. Aber nein, an sie zu denken,
das ist ja sein Leben. Er will daran denken, er will.
„Hinweg mit dem Stirnband, Alter," sagte er, „schenke es
einem armen Sünder."

„So wäre vielleicht das hörende Ohr etwas für Euch?"
fragte der Greis. „Setzet dieses silberne Horn an Euer Ohr,
denkt dabei an irgend einen Menschen auf der Welt, er sei
wo immer, und Ihr werdet hören, was er in demselben
Augenblicke spricht. Habt Ihr keine Lust, das Lob zu vernehmen,
welches in Eurer Abwesenheit Eure guten Freunde Euch
spenden? Habt Ihr kein Liebchen daheim, dessen Sehnsuchts-
seufzer nach dem Erkorenen Euch zu hören gelüstet?"

„Darf man das Horn versuchen?"

„Ja, Herr."

Herr Alerich hielt es an sein Ohr und indem er dabei
der Freunde und Bekannten dachte, hörte er ein lebhaftes
Gesurre von Schimpf und Spott und üblen Nachreden, die
ihm galten. „Pfui," sagte er, „da singt der Teufel heraus, ich
will nur noch hören, was jetzt mein liebes Weib sagt."

— O süßer Knab' — Du höchste Lust — ruh' aus
an meiner — weichen Brust. — Das ist ihre Stimme. Der
Ritter wurde blaß.

„Es dünkt mich, daß Ihr auch an dem hörenden Ohr
keinen rechten Gefallen findet," sagte der Greis, „vielleicht

behagt Euch das ſehende Auge. Guckt in dieſe kryſtallene Laterne und Ihr werdet ſehen, was zu ſehen Euch verlangt."

„Gebt her!" Mit raſchem Griff faßte Herr Alerich das Laternlein, er wollte ſehen, was in dieſem Augenblick ſein Weib treibe. Er ſchaute hinein. — Sie ſaß in ihrem Gemach und an ihrem Buſen lehnte das Lockenhaupt eines — „Wer iſt es?" rief Herr Alerich und es flimmerte ihm vor den Augen. „Ein junger Mann?"

„Behaltet Eure Sachen," ſagte der Ritter dumpf, „ich habe genug gehört und geſehen."

„Und wollt Ihr nichts mit Euch nehmen?"

„Ich will die Dinge in Wirklichkeit ſehen und hören." Dabei legte er die Hand an ſein Schwert. „Vielleicht, Alter, wenn wir uns ſpäter je noch einmal begegnen, daß ich den ſchlafenden Schlaf begehre. Jetzt will ich wachen. Gehabt Euch wohl."

Damit wendete Herr Alerich ſein Roß und ritt den weiten Weg, den er herangekommen war, wieder zurück.

Er ritt heim und hielt in ſeinem Zorne Gericht über das treuloſe Weib, das gegen ſeine wuchtigen Anklagen kein einziges Wort der Vertheidigung fand. Er verſtieß ſie ſammt dem Kinde, entließ Söldner und Knappen, verſchloß die Burg und floh vor dem Zorne ſeines Königs, deſſen Dienſte als Botſchafter er ſo ſchlecht ausgeführt hatte.

Planlos und unglücklich irrte er im Lande umher und an nichts konnte er denken, als an ſein verſtoßenes Weib. Er konnte es nun nicht glauben, daß ſie untreu war, und doch war dieſer Glaube an ihre Schuld ſeine einzige Stütze und Rechtfertigung und auch — ſeine Hölle.

Er ging dem Meere zu, er wollte hinüberfahren in die neue Welt und dort ein neues Leben beginnen. Dort wollte er sein Glück nicht mehr auf Treu und Glauben gründen, sondern auf die Schlechtigkeit und Verworfenheit der Menschen — da wird es fester stehen, da wird es nicht enttäuscht werden.

Am Strande, wo die Gischten der See brausend an die schwarzen Felsblöcke schlugen, saß der Greis mit dem Kästlein.

„Wollt Ihr auch hinüber?" fragte ihn Herr Alerich.

„Was denkt Ihr!" versetzte der Alte, „da drüben hätten meine Kleinode so wenig Werth, als damals vor den Räubern im Walde. Da drüben wollen sie nur Gold. Vielleicht frommt's Euch, lieber Herr, mit meinem sehenden Auge einen Blick hinüberzuthun, bevor Ihr Euch dem Schiffe anvertraut."

„Das kümmert mich nicht," sagte Herr Alerich, „aber wenn Ihr mir das sehende Auge noch für einen Blick in die alte Welt leihen wollt, bevor ich sie verlasse, so will ich Euer mit Dank gedenken."

Der Greis reichte ihm die Laterne, der Ritter blickte hinein, zu sehen, was in dieser Stunde das Weib treibe, welches er einst zur Seinen gemacht hatte. — Er sah sie. Sie saß mitten in einer verfallenen Hütte in der Armuth. Aber das Elend hatte ihr Herz nicht gewendet; sie umschlang mit ihren Armen den lockigen Jüngling und küßte mit Leidenschaft seine Stirne und seinen Mund.

„Wie Ihr doch die Laterne haltet," bemerkte der Greis, „Ihr schaut beim verkehrten Loch hinein, da vergrößert sie stark. Wendet das Ding doch um!"

Das that nun Herr Alerich, und als er zur andern Seite hineinschaute, sah er das Bild einigermaßen anders. Das Weib saß allerdings noch in der elenden Hütte und küßte und herzte den lockigen Jüngling, aber der Jüngling war viel kleiner als vorhin, war ein Knabe, war noch nicht zwei Jahre alt und hatte die Gesichtszüge des Herrn Alerich.

„— Am Ende," so sagte nun der Ritter, „am Ende habe ich auch damals im Walde das Zeug verkehrt gehalten!"

„Das mag schon sein," antwortete der Greis, „manche Leute haben eine merkwürdige Neigung, das Laternlein verkehrt zu halten und Alles, was ihnen in der Ferne Uebles zu widerfahren scheint, in einer argen Vergrößerung zu betrachten."

„Wollet Ihr mir jetzt noch Euer hörendes Ohr für einen Augenblick borgen?"

Der Greis langte ihm das silberne Horn hin; gedenkend seiner Frau, was sie zu dieser Stunde wohl sprechen mochte, horchte er hinein. — Mit einer vor Schluchzen halb erstickten Stimme sang sie: „O süßer Knab', Du einzige Lust, ruh' aus an Deiner Mutterbrust . ."

„Ich weiß genug," sagte Herr Alerich, „ich bleibe in der alten Welt und suche mein Weib."

Er wanderte durch's Land und kehrte in alle Hütten ein. Er fand Elend und Noth, er fand Unschuld und Sünde.

Und als er drei Jahre vergebens gesucht hatte, war er an Leib und Seele erschöpft, ging in eine Wildniß, um dort als Einsiedler sein Leben zu beschließen, und heimte sich in eine Felsenhöhle ein. — Eines Tages, als er ausging, um Wurzeln und Kräuter zu suchen, begegnete ihm ein schöner Knabe, der Erdbeeren pflückte und dieselben in ein Binsenkörbchen that.

„Sammelst Du die Beeren für Dich?" fragte er den Knaben.

„Für mich und die Mutter," antwortete der Kleine, „denn wir feiern morgen ein großes Fest."

„Welches Fest mögt Ihr doch in diesem Walde feiern?"

„Ja," sagte der Knabe, „den Tag, wo der Vater die Mutter begehrt hat."

„Wer ist denn Dein Vater?“

„Der Herr Ritter Alerich ist mein Vater.“

„So führe mich zu Deiner Mutter.“

— Eine Frau, die man zu Recht bestraft hat, verzeiht niemals; eine Frau, der man Unrecht gethan hat, verzeiht immer. Alerich’s Weib war zufrieden, daß sie den Gatten von ihrer Treue endlich zu überzeugen vermochte. Er führte sie wieder auf sein Schloß und sein Wunsch war, noch ein einzigesmal dem Greise zu begegnen, nicht um das hörende Ohr oder das sehende Auge noch einmal zu versuchen, sondern von ihm den schlafenden Schlaf zu erbitten — das Stirnband, welches die Erinnerung an seinen großen Irrthum und an ihr tiefes Leid ganz und gar aus seinem Gedächtnisse bannen sollte.

Herr Alerich ist dem Greise nicht mehr begegnet, sondern hat das Bewußtsein des verübten Unrechtes tragen müssen bis an sein Ende.

# Ein Gerichtstag zu Alt-Abelsberg.

Skizze aus der Culturgeschichte der Deutschen.

ir sind für den 28. October anno 1628 nach Alt-Abelsberg auf den Amtstag vorgeladen. Da werden wir wohl einen Vorfahren schicken müssen, uns entschuldigend, daß wir selber nicht erscheinen könnten, weil wir noch gar nicht auf der Welt wären.

Was es denn geben mag? Die Abelsberger Vogtei hat einen tiefen Thurm und draußen auf dem Hügel, wo man weit in's Land sieht, ein hohes Gerüste, an welchem eine Leiter lehnt — eine Aussichtswarte der alten Zeit — mit dem Blick in's Jenseits. Man thut verdammt schwer mit dem Vogt von Alt-Abelsberg. Da sitzt er am breiten Tisch und ist mit Actenstößen vermauert, daß nur der Kahlkopf daraus hervorschaut. Zwischen den Papierwuchten steht ein Crucifix, der Schrecken aller Bösewichter, vor dem sich Mancher im Meineide wohl den lichten Galgen ab-, hingegen die „ewige Höllen" angeschworen hat. Unter dem Tisch ist aber ein Querbrett und auf demselben steht ein stattlicher Krug, aus welchem der Vogt bisweilen einen Schluck Weisheit zu sich nimmt, oder einen scharfen Trunk Strenge, oder einen Tropfen Milde, je nach Bedarf. Denn „dieweilen der allmächtige Gott dießes Jahr einen ziemlichen Herbst bescheert, zudem der Wein gut, so sind der Vogtei die großen Fässer zu füllen."

So ist's amtlich bekannt gegeben worden.

Weiter unten sitzt ein Rathsherr von Abelsberg, der nur ausnahmsweise fungirt, daher eines besonders richterlichen Ansehens beflissen ist. Noch weiter unten hockt der Schreiberknecht, der die Gerichtsverhandlungen jenes Tages sorgfältig auf's Papier thut oder vielleicht gar auf's Pergament, auf daß es nach Jahrhunderten „zur Warnung christlicher Personen" gelesen werden kann. Die Gerichtsstube hat schwere Fenstergitter, was der heute vorgerufene Jörg Metze für überflüssig hält. „Wird's wohl sicherlich Keinem einfallen, daß er da beim Fenster hereinsteigt!"

Aber hinaus, mein Jörg Metze!

Wir, oder vielmehr die Unsern, sitzen am äußersten Rande der Anklagebank — ganz am Ende — und müssen warten, bis alle Anderen fertig sind. Das wird vielleicht gar etwas mit Ausschluß der Oeffentlichkeit.

„Die Barbara Obrechtin hie?"

Die Genannte meldet sich, sie wäre hie.

„Sie soll aufstehen und hergehen und dem Gericht ihre Reverenz erweisen. — Die Barbara Obrechtin hat ein böses Maul, ist des greulichen Fluchens verklagt, hat auch die Schüttnerin eine Hundsflug geheißen!"

„Und hat mich," fährt die Klägerin Schüttnerin auf, „ein Schreibermensch und Pfaffenroß geheißen."

„Ist's wahr?" frägt der Vogt.

„Beim heiligen Sacrament sag' ich's aus, es ist wahr!" ruft die Klägerin.

„Wenn's wahr ist, mag sie's ja sagen," entscheidet der Vogt, denn die Obrechtin hat ein fein Gesichtlein.

„Wahr ist's, daß sie mich's geheißen hat," schreit die Schüttnerin, „aber nit wahr ist's, daß ich's bin."

„Und ich sag's umgekehrt!" ruft die Obrechtin. Sie hat ein fein Gesicht, doch es ist ihr nicht zu helfen, sie hat in dem letzten Wort — in dem Widerruf — die Beschimpfung wiederholt. Der Richter muß sie verdammen. Sie soll in den Thurm und drei Tag beten. —

„Der Ulrich Riedling!"

„Hie!"

„Er hat sein Eheweib mit dem Axthelm auf die Brust geschlagen."

„Mit Vergunst, hoher Herr, sie ist selber d'ran Schuld, sie hat mir nicht den Rucken zugehalten."

„Schlagt Ihr sie oftmalen?" fragt der Richter.

„Mit Vergunst, hoher Herr, nur an Sonn= und Feiertagen."

„Weshalben?"

„Weil ich zu Werktags im Oberwald arbeite und nit daheim bin."

„Damit Ihr Euch einander attachiret, setze ich Euch zusammen in den Thurm. — Man soll ihnen aber nur einen Suppentopf und einen Löffel geben."

So der weise Entscheid des Vogtes. —

„Itzo kommen die Zwei!" sagt der Büttel und deutet mit dem Zuchtstock auf ein jüngeres Paar, dem er ein besonderes Interesse zu schenken scheint.

„Der Josef Birstl und die Agatha Grießel!"

„Sein bereit!" sagt der Bursche und steht mit dem Weibsbild von der Bank auf.

Der Richter: „Vor etlich Monaten habt Ihr hierorts zugesagt, daß Ihr Euch ehelich verbinden werdet. Ist bis dato nicht geschehen."

„Wir finden keinen Geistlichen, der's so gut kann, als wir's brauchen," entgegnet der Bursche.

„Es kommen," sagt der Richter, „bei den jungen Eheleuten jetzt die Siebenmonatskinder in Brauch."

„Ja, wenn das Weib über die Stiegen fällt," giebt der Bursche zu bedenken.

„Ist nur die Frage," wendet jetzt der Rathsherr ein, „warum die Weisheit Gottes das junge Geschöpf neun Monat lang der Welt vorenthält, wenn es, wie man sehen kann, mit sieben schon ganz und gar reif ist! Darum ist mein Begehr: Früh genug heiraten."

Das junge Weibsbild hebt zu weinen an; es wäre ihr das Heiraten sonst ja recht, aber Ehemänner schlügen ihre Weiber, während Andere mit ihnen größtentheils zärtlich wären.

Wird verordnet, das Paar hätte so lange, bis es „ehekirchlich" getraut, jeden Freitag eine Stunde auf der Schimpfkanzel zu stehen.

Der Rath wendet ein, ob man die Zwei nicht lieber auseinanderjagen solle?

„Kann bei denen Leuten nit mehr stattfinden," ist der Bescheid des Vogtes und der Büttel führt die Abgethanen ihrer Wege. —

Jetzt wird der Säufer Hannes Brenn vorgeführt, man kennt ihn allerwegen. Aber er stellt sich ganz nüchtern und ist vor dem Vogt der Höflichste und Gewandteste von Allen. Er ist wie daheim in dieser Gerichtsstube und weiß genauen Bescheid, wie man sich zu verhalten habe. Den Richter besticht das nicht.

„Hannes Brenn," sagt er, „Du bist neulings wieder auf Suff betreten worden."

Der Hannes zuckt mit Bedauern die Achseln.

„Bist demzufolge eines Meineides gegen den allmächtigen Gott überwiesen, Hannes Brenn!"

„Das ist ein Irrthum, ehrenwerther Herr Vogt," vertheidigt sich der Hannes, „meineidig worden bin ich nicht."

„Dieser Ausspruch ist eine verdammliche Frechheit, Hannes Brenn," sagt der Vogt, „und will ich Dir Deine eigene Urfehde in Erinnerung bringen, die Du vor Jahresfrist, wie Du wegen Suff das drittmal aus dem Thurm bist entlassen worden, gegeben hast."

Und liest die Schrift:

„Ich Hannes Brenn, seßhaft zu Ober-Abelsberg, Gericht Abelsberg, bekenn: Nachdem ich mich zuwider der Römischen, Kayserlichen Majestet meines allergnädigsten Herrn ausgegangenen Mandaten mit Suff und Fluch und Stritt bisher trotz alles Verwarnens oftmals übersehen, dennoch durch Gnad und Barmherzigkeit des Herrn Landvogt milde gebüßt worden bin, schwöre ich anheute einen aufgehobenen Eid leiblich zu Gott und den Heiligen, daß ich von heut dato in der Landvogtei und gnädigen Verwaltung keine offen Herberg oder Wirthshaus besuchen will. Wo ich aber an mir selbst Untreue begehen und diese Urfehde nit halten möcht, soll alsdann mein gnädiger Herr Landvogt volle Gewalt und Macht haben, mich straks gefänglich einzuziehen auf Jahr und Tag. Diese Urkund habe ich gethan zu Abelsberg am 13. Juli Tag, anno 1628. Hannes Brenn."

So die Urfehde. Der Richter fragt: „Nun, Hannes, wie steht es jetzt? Du bist neuerlich im Wirthshaus bei Suff und Fluchen und Stritt betreten worden."

„Mag ja sein, Herr Landvogt."

„Und also meineidig!"

„Meineidig bin ich nicht worden, Herr Landvogt."

„Wiederhole demnach noch einmal," lieſt der Richter, „ſchwöre ich anheute einen aufgehobenen Eid leiblich zu Gott und den Heiligen, daß ich von heut dato in der Landvogtei und gnädigen Verwaltung keine offen Herberg oder Wirthshaus beſuchen will."

„Darum bin ich in die Hirſchberger Vogtei hinüber gegangen, wann der Durſt zu groß worden iſt."

„Soll ich den Kerl peinlich berathen?" fragt der entrüſtete Vogt.

Der Rathsherr meint, ſolchen Rath könne der Hannes leichtlich übel aufnehmen und dafür gelegentlich einen rothen Hahn verehren. Er ſchlage vor, den Eid des Hannes Brenn auch für die Vogteien Hirſchberg, Obermoos und Neumünſter erweitern zu laſſen.

Iſt angenommen und wird verfügt. —

Nun kommt die ſaubere Geſellſchaft der Sacramentsſchwänzer. Das ſind fünf Bauern aus Ober=Abelsberg, deretwegen der Kirchherr ſich bei Gericht beſchwert hat, daß ſie die öſterliche Beichte umgangen hätten und am verwichenen Ablaßſonntag auch noch bei keinem Beichtſtuhl geſehen worden wären.

Die fünf Männer ſtehen roſtig und eckig von der Bank auf.

Sie ſollten vortreten.

Sie heben ſich mit vieler Noth ein paar Schritte voran.

Ob ſie des Teufels wären? fragt ſie der Richter.

Sie ſchauen ſich gegenſeitig an: Daß ſie nicht wüßten!

„Michel Schmied, wesweg biſt Du am verwichenen Sonntag nicht zum Sacrament gegangen?"

„Iſt halt ſo eine Sach'," antwortet der Angerufene und wallt in Verlegenheit ſeinen Filzhut, was die übrigen vier

genau so machen, „bin desselbigen Tags schon Morgens
früh so viel zornig worden, weil's geheißen hat, meine Kühe
wären in der Nacht verhext worden, was sich aber alsdann herausgestellt hat, daß es nicht wahr ist gewesen. So hab' ich
mir b'rauf gedacht: An einem solchen Tag, wo Du in der
Gottesfrüh schon so höllisch gescholten hast, gehst nit zum
Sacrament."

„Und der Tubel-Franz, warum ist Der ausblieben?"

„Wenn ich Birnknödel freß, schier noch ehevor ich die
Augen recht aufmach'!" entschuldigt sich der Tubel-Franz.
„Sind just so gestanden im Bettkastel, vom vorigen Tag her,
und mein Weib, das hat sie, wegräumen thut sie gar nichts.
Ich reck' die Füß' aus und denk': aufstehen sollst! Und reck'
die Händ' aus, und auf ja und nein kommt mir eine mit
dem Birnknödel zurück — und schnurgerade in's Maul.
Sagt mein Weib: Birnknödel ißt und willst heut' zum
Sacrament? Ich schrei ihr das letzte Wort nach und spring'
auf — und aus ist's für den Tag. Muß schon warten, bis
ich einmal nüchternerweise aufsteh'."

„Also, das wäre der Tubel-Franz gewesen," meint der
Vogt und klaubt in seinen Papieren; „jetzt möcht' ich aber
gerne wissen, was der Anton Wolten für ein Hinderniß
gehabt!"

Der Anton Wolten starrt seine Genossen an, ob das
ihn angehe? ob er's wohl auch wäre, der Anton Wolten?
Und als hieran alle Zweifel behoben sind, stottert er, daß an
jenem Tage seine Hosen so unziemlich viele Löcher gehabt
hätten, daß auch die Joppe, die man wohl noch an ihm sehen
könne, derart schäbig wäre, daß es einem christlichen Gewissen
wohl schon die Ehrerbietung vor dem Heiligsten verbiete, in
solchem Aufzuge das Sacrament zu empfangen.

Der Vierte sagt aus, daß er sonstwie nicht genugsamlich vorbereitet gewesen sei, um die heilige Handlung zu begehen. Und der Fünfte, der Christian Holluf, ruft, als er zur Rede gestellt wird: „Das übersteigt schon alle Gnad' und Barmherzigkeit!"

„Gnad' und Barmherzigkeit verlangst Du, alter Sünder!" sagt der Richter.

„Nicht für mich, Herr Vogt, nicht für mich, aber für den Kirchherrn. Bedenkt's einmal! Den ganzen Tag im finsteren Winkel sitzen — mitten in der Sündenbrut, und nichts hören als Lumpereien und Schurkereien und allerhand stinkende Laster. Da müßt Einer kein Herz im Leib haben, wenn Unsereins auch noch kommen thät mit der schmutzigen Wäsch'. Wer kann denn das aushalten? Nein, nein, ich komme an einem andern Tag, wo der Kirchherr ausgerastet ist."

So sagt nun der Rathsherr: „Das sind ja lauter christliche Leute! So viel Ehrerbietung haben vor dem Sacrament und seinem Diener, das wird man nicht bald wieder finden."

Der Vogt ist anderer Meinung und verurtheilt die Fünfe zur sofortigen Beicht und Communion. —

Jetzt wird's draußen laut, die Thür springt auf und knarrt in ihren schweren Angeln. Sechs Männer schleppen ein gebundenes Weibsbild herein. Das hatte, weil Hände und Füße gefesselt, von ihren weißen Zähnen Gebrauch gemacht, so lange sie konnte und nun keine andere Gegenwehr, als die schneidende Zunge.

Der Landvogt fährt die Büttel an, was denn das für eine Art sei, die anberaumte Gerichtssitzung mit einem nicht dahergehörigen Weibsbild zu unterbrechen.

„Wir kriegen Jeder drei Schinderlinge," entgegnete einer der Büttel. „Wir haben die Hexe abgefangen."

„Von Dato 30. Julius Tag an wird für das Hexen-
abfangen nit mehr als zwei Schinderlinge gezahlt, per Person,"
redet jetzt der Schreiberknecht drein und weist auf die Schrift,
die solchen Beschluß enthält. „Doch soll hinfüro der Hexe
Bett und dazugehörige Federn den Bütteln, als Folter-
knechten und Scharfrichtern, zu gleichen Theilen zugesprochen
werden."

Damit geben sich die sechs Gesellen zufrieden und es
beginnt das Verhör der Hexe. Sie ist ein junges Weib mit
rothem Harr und schielenden Augen. Sie ist angeklagt, ein
Hagelwetter gemacht zu haben, das alles Obst in der Abelsberger Gegend zunichte schlug. Ursache: Weil man sie bei einem
Apfeldiebstahl ertappt und  scharf gezüchtigt habe. Beweis:
Der Schlürer Jakob habe vor seinem Haus ein hühnereigroßes
Hagelkorn aufgehoben und in demselben ein rothes Haar
gefunden, das nur von der Magdalena Heitin herrühren könne.

Die Magdalena Heitin wird losgebunden und gütlich
befragt. Sie leugnet, wie alle Hexen anfangs leugnen. Aepfel
habe sie gestohlen, das gesteht sie, und dafür sei sie auch
geschlagen und eine Weile bei den Haaren umhergezerrt
worden und könne es schon sein, daß dem Schlürer Jakob
dabei ein's in der Hand geblieben.

Wenn jeder Hexe, so bemerkt jetzt der Rathsherr, auf
ihr erstes Aussagen geglaubt worden wäre, so hätte Abelsberg viel Geld erspart, das sonst auf Scheiterhaufen d'ran
gegangen sei. Aber es nütze nichts. Gegen die Heitin sei aus-
gesagt worden und in so wichtigen Sachen gebe vor Gott
dem Allmächtigen Keiner ein falsches Zeugniß.

Nun beginnt die peinliche Frage und dazu wird ein
anderes Local gewählt. Wir hören durch die Wand die Magdalena Heitin schelten und wimmern, wir hören sie nach einer

Weile herzbrecherisch schreien und alle Heiligen anrufen. Und wie die Qualen so groß werden, daß es nicht mehr möglich ist, dabei zu leben, und noch nicht möglich ist, dabei zu sterben, da hebt sie an, auszusagen. Wie ihr nach der Mißhandlung von wegen den Aepfeln vor Leid und Schand das Herz hätte abspringen wollen, da sei ihr im Niederschachen ein fremder Mann begegnet, der habe ihr zugeredet, daß er ihr helfen wolle, wenn sie Gott und allen Heiligen abschwören und ihm zu Willen sein möchte; sie habe es gethan und dann vom Fremden eine Haselgerte bekommen, mit der sie nachher das böse Wetter gezaubert.

„'s ist allemal dieselbe Geschichte," sagt der Rathsherr.

Freilich wohl, mein ehrenwerther Rathsherr, ist's allemal die alte Geschichte, weil Einer unter den Martern der Folter nichts Neues einfällt und nur sie das nachsagt, was sie von Anderen gehört hat. — Aber bei der Magdalena Heitin sind sie an eine Unrechte gekommen; das ist eine Rachgierige, die denkt: Wenn sie mich zu Grunde richten, so sollen auch Andere hin sein. Und reitet die bravsten und angesehensten Weiber von Abelsberg und Ober-Abelsberg in's Verderben. Sie sagt aus, daß sie nicht allein wäre, und fragt, ob man nicht wisse, daß ein Hexenstück nur dann gelingen könne, wenn alle Zauberer und Hexen der ganzen Gegend damit einverstanden wären? Nun habe sie auf dem Besenritt viel gute Bekannte und ehren= werthe Frauen begegnet, so die Gerbermeisterin von Ober-Abelsberg und die Frau des Küsters daselbst mit ihrer Tochter, dann den Schuhmacher Ofensaß zu Abelsberg und sein Weib, und die Schwägerin des Rathsherrn Bühlkamm und deren Schwester, die Schulzensfrau und die Frau des Landvogtes und viele Andere. Die Schulzensfrau verlege sich aber nur auf das Umbeten der Krankheiten von einer

Person auf eine andere, während sich die Traitmesserin von Abelsberg zumeist mit Verhinderung ehelicher Pflichten befasse.

Jetzt ist's Zeit für den Landvogt, zu beschwichtigen. Es würde ein boshaftes Geschwätz sein, man solle die Magdalena Heitin ein wenig peitschen und dann auf freien Fuß setzen. Dagegen wehren sich aber die übrigen anwesenden Angeklagten und Vorgeladenen. „Wenn gemein Mann und Frau auf bloße Gerüchtaussagen eingeführt werden, so begehren wir das auch bei Herrenleuten. Die Schwägerin des Rathsherrn Bühlkamm und deren Schwester und die Frau des Schulzen und des Landvogtes müssen so gut wie Andere in den Hexenstuhl gestellt und peinlich befragt werden!"

So will nun der Vogt die gefährliche Weibsperson ein= für allemal unschädlich machen. Es wird ohnehin morgen eine Gesellschaft verbrannt; er läßt den Bütteln sagen: „Wenn wir mit der Magdalena Heitin können fertig werden, so mag sie mitgehen." —

Schreiten hierauf zur Tagesordnung.

Wir haben jetzt aber gerade genug. — Landvogt von Alt=Abelsberg! Du hast uns Kinder einer neuen Zeit vor Deinen Richterstuhl gefordert! Oh, laß das, für uns wäre Dir doch kein Galgen hoch genug. Anders steht heute die Welt, anders der Himmel und wir sind Deine Richter. Du warst besessen von Aberglauben, Bigotterie und Fanatismus, menschlich Fühlen hast Du erst gekannt, als es Dir an den eigenen Hals ging. Irren ist menschlich, so damals, so heute, aber mit trotzigem Unfehlbarkeitsdünkel auf dem Irrthume zu beharren und demselben unzählige von Menschen zu opfern, das ist teuflisch. Das ist der Teufel des Mittelalters, den die Keule der Vernunft wohl betäubt, aber noch lange nicht getödtet hat. Wir haben hier kurzen Einblick gehalten in einen

Deiner Gerichtstage, Du armseliger Landvogt von Alt-Abelsberg. Du bist der Irreleiter und der Henker Deines Volkes
gewesen. Brich zusammen, morscher, blutbefleckter Richterstuhl
und begrabe den Vogt mit Deinem Moder!

Unser Büttel, die Zeit, hat diesen Urtheilsspruch bereits
vollführt.

# Fiat justitia — pereat mundus!

Im nächtlichen Frauengemache eines Edelhofes saß ein junges Weib und schaute trüben Auges zum Bildnisse auf, das an der dunklen Wand hing. Es war das lebensgroße Bild eines Mannes und über ihm hing ein Kranz von Immortellen — Unsterbliche dem Todten. Das Gemach war finster, aber auf dem Bildnisse lag ein rother, zitternder Schimmer, der zu den Fenstern hereinkam — es war der Schein brennender Häuser im Thale.

Den Edelhof umgab eine unheimliche Ruhe, die Thore waren verrammelt, und hinter Mauerwerken lauerten bewaffnete Männer. Es war eine große Bedrängniß gekommen über den Edelhof, in dem die junge Witwe wohnte. Herr Marthelm, der Samgunder, war in den Gau gedrungen und hatte der Frau Johanna Wort sagen lassen: „Frauen, die sich schwarz tragen, gehören in's Kloster. Meine fromme Mutter hat die Abtei zur heiligen Anna gegründet, ich mache Dich zur Aebtissin in derselben und Deinen Edelsitz will ich verwalten."

Darauf ließ Frau Johanna erwidern: „Mein Haus ist kein Herrensitz, seine Gründer sind Bauern gewesen; weil es in Ehren bestanden, hat ihm der Kaiser den Namen Edelhof gegeben. Ich will in ihm leben und sterben, das sei Herrn Marthelm zu wissen."

Aber Herr Marthelm der Samgunder antwortete: „Was sprichst Du von Deinem Manne? Er starb auf weichem Pfühle und hat für den Stammen nicht gesorgt. Lasse den Ritter in Dein Gemach treten, und Du hast als Frau und Mutter ein Recht auf den Edelhof."

Auf dieses Wort ordnete Frau Johanna die Befestigung des Hofes und die Bewaffnung ihrer Knechte an.

Da zog der Samgunder feindlich in den Gau und setzte den rothen Hahn auf die Häuser, die zum Edelhofe gehörten. Die Weiber und die Kinder waren in die weitläufigen Gebäude des Edelhofes geflüchtet, die Männer vertheidigten ihre Erde.

So stand's in jener Nacht, da Frau Johanna ernsten Blickes zum Bilde Dessen aufschaute, der einst ihr und des Hauses Beschützer gewesen. Jetzt trat der alte Diener Gottfried in's Gemach; er kam zur ungewohnten Stunde, aber in seinem behäbigen und wohlgenährten Wesen war keine besondere Erregung zu spüren.

„Frau Johanna," sagte er und blieb mit seinem brennenden Armleuchter an der Thüre stehen, „es ist gut, daß Ihr schon wachet, sonst hätte ich Euch ein Unrecht anthun müssen."

„Auch Du mir, Gottfried?"

„Ja wohl, Herrin, ich hätte Euch wecken müssen. Es ist etwas zu vermelden, aber entsetzt Euch nicht zu sehr, macht die Augen zu und vergeßt nicht: wenn wir todt sind, ist Eins so gut wie's Andere."

„Laß das sein, Alter, ich will nicht sterben," sagte die Frau und erhob sich zu einer schönen, schlanken Gestalt.

„Das will ich zwar auch nicht," meinte der Alte, „und darum ist die Nachricht hart, die ich Euch bringen muß."

„Was ist's? Du weißt, man hat mich noch stets gefaßt gefunden."

„Ja, bis jetzt sind auch noch keine Samgunder in den
Hof gebrochen."

„Sind sie's jetzt?"

„Sie setzen eben den Sturmbock an die hintere Mauer.
Hört Ihr's, wie bei jedem Anprall die Wände zittern?"

„Und unsere Mannschaft?"

„Die läuft im Hof und in den Gebäuden kopflos umher,
sie ist stark bei Kraft, sie reißt die Thorpfosten los, verrammelt
damit die Fenster und thut gerade das Unsinnigste. Kopflos,
sage ich Euch, Frau Johanna."

„Soll sie denn ein Weib commandiren? Wohlan!" Sie
riß das Schlachtschwert ihres Mannes von der Wand und
wollte hinaus, da trat ihr zwischen der Thür ein junger
Mann entgegen. Es war Meinhard, des Hofwarts Sohn,
der seit dem Tode des Herrn die geschäftlichen Dinge leitete,
die auf den Feldern, Wiesen und in den Scheunen waren.
Es war eine hohe, kräftige Gestalt, seine Lockenmähne war
rothgelb, wie das Haar der alten Germanen, in seinem Auge
glühte das Feuer der Kampflust, und in seiner Hand hielt er
eine langstielige Streitaxt.

„Wie steht's?" fragte ihm die Frau entgegen.

„Wir sind noch lange nicht verloren," rief Meinhard,
„gebt mir die Vollmacht, daß ich den Holzstoß in Brand
stecke. Das Feuer verlegt dem Feind, wenn die Mauer fällt,
den Weg in den Hof."

„Hier nimm das Schwert. Gedenke des Spruches, der
seinem Griffe eingegraben ist. Senge und brenne, wie Du
willst, um Recht und Ehre zu retten. Lieber im Feuer zu Grunde
gehen, als diesem Samgunder in die Gewalt zu fallen." So
rief die Frau. Das Schwert aber trug den Wahlspruch des
Hauses: Fiat justitia — pereat mundus!

„Ihr gebt mir die Vollmacht und die Mannschaft, Herrin — ich schütze Euch!" So sprach der junge Recke und warf einen Blick auf die schöne Witwe . . . Blickt so der ergebene Sohn des Hofwarts? . . . Oder der Herr des Hauses? . . . Oder der siegreiche Feind, der eine eroberte Festung inspicirt?

Dann schritt er von dannen und der Boden knarrte unter seinen Füßen.

„Hätte man ihm das angesehen?" sagte jetzt der alte Gottfried, „da ist er nur so still in Haus und Hof herumgegangen, aber das ist wahr, die Leute haben auf ihn geachtet, als wären sie dressirt gewesen. Er hat mit ihnen nicht viel Gemeinschaft gehabt, in der guten Laune hat er die Wolfshunde gestreichelt. Und jetzt will er sich so theuer verkaufen! Seht, der thut's, er denkt: sterb ich heut, so ist kurz abgethan."

„Leuchte mir in die Capelle," befahl die Frau, „ich will beten."

Sie schritten durch den stillen Gang und hörten den Lärm nicht, der sich draußen erhoben hatte. Als sie vor dem Altarbilde kniete und die Welt sich so eng um sie wölbte, so eng und still und düster im Zwielichte der blauen Ampel, da kamen schwere und unheimliche Gedanken. Ihr verstorbener Gatte mahnte sie, der Samgunder bedrohte sie, ihr Knecht Meinhard beunruhigte sie. An's Sterben soll's jetzt gehen? — Ihr Heiligen Gottes! zu Euren Ehren habe ich diesen Altar gebaut, Ihr Heiligen steht mir bei! — Sie erröthen, die Himmlischen? Erröthen im Scheine des brennenden Gehöftes, der durch's schmale Fenster fällt. — Sie hörte das dumpfe Anprallen des Sturmbockes an die Mauern, das Schreien ihrer Knechte, die unter dem Commando Meinhard's im Hofraume sich rüsteten. Aber dort schlagen die Flammen auf und die Statuen am Altare stehen wie Dämonen. In diesem Augenblicke wird es ihr klar: der Mensch mag die Göttlichen verehren, aber Hilfe verlangen kann man nur von sich selbst. — Sie rafft sich vom Betstuhle auf und tritt hinaus auf den Söller. Sie reißt dem Diener die Fackel aus der Hand und schwingt sie, daß man ihrer gewahr werde; der Wind reißt ihre Locken vom Stirnbande los, daß sie flattern. Wie sie schön ist! Wie sie in ihrer Wildheit schön ist!

„Leute! Männer!" sie ruft's hinab in die hin- und herwogende Schaar, ihrer Stimme Schall übertönt das Waffenklirren, das Knattern des brennenden Holzhaufens, „die Lanzen, die Schwerter, die Aexte, die Ihr jetzt erfaßt, es sind die Waffen Eurer Vorfahren, mit Heldenblut sind sie gestählt! Rettet mein Haus, es ist das Eure. Die einbrechen wollen, es sind nicht Soldaten, die ihr Land beschützen, es sind Räuber, die in fremdes Bereich ausziehen, Räuber, die vom Gesetze verdammt, vom Himmel verflucht sind, die den Teufel im Schild führen — und Ihr zieht mit dem allmächtigen Gott! Wer sich berauben läßt, der läßt sich schänden. Spaltet ihnen die Schädel, sie sollen nicht leben! Schützet Eure Heimstätten, hütet den heiligen Erbboden, in welchem die Helden ruhen, auf welchem Eure Nachkommen stehen werden und Euer, der Streiter und Sieger, gedenken. Vorwärts! Seht ihr den treuen Meinhard mit Beil und Schwert durch Rauch und Feuer bringen? Ihm nach! Vorwärts! Tödtet sie! Vernichtet sie Alle! Alle!"

So hat sie — wie mit Schlachtgesang — die Männer beeifert, und nun fuhren sie los. Als der Kampf begann, trat der alte Gottfried zur Frau Johanna und sagte ihr in einer recht gemüthlichen Weise, die seiner wohlgenährten Gestalt wohl anstand: „Allhier auf dem Söller müßt Ihr nicht stehen bleiben, Herrin; von oben herab sieht sich eine Schlacht nicht hübsch an. Zieht Euch zurück in's Gemach, an dessen Fenster ich für den Nothfall schon die Strickleiter habe anbringen lassen."

„Ich werde nicht fliehen," sagte sie.

„Ich würde es auch nicht thun," meinte der Alte, „auf einer Welt, wo so viel Rauben und Unrecht geschehen kann, ist's eine Schande, weiter zu leben. Man ist's seiner Ehre schuldig, daß man ablehnt."

Kaum war Frau Johanna in ihr Gemach zurückgekehrt, kam draußen der Lärm näher. Sie verriegelte die Thür und that Pulver in ein Wasserglas — weißes Pulver. In dem Augenblick, da der Edelhof verloren und sie gefangen ist, wird sie mit diesem Pulver alle Fessel sprengen. Das Geschrei und Gejohle kam die Treppe hinauf zu ihrer Thür. Sie hob das Glas gegen ihren Mund; da hörte sie bekannte Stimmen: „Ein Gefangener! Herrin, wohin mit dem Gauch?"

Sie öffnete die Thür: „Ist das bei Euch Heldenthat, einen alten, hinkenden Wicht zu fangen?" rief sie den Knechten zu, während sich der Gefangene, ein armselig gebückter, grau= bärtiger Geselle, unter ihren rohen Fäusten ächzend wand.

„Wir hängen ihn auf die Thurmspitze, wenn Ihr wollt!"

„Ich will, daß Ihr den Alten in den Thurm führt und ihm frisches Stroh zum Lager schafft. Mich dünkt, das ist ein gar verzagter Samgunder; gebt ihm Wein."

„Hör' einmal, edle Herrin," ließ sich jetzt einer der Knechte vernehmen, „wenn Du Deinen Feinden gutes Lager giebst und Wein zum trinken, da werde ich auch Dein Feind."

„Wer ist's, der dieses Wort gesagt hat?" rief Frau Johanna.

„Der einäugige Tickel."

„Führt ihn ebenfalls in den Thurm," befahl die Frau zornig, „er soll auf Steinen schlafen und Wasser trinken. Er hat seine Herrschaft verhöhnt, und so kann er sie auch verrathen. Dieser Samgunder hat, als er gegen uns auszog, den Befehl seines Herrn gethan. Er that seine Pflicht. Bringt mir den Herrn Marthelm herein, den sehe ich gern auf der Spitze meines Thurmes hängen."

Sie sprach's und trat in ihr Gemach zurück.

Dort hatte der alte Gottfried das Glas mit der Flüssigkeit bemerkt. Er betrachtete es im Scheine der aufgehenden Morgenröthe und murmelte: „Also doch?"

„Laß den Becher stehen!" sagte sie.

„Herrin," versetzte Gottfried, „ich bin ein Diener und habe mich niemals in Eure geheimen Angelegenheiten gemischt. Aber da, wo wir beide jetzt stehen, sind wir gleich groß. Aus diesem Glase wollt Ihr Bruderschaft trinken?"

„Mit Dir nicht, alter Tropf."

„Mit mir nicht, das weiß ich, Frau Johanna, aber mit dem Tode! — — Es ist kein schlechtes Beginnen, aber Mancher thut's heute nicht gern, weil er's morgen auch noch thun kann. Und kommt ihm bis morgen ein Anderer zuvor, der ihm's erspart, umso besser. Wir wissen nicht, wo wir sind, wissen auch nicht wohin es geht, wir sind blind. Und wer blind ist, der thut klüger, sich schieben zu lassen, als daß er selbst dreinspringe. Nichts für Ungut, es ist so meine Meinung." Damit schüttete der Alte den Inhalt zum Fenster hinaus.

„Gottfried," sagte nun die Frau, und sie sagte es leise, denn ihre Stimme war gepreßt von zweierlei Gefühlen, die in ihr kämpften, „wenn meine Mutter bei ihrem Sterben mich nicht in Deine Hände gelegt hätte und gesagt: Gottfried, Du treue Seele, ich vermache Deine Treue diesem armen Kinde, — und Du mir das Vermächtniß nicht gehalten hättest bis zu diesem unglückseligen Tage, ich müßte Dich richten. Du überantwortest mich der Gewalt des Feindes — ist das die That, womit ein treuer Diener sein Leben beschließt?"

„Edle Frau," sagte der Alte, „sonst habt Ihr mich verlacht, wenn ich vom Tode gesprochen; heute — mit Erlaubniß — könnte ich Euch es thun. Es steht ja nicht gefährlich um uns. Hört Ihr noch den Schlachtlärm? Nein, er hat sich verzogen, unsere brave Mannschaft verfolgt den Feind bereits gegen die Grenze. Ihr könnt es sehen."

Er wies zum Fenster hinaus, über die Au; zwischen den aufsteigenden Morgennebeln hin stoben auf Rossen und zu Fuß in wilder Flucht die Samgunder. Die bunten Lappen flatterten im Winde, dort und da schwirrte noch eine Fackel hin, die der Träger auszulöschen vergessen hatte und nun anstatt der rothen Fähnlein geschwungen wurde, welche sie auf dem Kampfplatze eingebüßt. Und hinter diesen zerstreuten Haufen des Feindes eilte in guter Ordnung die Mannschaft des Edelhofes drein, voran auf hohem Rappen Einer, dem Frau Johanna von ihrem Fenster aus helle Freudenworte zurief. Die hörte der Reiter freilich nicht, aber ihr that es wohl, ein- um's anderemal: „Du tapferer Ritter Meinhard!" auszurufen zu können.

Und als die Feinde und ihre Verfolger in dem grauen Nebel verschwunden waren, wandte sich Frau Johanna vom Fenster weg und mit glühenden Wangen sprach sie zum alten Gottfried:

„Lasse eilig das blaue Zimmer bereiten."

„Das Zimmer unseres seligen Herrn?"

„Laſſe es bereiten, wie es zu ſeinen Lebzeiten war, ich will in demſelben unſern Retter empfangen.“

„Es ſoll geſchehen,“ ſagte der Alte, „empfangt ihn mit Dankbarkeit, Frau, aber macht ihn nicht übermüthig. Thut auch jetzt die Augen zu und denkt, dem Glück iſt nicht zu trauen.“

„Du biſt läſtig, Menſch!“ rief ſie, „das Glück iſt treu, wenn man ihm treu entgegenkommt. Ich will es feſt umfaſſen und halten und nimmer laſſen. Das Heim iſt gerettet, in dieſem Hauſe iſt der Sieg eingezogen. Laß den Waffenſaal mit Eichenkränzen ſchmücken, auch die Capelle. Geh'.“

Als der alte Diener langſam durch die Gänge des Hauſes hinſchritt, murmelte er bei ſich: „Auch die Capelle? Ich glaube, die Capelle mit Myrten.“

*        *        *

Frau Johanna ſtand im geſchmückten Saale. Sie hatte befohlen, daß man den gefangenen Samgunder zu ihr bringe. Der wurde nun herbeigeführt; es war eine häßliche Erſcheinung. Die gebrochene Geſtalt war in dicke, wulſtige Lappen gehüllt, ſein graues Haar, ſein wilder Bart bedeckten das Angeſicht, von dem nichts zu ſehen war, als eine braune, unförmige Naſe und zwei zuckende Aeuglein. Seine Arme und Füße waren mit ſchweren Ketten belegt. Drei handfeſte Knechte hatten ihn johlend und balgend hereingebracht. Nun lauerte er vor der ſchönen Frau, die in ihrem blauen Faltenkleide und mit dem diademartigen Schmucke auf dem Haupte wie eine Königin vor ihm ſtand.

Als der alte Gottfried bei der Thür an dem Gefangenen vorübergeſtrichen war, hatte er ihm zugeflüſtert: „Mach' Dir nichts b'raus. Wenn Du geſtorben biſt, iſt Ein's wie's Andere.“

Dieses Wort schien ihn nicht gerade zu beruhigen. Die Frau lächelte und sprach zu ihm: „Sind alle Samgunder so tapfer als Du?"

„Spottet, spottet!" gröhlte der Gefangene, „ich war der Erste voran, darum haben sie mich erhascht. Vier gegen Einen. Jetzt bin ich ein Wurm unter Eurem Fuß, Frau Johanna, aber bevor Ihr mich tödtet, will ich Euch was sagen."

„Ich will von Euch nichts wissen. Ich erwarte hier die Rückkehr meiner Leute. Ist keiner gefallen und gefangen, so gebe ich Euch frei, sonst bleibt Ihr meine schlechte Geißel."

Sie sprach noch, als im Hofe die Hörner klangen. Hallogeschrei und Gejauchze überall. An den Fenstern vorbei schwankten die großen Ballen der gemachten Beute, flatterten lustig die vom Feinde eroberten Fähnlein; der Gefangene verbarg sein Gesicht mit den Händen. Nun flog die Thür des Saales auf und Meinhard stand da, Eichenlaub auf dem Sturmhut und mit blutigen Waffen. Die Verbeugung, welche er vor der Frau des Edelhofes machte, war nicht die eines Knechtes, sondern die eines Ritters. Sie lächelte ihn an, reichte ihm ihre Hand und sprach: „Ich grüße Dich, ritterlicher Meinhard. Ich verdanke Dir das Gut meiner Väter, ich verdanke Dir mein junges Leben. Du hast den Feind aus meinem Gau verjagt."

„Schöne Frau," sagte Meinhard, „ich habe ihn aus Deinem Gau verjagt, ich habe ihn verfolgt in seinen Gau; ich habe ihm vergolten, denn ich habe seine Dörfer zerstört, ich habe seine Unterthanen zerstreut, ich habe seine Burg in Brand gesteckt."

Der Gefangene that einen Aufschrei.

„Du bist in sein Gebiet eingebrochen und hast die Häuser geplündert?' So Frau Johanna.

„Ich habe Marthelm den Samgunder gezüchtigt!"

„Du hast Feuer gelegt?"

„Herrin, wie Du es befohlen."

Da wurde die Gestalt der Frau Johanna noch größer und königlicher und sie sprach: „Was habe ich befohlen? Ich habe befohlen, daß — wenn's die Noth erheischt — mein Hof in Brand gesteckt werde, ehe er dem Feind in die Hände falle, ich habe Dir befohlen, die Samgunder aus meinem Gau zu vertreiben. — Ich habe Dir nicht befohlen, in ihr Gebiet einzubrechen und jene Schandthaten zu verüben, die mir angethan oder zugedacht waren. Du kennst meinen Abscheu und meinen Haß gegen den gewaltthätigen Samgunder, und nun hast Du mich selbst zu dem gemacht, was ich hasse und verabscheue. Mein Edelhof, er war so hoch gehalten in Nah und Fern, weil kein ungerechter Heller in ihm war; mir ist er so lieb und werth gewesen, weil kein blutiger Makel an ihm war — und Du hast ihn geschändet. Mein Edelhof, er war ein Muster der Arbeitsamkeit, der Redlichkeit, der Tapferkeit — Du hast ihn geschändet. Du hast meine Leute zu Räubern und Brandlegern gemacht. Du hast den Haß gegen mich gesäet. Wenn wieder Feinde nahen, wo soll ich Schutz und Recht suchen, wenn ich selber Leid und Unrecht streute? Du hast in meinem Namen das Gesetz beleidigt, Du hast den Stolz meiner Väter, die Kraft meines Herzens vernichtet, denn Du hast meinen Leitstern, die Gerechtigkeit gestürzt."

„Ich habe Böses mit Bösem vergolten, das ist Gerechtigkeit," sagte Meinhard.

„Schweig!" rief sie, „wenn Böses immer mit Bösem vergolten werden müßte, so käme ein Elend in die Welt, das die Menschheit in kurzer Zeit zu Grunde richten müßte.

Ist das ein Protest gegen die Gewaltthat, wenn ich Gewalt= that übe? Das ist ein Rechtfertigen der Gewaltthat. Soll ich das Unrecht, das ich über Alles hasse, vermehren, indem ich es thue? — Ich muß nicht leben, der Edelhof muß nicht stehen, die ganze Welt mag vergehen, aber das Recht muß sein."|

„O, wie christlich!" murmelte der Gefangene.

„Christlich," fuhr Frau Johanna fort, „mag sein. Aber ich brauche es nicht. Hasset Eure Feinde, verachtet sie, aber thut an ihnen das Unrecht nicht! diesen Grundsatz haben meine Vorfahren auf den Schild geschrieben, den Du zertrümmert hast. Meinhard, soll ich Dir den Lohn nach Deiner Weise messen, so tödte ich Dich."

„Frau!" schrie jetzt der junge Mann und sprang einen Schritt nach rückwärts. Und dann sagte er leise: „Ich hab's aus Liebe zu Dir gethan."

„Geh' weg, hinweg von mir. Ich will Dich nimmer sehen!"

„Herrin —"

„Hinweg, Ungeheuer, das aus Liebe mordet!"

Ihr Zorn war gewaltig. Blaß wie ein Todter wankte der Eichenbekränzte dem Ausgange zu. Gottfried stand an der Thür, dem blies Meinhard zu: „Sie ist wahnsinnig!" Er antwortete: „Sie handelt nach dem Gebote."

„Was soll ich thun?" fragte Meinhard in Wuth und Rathlosigkeit.

„Früh Morgens an diesem Tage hätte ich das beste Mittel für Dich zur Hand gehabt, aber ich habe es zum Fenster hinausgeschüttet."

„Wie meinst Du's?"

„Geh und mache Dich bald zu Ende, dann bist quitt."

Er ging und wurde in diesem Gaue nicht mehr gesehen.

Als Meinhard den Saal verlassen hatte, befahl Frau Johanna, daß man die Festkränze von den Gesimsen reiße. In demselben Augenblicke rief der Gefangene mit heller Stimme: „Du herrliche Frau! Dein Sieg ist größer, als alle Siege, die ich je gesehen habe, so sei auch großmüthig!" Er warf seine Lappen, warf seine Maske ab und stand als Marthelm der Samgunder vor der Frau Johanna.

Lange hielt ihre Verblüffung nicht an. „List!" hauchte sie.

Er war ein stattlicher Mann. Aber in einer Art von Ehrfurcht stand er nun vor Der, die er gestern noch bekriegte.

„List, Frau Nachbarin," sagte er, und seine Stimme war tief und schwer, „nein, List nicht. Nennt es Klugheit. Um im Kampfe sicherer zu sein, habe ich mich in diese Gestalt vermummt. Die Begierde trieb mich vorwärts, so bin ich in die Hände Eurer Knechte gefallen. Daß ich mich Euch nicht entdecken wollte, erklärt sich auch. Ihr hättet mich nun freigelassen, ich wäre heil aus dem Hause der Feindin entkommen. Aber — wie ich Euch jetzt — jetzt kennen gelernt habe, Frau Johanna, so will ich Eure Verzeihung oder sterben. Wendet Euch nicht von mir. Zu dieser Stunde, wo meine Burg in Flammen niederbricht, bitte ich Euch, verzeiht mir!"

So sagte nun Frau Johanna: „Ich wollte, ich könnte vergeben, ohne selbst um Vergebung bitten zu müssen. Mein Haus steht noch, das Eure ist zerstört."

„Es wird schöner und größer, als es war, wieder gebaut werden, denn ich werde in dasselbe eine Hausfrau einführen."

„Gott mit Euch!" sagte sie.

„Ihr mit mir!" rief er und wollte ihre Hand ergreifen, „das Verlangen nach Euch, welches mich zu rücksichtslosen, wilden Thaten verleiten konnte, ist in diesem Saale Eures Edelhofes zu Ernst geworden. Euer Hochsinn wiegt meinen

Stammbaum auf. Ich bitte Euch zur ehelichen Genossin meines Lebens, ich mache Euch zur Trägerin meines uralten Namens, ich mache Euch zur Herrin meiner weiten Gebiete."

„Und ich danke Euch," antwortete Frau Johanna. „Kehrt in Frieden heim. Und wenn Euch die Spuren der Gewaltthaten begegnen, so laßt sie Euch zur Lehr' und Warnung sein."

„Und Ihr?

„Ich befolge Euren Rath und gehe in's Kloster. Aber nicht in das Eurer seligen Mutter, damit die böse Welt nicht sage, mein Edelhof wäre doch ein Opfer Eurer Habsucht geworden. Lebt wohl."

Sie war davon. Der alte Diener stand noch da, der mitten unter aller Bedrängniß durch seine Philosophie des Indifferentismus zu einem so runden Bäuchlein gekommen war. Der behäbige Gottfried sagte nun zu Herrn Marthelm: „Macht Euch nichts d'raus. Bis Ihr todt seid, wird Euch die Schmach nicht mehr wurmen, die heute Frau Johanna dem edlen Herrn Marthelm von Samgund angethan hat."

# Der Kammerdiener.

Der junge Mensch war allenthalben bekannt, hier und dort. Daß man ihn aber auch irgendwo kennen gelernt hätte, dazu blieb er nicht lange genug auf einem Flecke. Er war hüben und er war drüben, und immer hatte er ein schwarzes Tuchgewand an und über der Weste eine goldene Uhrkette hängen, die mitunter ziemlich locker wog, es war eben nicht immer dieselbe. Die Hembkrägen waren nicht immer so weiß, als sie zum schwarzen Anzuge gut gestanden wären, so daß es schien, der junge Mann wechsle öfter die Uhrketten, denn die Wäsche. Wohl trug er gerne gestreifte Hemben, denn wenn der Schmutz hübsch in Reihen und Quabrätchen eingetheilt ist, so hat er auf das Auge doch immerhin eine freunblichere Wirkung. Die Hauptaufmerksamkeit wenbete der junge Mann wohl seinem Haar zu, das war von Natur fast pechschwarz und immer so fein gefettet und geglättet, daß es den Weibern als Toilettespiegel hätte bienen können.

Seine Eltern waren unbekannt; er selber soll, aus einem Dorfe an der galizischen Grenze stammend, sich in einem Erziehungsinstitute befunden haben, wo es ihm aber nicht gefiel, denn er floh baraus. Es war Jemand, der braverweise die Christenpflicht vorschützte, um dem Drange seines

Herzens genüge zu thun und den jungen Menschen nicht ver-
sinken zu lassen. So wurde Julian wieder eingefangen und
in ein anderes Institut gethan. Dort hatte man ihm das
Entfliehen so gottlos schwer gemacht, daß er es vorzog, die
Sache so einzurichten, daß sie ihn selber fortjagten. Er kam
in die Gegend, wo die Sommerresidenz des Grafen Borgstam
stand; der Graf war ein alter Sonderling, ein morscher Rest
des alten Adelsgeschlechtes gleichen Namens, der fast einsam
dasaß inmitten seiner ausgebreiteten Güter. Er interessirte sich
für den hübschen, intelligenten Burschen, stattete ihn aus und
half ihm in ein Militärinstitut. Das fand Julian nicht wohl
gethan und eine Weile später sah man ihn mit einer Schau-
spielertruppe durch das Land ziehen. Da war er schon zwanzig
Jahre alt; aber bald bekam er den Komödiantenteint im hohen
Grade. Seine Wangen fielen ein, seine Gesichtsfarbe wurde
fahl, fast grünlich-grau, seine Augen brannten absonderlich,
wie scharfzackige Sternlein. Seine schlanke Gestalt war zweifach
geknickt, einmal an den Knien und einmal am Nacken. Der
schwarze Anzug wurde nicht mehr gebürstet.

Graf Borgstam, der sich nun einmal diesem Menschen
zugewandt hatte, wollte ihn nicht mehr aus den Augen lassen.
Ein so wohlgebildeter und wohlgearteter junger Mann! Er
nahm den Julian zu sich als Kammerdiener. Der Graf war
betagt und durch mancherlei Mesalliancen und abenteuerliche
Lebensperioden hindurch glücklich dort angekommen, wo man
müde und isolirt dasteht. Diese Einsamkeit war umso unheim-
licher, je größer sein Reichthum und je mehr der Wohldiener
ihn schmeichelnd umkrochen. Doch sammelt sich immer noch ein
Restchen Weichmuth und Wärme in einem alten Herzen,
wenn es scheinbar auch schon ausgebrannt ist, und dieses
Restchen kam dem neuen Kammerdiener nicht schlecht zu statten.

Julian erholte sich bald, seine Wangen blühten und sein
Rückgrat strebte wieder der aufrechten Richtung zu. Bei der
freundlichen Behandlung, die er im Schlosse genoß, kamen
auch seine geistigen Anlagen rasch zum Vorschein. Die Lust
zum Vagabundiren war weg und obgleich in eine gewisse
Disciplin gesteckt — denn der Graf war ein alter Soldat —
heimte sich Julian rasch ein, zeigte eine tiefe Anhänglichkeit zu
seinem Herrn und nach zwei Jahren war er mehr oder weniger
der Vertraute des Grafen, und der Kammerdiener bekam selbst
wieder einen Diener zugetheilt.

Den Winter verlebte der Graf in der Hauptstadt, wo
er eines der vornehmsten Palais besaß, das aber in seinen
größten Theilen unbewohnt blieb, weil der Herr nur einen
kleinen Hausstaat zu führen pflegte und es auch sein alter
Adel und dessen Verhältnisse verlangten, daß das Gebäude
nicht praktisch verwerthet werde, sondern mitten in der lebens=
lustigen Stadt still und ernst wie ein düstergewaltiges Monument,
an das alte Herrengeschlecht erinnernd, dastehe.

Julian war also des Grafen rechte Hand geworden, so
daß diesem der übrige Haustroß mehr oder minder über=
flüssig erschien und er sich von demselben räumlich abzusondern
liebte. Der Graf pflegte allabendlich einen alten General bei
sich zu sehen, mit dem er ein Tarockspielchen machte und ein
paar Flaschen Wein ausstach. Vor Mitternacht wurde dem
Gaste aus dem Hause geleuchtet und der Graf stieg bisweilen
schon etwas schlaftrunken zu seinem Schlafzimmer empor.
Julian verschloß alle Fenster und Thüren der Vorgemächer,
hatte noch die Aufgabe, dem Herrn im Entkleiden zu helfen,
ihm irgend ein Buch auf den Nachttisch zu legen zur Lectüre,
damit sich's leichter einschläft, und sich dann im Vorzimmer
selbst zu Bette zu legen.

Da war es eines Tages, daß, als der Graf schon im Bette lag und just das Buch weglegen wollte, Julian in's Gemach trat.

„Was willst Du?" fragte der Graf.

„Euer Gnaden das Licht auslöschen," war die Antwort; da stand er schon am Bette und in seiner Faust hielt er den Griff eines scharfblinkenden Hirschfängers.

Der Graf richtete sich rasch empor, der Kammerdiener griff ihm an die Gurgel und preßte ihn rasch und mächtig auf das Kissen zurück.

„Sie wissen, Herr, um was es sich handelt," sagte Julian ganz leise, indem er Sorge trug, daß die Spitze des Messers dem vor Schreck stöhnenden alten Manne vor's Auge kam. „Erschrecken Sie aber nicht so sehr, Sie werden Ihr Leben mit einem einzigen Worte retten. Sie waren mir stets ein guter Herr und ich bitte Sie inständigst, ja nicht den mindesten Schrei zu versuchen. In der Nothwehr bin ich Alles im Stande."

Diese bodenlose Frechheit des Anfallenden gab dem Grafen das Bewußtsein der Ruhe wieder. Er wehrte sich nicht, er starrte dem Burschen nur wunderlich in's rollende Auge.

„Was — bedeutet denn das, Julian?" fragte er.

„Sagen Sie mir nun einmal ganz ruhig, wo Sie die Schlüssel zur Geldcasse haben."

„Laß mich los, Unglücklicher!"

„Herr, wenn Sie lärmen wollen!" Der Bursche machte die Miene des Zustoßens.

„Ich meine nur," fuhr der Graf fort, „wenn Du mich nicht losläßt, so kann ich nicht zu Worte kommen. Daß ich nicht Lärm schlage, magst Du glauben, dafür ist mir mein Leben zu lieb, und Du würdest zehnmal durch's Fenster entspringen können, bevor man zu Hilfe käme. Ich sehe Deinen Vortheil recht gut ein."

„So werden Sie mir die Casse öffnen."

Der Graf hatte sich nun vollends gesammelt. „Julian," sagte er mit einem Humor, den man dem alten Herrn für eine solche Situation nicht zugetraut hätte, „da Du Dich so gut sichergestellt und auch, wie ich nun sehe, die Pistolen entfernt hast und selbst die Klingelschnur durchgeschnitten, da wir uns recht still verhalten und es noch viele Stunden dauert, bis im Hause der Erste aufwacht, so können wir die Sache ganz bequem machen und Alles miteinander wohl über- legen, denn Du mußt zugeben, daß es etwas Wichtiges ist, was Du vorhast. Ich versuche nicht, Dir davon abzurathen, aber ich gebe Dir zu bedenken, ob Dein Weg bis nach Amerika — und einen andern kannst Du wohl nicht wählen — auch vorbereitet genug ist, daß Du ihn von diesem Fenster aus schnurgerade nehmen kannst!"

„Das ist meine Sache, nur habe ich keine Zeit zu ver- lieren. Also!"

„Ach ja, die Schlüssel! Aber ich fürchte, daß, wenn Du die Casse geräumt haben wirst, Dir doch nichts Anderes übrig bleibt, als mich todt zu machen. Und insoferne ich väterlich für Deine Zukunft besorgt bin, sage ich Dir: Du könntest gar nichts Schlimmeres thun, als mich zu ermorden!"

„Sie höhnen mich!" knirschte der Kammerdiener, der als Angreifer nun weit erregter war, als der Angegriffene.

„Stoß zu!" sagte der Graf, immer noch ruhig auf seinem Bette liegend, „stoß zu, wenn Du's gratis thun willst!"

Das wollte der Bursche allerdings nicht und fast irre gemacht durch das Verhalten des Grafen, verlangte er in bittendem Tone die Schlüssel zur Casse.

„Julian!" sagte der Graf und wollte den Burschen an der Hand fassen, während dieser aber durchaus nicht gesonnen war, von seiner wehrhaften Stellung auch nur den geringsten Vortheil aufzugeben.

„Du hast Recht, Julian," fuhr der Graf fort. „ich gestatte Dir, daß Du mich fesselst, aber den Mund laß mir frei, denn ich habe Dir Einiges zu sagen, was für Dich nicht unwesentlich ist. — Dort in der Ecke steht die Casse, die Schlüssel kann ich Dir auch angeben, ja selbst die geheimen Kunstgriffe, ohne welche das Ding nicht zu öffnen ist, möchte ich Dich lehren, allein Du würdest über den Inhalt des Schrankes enttäuscht sein. Zumeist sind es Papiere, mit denen ein Flüchtling nichts anzufangen weiß, das vorhandene Baargeld dürfte Dich zur Noth nach New-York bringen, aber nicht weiter. Und in diesem Lande wird nach meinem Tode das Gericht ein Testament öffnen, das schon seit sechs oder sieben Monaten geschrieben ist und in welchem der unglückliche Graf Borgstam, als der letzte, seinen Kammerdiener Julian Zellenbach zum Universalerben einsetzt. Ein Duplicat des Testamentes wirst Du in der Casse finden."

„Wir werden uns überzeugen."

„Gut Junge. Aber was nützt das? Ich sehe es ein, Du meinst, Du könntest jetzt nicht mehr zurück."

„Sie sehen es selbst ein, Herr Graf."

„Vielleicht aber doch, wenn wir die Sache erörtern. Denn es wäre jammerschade, wenn Du über die Flucht wegen der Kleinigkeit die Dir einst rechtmäßig zufallenden Güter im Stiche lassen müßtest."

„So thöricht bin ich nicht, daß ich mich durch solche Märchen hinhalten lasse," sagte der Kammerdiener in verschmitztem Tone.

„Es thut mir leid," fuhr der Graf fort, indem er sich unter dem drohenden Messer nun einmal ein wenig zurecht rückte, „ich würde Dich gerne von der Richtigkeit meiner Worte überzeugen, aber Du bist ein toller Junge und stoßest aus Angst schließlich doch noch Deinen leiblichen Vater nieder."

Das Bekenntniß war heraus, allein es wurde darum die Unterhaltung nicht wesentlich gemüthlicher.

„Ich habe mancherlei an Dir erlebt, mein Sohn," fuhr der Graf fort, „und ich habe Dir außerdem noch mancherlei zugetraut; allein ein Raubmörder, das berührt mich unangenehm. Man kann Leute tödten und Güter confisciren, so viel man will, aber auf ritterliche Weise, wie wir's gethan haben. — Doch Dir mangelte die standesgemäße Erziehung und ich habe Dich leider aus den Augen gelassen und jahrelang aus den Augen verloren; was ich konnte, habe ich ohnehin gethan."

Nun war denn doch der scharfe Hirschfänger in der Faust des Kammerdieners etwas locker geworden. Er trat einen Schritt vom Bette zurück und sagte mit heiserer Stimme: „Erheben Sie sich und zeigen Sie mir das Document, denn Sie werden begreifen, daß ich mich sichern muß."

„Daran thust Du wohl. Nur möchte ich wissen," sagte der Graf und machte Anstalten, aufzustehen, „ob Dir niemals eine Ahnung gekommen ist von unserer — Zusammengehörigkeit?"

„Mag sein," antwortete der Bursche, „momentan handelt es sich aber darum, daß ich mich affecurire. Hierher, wo ich Sie jetzt habe, dürfte ich Sie sobald nicht mehr kriegen."

„Das Vernünftigste ist, Du gehst zu Bette," so nun der väterliche Rath, „und keine Seele soll wissen, was in dieser Nacht zwischen uns vorgefallen."

„Aber Sie werden umso sicherer daran denken, mein Herr, und werden mich enterben oder mich aus dem Wege schaffen, auf welchem ich Ihnen nun unbequem sein muß."

„Ich sehe, daß Du klug bist, mein Sohn. Doch dürftest Du beruhigt sein, wenn ich Dir meine, Deine Geschichte, insoferne Du sie nicht kennst, mittheile."

„Die kümmert mich nicht und möchte für mich dabei kaum mehr Ehre herauskommen, als am heutigen Tage. Sie haben ein schönes, armes Weib in's Unglück gebracht, damit wird's beginnen."

„Ich habe sie versorgt."

„Sie ist verachtet worden und zu Grunde gegangen."

„Weißt Du's?"

„Das ist leicht wissen, weil es der natürliche Gang ist. Und die Leichtsinnigsten kommen immer noch am billigsten."

„Auch Du wirst Dich nicht zu beklagen haben."

„O klagen, Papa! Lieber nehm' ich mir meinen Theil und schweige."

„Schweigen, das glaube ich."

„Ich könnte ja in der That eine Rührscene aufführen," meinte nun der junge Mann, „und ausrufen: Tausendmal besser für mich, ein Bauer hätte mich auferzogen, als daß ich hin- und hergeworfen worden bin zwischen Dorf und Stadt, zwischen Schule und Kaserne, einmal Geld im Ueberfluß, einmal gar keins, verkommen, verdorben — verdorben!"

„Vergißt es wohl nicht, daß ich Dich in mein Haus nahm und hielt wie ein liebes Kind?"

„Warum haben Sie das nicht gethan, so lange es noch früh genug gewesen? Sie haben mich verhehlt. Sie haben Ihr eigen Herz und Gewissen bis an's Lebensende betrügen können, weil es das Decorum verlangt. — Ha, so könnte ich

Komödie spielen, wenn mir die ganze Teufelei nicht verflucht gleichgiltig wäre. Nur, wollen Sie keine kindliche Liebe, oder wie das Zeug heißt, von mir verlangen!"

„Ich verlange gar nichts von Dir, mein Junge, als Klugheit," unterbrach ihn der Graf, „aber Du wirst dieselbe auch an mir erklärlich finden. Wir befinden uns jetzt Beide in einer schlimmen Situation. Oeffne ich Dir die Casse, um die Urkunde zu zeigen, so wirst Du fürchten, ich könnte nach solchem Zwischenfall das Testament gelegentlich widerrufen und wirst das mit geeigneten Mitteln bei Zeiten zu verhindern suchen. Ja, ja, Du verstehst mich vollkommen."

„Und Sie werden die Nothwendigkeit begreifen, daß ich für meine persönliche Sicherheit sorge und zwar radical . . ." So der Kammerdiener.

Mittlerweile hatte sich der Graf in's Nachtkleid gehüllt, an der Wand umhergetastet, um scheinbar nach den Schlüsseln zu suchen. Der Kammerdiener folgte jeder seiner Bewegungen und dabei war er doch rathlos und wußte nicht, was er unter sothanen Verhältnissen zu thun hatte. Sie waren gegenseitig gebunden, wo sich's um Convenienz, Decorum und materiellen Vortheil handelte, aber nicht gebunden, wenn es auf Leben und Sicherheit ankam. Der Augenblick war kritisch und Julian umklammerte wieder fest und entschlossen die Mordwaffe.

Da pochte es draußen an eine Thür.

„Auftreten die Thür! Rasch herein!" rief der Graf mit voller Stimme. Da krachte das Getäfel. Julian erblaßte, die Waffe entsank seiner Hand. Das vom Grafen durch einen heimlichen Druck an der Wand gerufene Gesinde stürzte herein, der Portier voraus.

„Kommt uns zu Hilfe," sagte der Graf, „dem Julian ist schlecht geworden. Bringt ihn in's Krankenzimmer, schafft ihm Beistand, und es sollen die Nacht über Leute bei ihm sein."

Den Hirschfänger hatte er, während er den Befehl gab, mit dem Fuße unter das Bett geschnellt. Der auf ein Fauteuil gesunkene Kammerdiener ließ sich hinaustragen und der Graf schloß die Thür und war nun allein in seinem Gemache.

Am nächsten Morgen fühlte sich Julian wohl, aber der Graf sah ein, für ihn, den Julian, der etwas schwächlich angelegt, sei die Kammerdienerstelle wohl doch zu anstrengend. Er rathe ihm ein südliches Klima, besonders könnten die Aerzte das so gesund gelegene Hochland von Brasilien nicht genug empfehlen. Die Mittel dafür waren bald beschafft und Julian war's zufrieden. Beim Abschiede sagte der Graf zum jungen Auswanderer: „Mein Sohn, ich segne Dich! Bleibe brav und klug, damit Du Dich finden lassen kannst, wenn das Gericht für die Güter des Grafen Borgstam einen Erben sucht. Wüßte ich einen Andern mit Sicherheit aufzutreiben, so würde ich Dich mit der Angelegenheit wahrlich gerne verschonen." —

Ueber die weiteren Schicksale Julian's kann nichts berichtet werden. Der Graf lebte in Polen. Als er starb, sind die Aufzeichnungen dieser kleinen Geschichte bei ihm gefunden worden und auch das Testament; dieses doch war überflüssig, denn die Gläubiger haben alle Güter des alten Herrn confiscirt.

# Das Bekenntniß eines Verurtheilten.

Im Staatsgefängnisse zu Sydney saß ein merkwürdiger
Mann. Seine knochigen, sonnengebräunten Glieder
waren nur zum geringsten Theile mit armseligen
Lappen bedeckt. Sein Haupt war wirr umwuchert von Haar
und Bart, zwischen welchen ein Paar scharfe Augen glühten,
wie die Lagerfeuer von Wilden im Busch. Der Mann war
am Murrayflusse mit einer Meute von Wilden gefangen
worden. Er schien ihr Häuptling gewesen zu sein, so wie
er an Gestalt und Kraft seine Genossen überragte, einen
längeren Wurfspieß und ein sorgfältiger geschmücktes Känguru-
fell trug, als die Uebrigen. Er war auch der Muthigste
gewesen; alle Anderen stoben vor dem ersten Schusse der
Engländer auseinander, er trotzte und suchte die Rotte zum
Angriff zu führen. Aber diese suchte zu fliehen, was ihr
mißlang. Der Häuptling wurde niedergeschlagen und gefangen.
Er stieß brüllende Töne aus und biß wüthend mit den
Zähnen um sich; später jedoch, als er in festem Gewahrsam
saß, stellte es sich heraus, daß er mit großer Geläufigkeit
englisch, deutsch und französisch spreche.

Man vermuthete, daß er sich niemals zu Trotze gestellt,
sondern mit seinen Gefährten geflohen wäre, wenn er nicht
vermuthet hätte, die Engländer führten mehr Gold als Pulver

mit sich). Dann begann er zu rasen, sich und das Gold zu verfluchen, und als man d'ran ging, ihm den Proceß zu machen — denn es hatten sich seltsame Sachen herausgestellt — wurde er gefaßter und verlangte einen Priester. Man sandte ihm einen Pastor, den schickte er wieder zurück — er sei ein geborner Irländer, also Katholik.

Als der katholische Priester zu ihm in das Gefängniß trat, lag er ausgestreckt auf der Erde und verbarg sein Gesicht in das Ziegelpflaster und rief: „Kannst Du es glauben, Du, einer von Denen, die mich getauft haben: ein wildes Thier bin ich geworden!"

Der Priester suchte ihn zu beruhigen, aufzurichten. Der Wilde grinste ihm in das Gesicht und schrie: „Stehe mir nicht so würdevoll da. Was, wenn ich jetzt Du wäre und Du das verdammte Menschenthier, das ich bin?"

„Komme zu Frieden," sagte der Priester, „ich will die Würde des Dieners Gottes gerne ablegen, wenn sie Dich blendet, ich will mit Dir sein, wie ein Mensch zum Menschen. Du bist unglücklich, aber Du gehörst zu uns. Bist Du strafbar, so straft Dich das Gesetz, nicht der Mensch, der bleibt bei Dir und verläßt Dich nicht in Deiner größten Noth und nicht in Deiner letzten Stunde. Er bittet Dich nur Eins: Sei auch Du menschlich und mache Dein Herz auf, damit Dein Bruder Frieden hineinlegen kann."

„Ich bin braun, nicht wahr?" fragte der Gefangene und wies auf seinen halbnackten Körper, „das hat die Sonne gethan und der heiße Wind im Scrub. Und mein Herz, das Du haben willst, ist nicht braun, das ist schwarz wie die schwimmende Hölle, die mich hergebracht hat; wer es schwarz gemacht, das sollst Du hören. Es soll aber noch einmal roth werden, bevor ich todt bin."

Der Priester setzte sich auf die steinerne Bank und sagte nun: „Damit Du siehst, daß ich Dir gut bin und vertraue, so schicke ich den Soldaten davon, der zu meinem Schutze dort an der Pforte steht."

„Das ist muthig, Mylord," versetzte der Gefangene mit finsterem Auge. „Ich habe an den Händen keine Ketten und könnte Dich erwürgen."

„Was würde Dir das nützen?"

„Was würde es mir schaden?" lachte der Wilde, „um Einen mehr, das wiegt nicht viel, und es könnte sein, es ginge mir gerade noch nach einem katholischen Priester. Doch nein, laß den Soldaten gehen oder stehen, ich pflegte nur um Gold zu morden, aus Rache nicht."

„Wie sollte ich, der ich Dich heute das erstemal im Leben sehe, ein Gegenstand Deiner Rache sein können?" fragte der Priester.

„Du hast Recht. Du bist als Mensch gekommen und nicht als Geistlicher. So kann ich Dir nur sagen, daß ein Geistlicher die Kugel geschoben hat, die jetzt so grob geschlagen, so grob, daß ich aus Verzweiflung einen Schrei thun möchte, der die Welt könnt' erzittern machen. — Nun, Du sollst es hören."

Er erhob sich nicht vom Pflaster, die schweren Verletzungen bei seiner Gefangennahme hatten ihn körperlich arg entkräftet. Er kauerte da und redete.

„Ich bin der Sohn eines Schäfers in Irland," begann er, „meine Eltern waren fromme und sogar ehrliche Leute. Auch ich war beides und ich hatte einen phantasirenden Sinn, wie ihn die Hirten oft haben auf ihren stillen Weiden; dann war ich ehrgeizig und' strebte dem Höchsten zu, was ein Hirtenjunge kennt auf dieser Welt, ich wollte Bischof werden.

Von Gold und Edelgestein habe ich damals noch nicht viel gewußt, ich wollte nur Bischof werden. Der Pfarrer von unserer Gemeinde — der gute alte Mann! — der rieth mir nicht dazu, er meinte, man könne als armer Hirte ebenso gut selig werden, denn als Erzbischof. Aber mir wäre es doch als Erzbischof lieber gewesen. Der Pfarrer nimmt sich meiner an, und sein gutes Herz ist mein Unglück geworden. Er fängt an, mich zu unterrichten und schickt mich nach Dublin in eine geistliche Anstalt, wo ich kostenfrei aufgenommen werde. Ich studire dort etliche Jahre, steige rasch aufwärts, und wenn es in solcher Art fortgegangen wäre, so könnte ich heute zum Mindesten Erzpropst zu Cork oder Waterford sein. Da bringt mir eines Tages einer meiner Studiengenossen ein Werk von dem gottlosen Franzosendichter Voltaire. Kennst Du den? Ich auch nicht, weiß nur, daß er gottlos war, mag meinet= wegen in der untersten Hölle brennen. Mein College ermuntert mich, ich solle das Buch lesen, aber heimlich, denn es wäre verboten. Verboten? Das ist immerhin eine Empfehlung. Ich nehme das Buch mit zu Bette, bin aber schon bei der zweiten oder dritten Seite eingeschlafen. Am Morgen, als der Präfect kommt, um zu wecken, findet er auf meiner Bett= decke den Voltaire. Er confiscirt ihn und confiscirt auch mich — steckt mich auf vierundzwanzig Stunden in den Carcer. Im Carcer habe ich genügend Zeit nachzudenken, was denn in jenem Buche enthalten sein mochte, daß das Lesen desselben solche Strafen nach sich ziehe. Meine Neu= gierde steigt von Stunde zu Stunde, und als ich wieder frei bin, ist mein Trachten, mich unbemerkt in die Präfectur zu schleichen und das confiscirte Buch wieder zu erhaschen. Das gelingt mir. Ich verfüge mich an einen sicheren Ort, um ungestört der Lectüre nachhängen zu können; aber der Teufel hol' mich noch vor dem Henker, wenn ich daraus klug geworden bin! Nicht einmal den Titel dieses Buches habe ich mir behalten. Was ist das Ende? Ich werde auf meiner Heimlichkeit entdeckt und auf der Stelle relegirt. — So, das war das erste Capitel."

Wunderlich war's, wie das der wilde Mensch halb in Grimm und halb in Selbstironie erzählte.

„Mein Lebenslauf," so fuhr er dann fort, „ja, das wäre was für einen Voltaire oder einen andern Gottlosen — wie sie sagen, giebt es heute deren genug — zum Erzählen. Hundert Bände, wenn er wollt' — mein Lebenslauf ist dazu geschaffen, in Bänden zu sein. Du verstehst mich. — Ich habe mich wohl noch einmal an die Direction des geistlichen Institutes gewandt, in Demuth bittend um Wiederaufnahme. Vergebens, sie wurde mir versagt. Ausgeschlossen und ver= sagt. — Nun, jetzt bin ich ein freier Mann in der großen Stadt Dublin. In's Gebirge zurückkehren und meinen bos= haften Landsleuten sagen: Ich habe wollen ein hochwürdiger Herr werden, aber sie haben mich verjagt und jetzt bin ich wieder da. — Nicht um Altengland! So habe ich mich herumgetrieben, so lange es ging, habe mich als Führer und Lastträger nützlich machen wollen, aber es war kein Erwerb. Ich war ein Gassenjunge mit zwanzig Jahren, aber viel unbeholfener und blöder, als Andere meinesgleichen. Ich habe den Gedanken gefaßt, in einer andern Stadt Aufnahme zu suchen, um meine Studien zu beepden, aber ich stand bereits zu tief, hatte nicht mehr den Muth. Ein Kleidungs= stück um's andere habe ich verkauft, in Branntweinhöhlen habe ich gekartelt, und in einer Nacht hat mich die Polizei von der Gasse aufgehoben und in Gewahrsam gebracht. Im Arrest macht man interessante Bekanntschaften, nicht wahr?

Nun, ich habe von ihnen profitirt; ich habe erfahren, wie sich der Taugenichts Geld erwirbt und wo die sichersten Spelunken sind. Als sie mich auf meine Betheuerung, ein arbeitsames Leben beginnen zu wollen, frei lassen, verlege ich mich sofort auf die Bauernfängerei. Dieses Geschäft gelingt mir besser, als den Anderen, denn ich kenne die Bauern. Anfangs treibe ich es zahm und begnüge mich mit einer Jause, führe sie in der Stadt eine Stunde herum an ein kaum fünf Minuten entferntes Ziel, um ein größeres Stück Geld verlangen zu können. Endlich gehe ich weiter und führe sie in die Spiel= höhlen. Ich bin respectabler Falschspieler, finde aber meinen Meister, und in einer Nacht verspiele ich Leib und Leben. Leib und Leben! Wir spielten darum. Ich hatte keinen Heller mehr in der Tasche, keinen Knopf mehr am Leib, der mir gehört hätte. „So gilt's um Deine Haut und was dazu gehört!" sagte mein Partner. „Es gilt," sagte ich. Ju einer Minute darauf gehöre ich ihm. „Jetzt habe ich das Recht, Dich zu erdrosseln," sagte mein Herr. „Das hast Du," antwortete ich. „Das wäre doch ein schlechtes Geschäft," lachte er, „Du bist ein schöner, junger Mann und hast ein Gesicht, wie ein junger Heiliger — Dich verwerthe ich besser. Wir reisen nach London, dort blüht unser Weizen und sollst nicht allein das Stroh davon haben. Zeigst Du Dich ver= wendbar, so wird es Dein Schade nicht sein." — Es ist gut, denke ich, in London kann ich vielleicht meine theologischen Studien fortsetzen — daraus siehst Du, was ich für ein naiver Junge gewesen bin. Naiv und verschmitzt! Wir fuhren dann über die See und von Liverpool nach London. Dort begann mein Ruhm. Vom Hehlerjungen zum Taschendieb, zum Einschleicher und Einbrecher ist für ein Talent kein langer Weg. Ich übergehe die Heldenthaten, sie sind Dir und mir langweilig,

sie sind tausendmal dieselben. Ich stieg auf meiner Stufenleiter so hoch, bis ich eines Tages Polizeibeamter der City
war. In der That, ja! Es sind mir — ich war stets der
treue Diener meines mächtigen Herrn — Papiere verschafft
worden, mittelst welcher ich Priester der heiligen Themis wurde.
Du kannst Dir denken, welche Vortheile daraus unserer Sache
erwuchsen. Es waren unser eine wohlorganisirte Bande von
viertausend Köpfen, die meisten derselben trugen Seidenhüte,
viele davon wurden von manchem ehrsamen Bürger Londons
unterthänig gegrüßt. Unsere Hauptverbündete war die Themse,
sie verbarg unsere Todten. In den ersten Jahren, selbstverständlich vor meiner Polizeiperiode, saß ich ein paarmal kurze
Zeit, später wohnte ich nur mehr als Gentlemen, bezog einen
anständigen Gehalt vom Staate, aber einen dreifach
größeren von unserer Verbindung. Da kam ein Tag, und es
war plötzlich aus. Ein Einbruch in den Tower, um eines
unserer Häupter aus dem Gefängniß zu befreien, mißlang.
Nun war es mein Amt, dasselbe auf diplomatischem Wege
zu befreien; da durchbrach ein vermaledeiter Profos das
Gewebe, womit wir die Londoner Polizei so sinnig umsponnen
hatten, ich war entlarvt und leider auch gleichzeitig gefangen.
Ich war gefaßt auf zwanzig Jahre Kerker, aber England
dachte seinem emeritirten Polizeibeamten eine Vergnügungs-
reise zu. England besitzt in Australien eine Sträflingscolonie
— also nach Australien."

Nach einer Weile, während sich der Erzähler zu sammeln
schien und auf ein Crucifix blickte, das an der Mauer hing,
sagte er:

„Morgen will Neu-Süd-Wales eine schöne Ausnahme
vom britischen Gesetz machen und Einen henken, weil seine
Bande den Reisenden Ludwig Leichhardt umgebracht haben

soll. Ich sage Dir, Priester, ich habe Dich nicht rufen lassen, daß ich mich vor Dir vertheidige, aber das wiederhole ich Dir, wie ich es dem Gerichtshofe wiederholt habe, an dem Morde Leichhardt's bin ich so unschuldig, als wie der Schächer am Kreuz an Christi Tod. Du weißt etwas von Dismas? mir ist auch noch davon im Kopf geblieben, er war unschuldig und war doch ein Uebelthäter. Ich will nicht gehenkt sein, das ist etwas für gemeine Gäuche. Ich will, daß sie mir den Kopf abschlagen; mein Blut soll nicht im Körper erstarren, es soll auf den Erdboden rinnen; das Ungeheuerliche soll mit dem Blut gelöscht werden. Es soll, es muß!"

Er schwieg hierauf lange. Der Priester erlaubte ihm, fortzufahren.

„Sehr gern," versetzte der Gefangene, „wenn ich nur zer= knirscht sein könnte! Ich fühle in mir nicht genug Reue, mir ist, als hätte es so sein müssen und lebe ich wieder, so handle ich vielleicht wieder so. Darum muß ich aus der Welt gebracht werden, ich selbst beantrage es. — Der Dampfer, auf welchem wir eingeschifft wurden, hieß „Irland". Mir zum Hohne der Name meines Vaterlandes. Wir nannten ihn aber die schwim= mende Hölle. In Wahrheit, das war er. Unser sind an Drei= hundert gewesen, lauter Verbrecher aus England. Die Auf= seher haben uns, um sich auf dem Schiffe der Sorglosigkeit hingeben zu können, in den tiefsten Cajüten mit Ketten zusammengeschmiedet. Wir sahen viele Wochen kaum einen Sonnenstrahl, unsere halbblinden Rundfenster waren meist unter Wasser. Keine Luft und die kümmerlichsten Rationen Nahrung, leider noch zu viel zum Verhungern. O Voltaire! Hätte Dich im Mutterleib der Blitz erschlagen, ich stünde im Dom und trüge prachtvollen Ornat, anstatt in dieser Pest= grube auf dem Weltmeere zu verderben. Mir zur Linken der

Nachbar wurde typhuskrank und starb. Wir verheimlichten den Aufsehern seinen Tod, um seiner Portion Nahrung nicht verlustig zu werden, die wir Nächststehenden uns als Erbschaft theilten. Aber der Todte, der nicht zu ihren Ohren kam, kam zu ihrer Nase und wir wurden auf einige Tage gelüftet. Im Indischen Meere ging es ein wenig unstät her und wir wurden durch Stürme südlich, ich glaube gegen die Kerguellen, verschlagen. Das Schiff mußte an einer öden Insel landen, um Wasser zu schöpfen. Hier gelang es Dreien von uns, zu entkommen. Ich war mit ihnen. Es war aber ein böser Gewinn. Wir durchirrten die unfruchtbare Steinwüste. Einer von uns, der nach der finsteren Cajüte das grelle Licht und das heiße Sandwehen nicht ertragen konnte, erblindete. Wir hatten Keulen bei uns, um Thiere zu erschlagen und von ihrem Fleische zu leben. Aber die Gegend war todt und starr, so weit das Auge spähte, der Hunger drohte uns wahnsinnig zu machen, da erschlugen wir unsern Blinden .... Nach einigen Tagen, als der Vorrath bereits alle oder verdorben war, sann ich nach einer Gelegenheit, auch meinen andern Genossen umzubringen und derselbe hat später kein Hehl daraus gemacht, daß er einen gleichen Anschlag gegen mich im Schilde geführt. Wir trauten Einer dem Andern nicht; wir hatten in der fürchterlichen Wüste Niemand, als uns allein, und wir waren unsere gefährlichsten Feinde. Endlich wurden wir von unseren Soldaten wieder glücklich eingefangen und, beim heiligen Gott, wir setzten uns nicht zur Wehr. Wir kamen endlich nach Australien und landeten in Van Diemens-Land — wir nannten es das Teufelsland, aber im lustigen Sinne, denn in demselben regierte Vater Howe."

„Howe," unterbrach ihn der Priester, „so hieß ja der berüchtigte Räuberhäuptling in Tasmania."

„Ganz richtig, Mylord, eben derselbe. Ein Landsmann von mir — hatte ähnliche Schicksale und ich war entschlossen, um jeden Preis unter seine Fahne zu kommen und, wie er, ein gefürchteter Bandenführer zu werden. Aber man war schlau und ahnte, daß Howe's Schaar auf uns neue Einwanderer eine große Anziehungskraft haben dürfte, wir wurden nach Neu-Süd-Wales eingeschifft. Und in diesem Lande erging es mir so wunderlich, wie sonst nirgends. Wir Sträflinge wurden freigelassen und arbeiteten theils an Häfen, Canälen, Straßen und Eisenbahnbauten und am Aufbaue der Stadt Sydney. Ich sah bald ein, hier war die Stufenleiter wieder eine andere und ich richtete mich darnach. Ich arbeitete und heuchelte und war auch fleißig in der That und war verwendbar und machte mich verläßlich. Nach einem Jahre war ich Arbeitsaufseher, nach drei Jahren gaben sie mich und einige Andere, die sich brav gehalten, frei. Jeder von uns erhielt ein Stück Land mit Schafen und Pferden. Ich verstand was davon und der Hirte aus Irland wurde ein Squatter am Darlingflusse. Ich baute mir ein Haus auf der Station und baute mir ein Haus in der Hauptstadt. Ich war ein reicher und somit ein ehrenwerther Mann. Ich lebte auch darnach und hatte eine laute Stimme in unserem Parlament. Es war gut, ich könnte heute Bürgermeister von Sydney sein; mancher der Deportirten hat es hoch gebracht. Vor Allem reich sein, das ist die Hauptsache. Darnach handelte ich und wie ist es geworden? — Daß ich heimlich einen schwunghaften Rumschmuggel betrieb — Du weißt, daß Rum bei uns verboten war — und daß ich selbst auf meinem Landgut eine Branntweinbrennerei besaß, hätte nicht geschadet, wenn es nur nicht an den Tag gekommen wäre. Mir kostete die Sache mehr als die Hälfte meines Vermögens und ich
10*

mußte trachten, dasselbe wieder zu ergänzen. Und nun beging ich die größte meiner Thaten."

„So erzähle sie," sagte der Priester, „aber fasse Dich kurz."

„Kurz? Hast Du keine Zeit?" fragte der Gefangene, „Du willst Dich beklagen und ich zähle mein Leben nur mehr nach Stunden."

„So erzähle, wie Du willst. Hauptsache ist hier die Erleichterung Deines Herzens."

„Es wird nun vom Gold die Rede sein," fuhr der Irländer fort, „und das ist ein böses Thema. Es war zur Zeit, als Australien auf war, um Gold zu graben. Der Squatter wie der Vornehme, der Fischer wie der Beamte, Alles grub Gold. Alle aus der alten Welt anlangenden Schiffe brachten Goldgräber. Viele wurden reich, Viele gruben sich das Grab. Noch mehr wurden elend. Auch ich habe gegraben, aber die Lohnarbeiter haben mich betrogen und für meine Person war mir die Wühlerei nicht amusant genug. Es giebt bessere Mittel, um reich zu werden, als die Arbeit der Hand. Die Speculation, Du erräthst es ja. Ich sah, wie sich die goldsuchenden Menschenmassen immer mehr in das Binnenland zogen, während die Lebensmittel, je mehr von der Küste entfernt, desto kümmerlicher und ungenügender wurden. Ich verkaufte mein Haus in Sydney und kaufte ganze Schiffsladungen mit Nahrungsmitteln und schaffte sie in Gegenden, in welchen große Goldfunde vorausgesehen werden konnten. Aber die Berichte von neuen Goldgruben schwankten hin und her und die Goldgräber zogen der Fata Morgana nach, gleichviel, ob Viele in den wasserlosen Wüsten oder im Strub verschmachteten. Ein großer Theil meiner Waaren lag an einem Nebenflusse des Murray und lief Gefahr, zu verderben. Diese Waaren mußten an Mann gebracht werden. Aber wie? Die Gegend war wieder öde geworden, nur die Kängurus und die Dingoshunde durchstrichen den Skrub. — In denselben Tagen war's, daß ein Squatter, nennen wir ihn John Peak, von seinem Bruder am Murrumbidschifluß ein Schreiben erhielt, daß in seiner Gegend, westlich der Blauen Berge, ein unbeschreiblich reiches Goldlager entdeckt worden sei. Ich selbst sah den Brief und machte ihn bekannt. Allsogleich große Aufregung in den Küstenprovinzen und die Leute eilten herbei, um sich bei John Peak des Näheren zu unterrichten. Peak kündigte an, daß er gesonnen sei, an einem der nächsten Tage Früh mit großen Waarenladungen von Lebensmitteln nach dem Murrumbidschiflusse aufzubrechen, wer wolle, der könne sich dem Zuge anschließen. Und siehe, an dem bestimmten Morgen, kaum die Elster ihr Lied sang, war eine große Anzahl von Männern mit Grabscheit und allerlei Arbeitsgeräthe zusammengekommen, um sich dem Zuge anzuschließen. Zwanzig Paar Ochsen waren an schwer beladene Wagen gespannt und diesen schwerfälligen Fuhrwerken folgten die Goldgräber, junge, kräftige, lebenslustige und arbeitsmuthige Leute, heiter und hoffend, und so bewegte sich die Karawane den neuen Goldfeldern entgegen. Es war im Januar, also mitten im Sommer. Die Gegend war heiß und wurde von Stunde zu Stunde öder. Das Gras an der Wurzel war zu Heu geworden, die Bäche waren vertrocknet, kaum daß in einzelnen schlammigen Dümpfen Menschen und Thiere ihren Durst zur Noth löschen konnten. Die fahlen Blätter der Gummibäume hingen welk herab, gaben aber keinen erquickenden Schatten. — Ich erzähle Dir diesen Zug genau, wie er in meiner Erinnerung ist, weil er mir von allen meinen Wegen heute am schwersten auf dem Herzen liegt. Der Weg hatte über unwirthliche Gebirgskämme und rauhe Steinflächen geführt, auf denen wir zwar fortkamen — ich war auch dabei, das merke Dir — die Ochsen dagegen aber harte Mühe hatten, die schweren Wagen weiterzubringen. Wir mußten Hand anlegen, jetzt vorwärtsschieben, jetzt zurückziehen und dann wiederum die Lasten vor Sturz in die Abgründe bewahren. Einige hatten dem Fuhrwerk bereits auch ihre mitgeschleppten Habseligkeiten aufgebürdet, wofür sich Mister John Peak wacker bezahlen ließ. So hatte die Reise bereits vier Tage gewährt und wir befanden uns nun in einer vollständigen Wildniß, wo weit und breit keine Ansiedlung war, ein dürrer, trauriger Boden, den wohl noch niemals die Füße eines Europäers betreten hatten.

Der fünfte Tag war ein Sonntag, da wurde Rast gehalten. Es ist aber keine Sonntagsruhe gewesen, die Leute waren unzufrieden und drangen in John Peak, ihnen doch endlich mitzutheilen, wann diese trostlose Gegend ein Ende nehme, wo die Goldfelder wären. John Peak hatte die Un= geduldigen zu vertrösten gewußt von Tag zu Tag und jetzt entgegnete er unwirsch, ob sie denn glaubten, daß er das Gold= land herbeizaubern könne? Ob nicht auch er selbst, seine Leute und sein Vieh von dem Ungemache der Reise zu leiden hätten, ob er sie denn gebeten habe, mit ihm zu kommen, ob es nicht reine Gefälligkeit von ihm gewesen wäre, sie mit sich zu führen? Das sprach er vernünftig. Es ließ sich laut nichts darauf entgegnen, jedoch hinter seinem Rücken begannen die Männer zu murren: „John Peak hat den Weg verloren und will es nicht gestehen." Ob er sich seiner Sache gewiß sei? wurde er befragt. Das wäre er. Er solle noch einmal den Brief seines Bruders zeigen. Er zeigte den Brief und da.

stand's: Am Murrumbidschifluß ein unbeschreiblich reiches Goldlager gefunden. Der Fluß mußte ja in dieser Gegend sein, nur war er unter anderen Schründen, die sich im wüsten Grunde hinzogen, schwer zu erkennen, da er ausgetrocknet sein konnte. Sie beruhigten sich also wieder. Die Menge der Goldsucher war bereits bis zu tausend Köpfen gestiegen. Das Lager wurde nicht abgebrochen. John Peak sandte Leute aus, angeblich nach der Besitzung seines Bruders. Mittlerweile zehrte die Menge von seinen Vorräthen und zahlte ihm hohes Geld. So ging ein Tag um den andern hin und nun erhob sich eine Unruhe im Lager, die nichts Gutes ahnen ließ. Der Argwohn war da: Die ganze Goldgrubengeschichte wäre erfunden. John Peak habe die Leute in die Wüste verlockt, um seine Lebensmittel zu enormen Preisen zu verkaufen. Und in der That, die Lebensmittel wurden von Stunde zu Stunde knapper und stiegen im Preise, so daß Viele, deren Baarschaft zu Ende ging, bereits Hunger litten. Einzelne trennten sich von der Menge los und irrten in Sand und Skrub umher, in der Hoffnung, auf die geträumten Goldfelder zu stoßen. Man soll nichts mehr von ihnen gehört haben.

Im Lager wuchs die Aufregung, es kam zu einer Volks= versammlung, in welcher die Vermuthung des Verrathes offen ausgesprochen wurde. Nach einer stürmischen Stunde schien es sichergestellt, daß die Menge nur in diese Oeden geführt worden war, um dem Squatter die bereits im Verderben begriffenen Lebensmittel zu consumiren. Um aber dem Manne nicht Unrecht zu thun, sondern vollständige Gewißheit zu erlangen, wurde beschlossen, auf Kosten der Versammlung eine Expedition auszuschicken, den vorgeschützten Bruder oder die Goldlager zu finden. John Peak sollte bis zur Rückkehr der Männer strenge bewacht werden.

Am folgenden Morgen wurde die Expedition, mit Lebensmitteln und guten Pferden versehen, abgelassen. Sie durchstrich
die rothbraunen Flächen, fand weder Vegetation noch Wasser,
weder Weg noch Steg, überall nur die nackten Granitfelsen,
stellenweise knietiefen Sand und wirbelnden Staub. So weit
das Auge reichte, kein grünes Blatt, kein Grashalm, nach
allen Seiten hin nichts als grauer Himmel und brauner
Sand.

Heiße Winde aus Nordwesten bliesen da und dort
ein finsteres Gewölke heran, aber es waren nicht die will-
kommenen Wasserdünste, es war glühender Staub. Die
Expedition soll viel gelitten haben, stieß aber am dritten
Tage auf eine kleine Oase, wo sich eine Schafzucht befand.
Es war die Gegend, wie sie von John Peak als der
Wohnort seines Bruders verzeichnet worden. Die Männer
fanden bei den Hirten freundliche Aufnahme; sie zogen ihre
Erkundigungen ein und erfuhren erstens, daß hier kein Mensch
wohne, der einen John Peak zum Bruder habe, und erfuhren,
daß in dieser Gegend von einem Goldlager weder jemals
eine Spur, noch eine Rede gewesen sei.

Die Expedition hatte ihren Zweck erreicht und trat die
Rückreise an. Um der gefürchteten Sandwüste zu entgehen,
wollte sie eine andere Richtung einschlagen, stieß aber auf
grundlosen Morast des Murrumbidschi und auf undurchdring-
lichen Skrub. Von der Expedition erlagen zwei Mann. Auf
der wieder betretenen Sandwüste stand eine weitere Ueberraschung bevor. Eine Anzahl von Raubvögeln umflatterten
drei menschliche Leichen, welche auf dem Rücken lagen und
ihr starres Antlitz gen Himmel gerichtet hatten. Gen Himmel,
zum gerechten Gott, Mylord. Sage mir, ist es, giebt es
wirklich einen Gott?"

„Das menschliche Gewissen ist der beste Beweis davon," antwortete der Priester.

„Das wäre furchtbar, furchtbar!" rief der Gefangene und erfaßte den Geistlichen mit beiden Händen.

„Das sind wieder Drei, die zum Himmel schreien!" fuhr er dann fort. „Sie hatten sich vom Lager des John Peak losgelöst, hablos, vom Hunger daraus vertrieben, und waren in der heißen Wüste verschmachtet. — Endlich nach einer fürchterlich harten Wanderung sahen die Männer der Expedition die weißen Zelte des Lagers. Bei den Zurückgebliebenen war die Aufregung bereits auf das höchste gestiegen.

Die Nahrungsmittel waren bis zu den höchsten Preisen emporgeschraubt worden, das lange Ausbleiben der Expedition und anderer Davongezogenen hatte sie tief beunruhigt; Viele waren kaum mehr von einer Gewaltthat an John Peak zurückzuhalten.

Die zurückgekehrte Expedition machte Bericht, daß weit und breit kein Bruder des Squatter und keine Spur einer Goldmine entdeckt worden sei. Da brach in der Menge ein Gemurmel aus, das war wie ein Erdbeben. Dann geriethen sie in eine heiße Wuth und kaum gelang es den Besonneneren, John Peak nothdürftig vor den Rasenden zu schützen. „Lynchjustiz! Lynchjustiz!" riefen sie; so schickte man sich an, ihn auf der Stelle zu richten. Unter den Goldgräbern war ein Mann, der in England einst eine höhere Justizbeamtenstelle bekleidet hatte; der wurde fast einstimmig zum Richter erwählt. Ein Anderer wurde zum öffentlichen Ankläger ernannt. Ferner wurde nach der Vorschrift des Gesetzes ein Geschwornengericht von zwölf Mann gebildet. Aus Steinen und herbeigeholten dürren Baumstrünken errichtete man die

Sitze; nun nahm der Gerichtshof Platz und um ihn gruppirte sich die Versammlung.

Der gefangene Squatter wurde vorgeführt und aufgefordert, sich einen Vertheidiger zu wählen. Der Mann heuchelte Fassung und betheuerte, daß er unschuldig sei.

Ohne auf diese Betheuerung zu achten, wiederholte der Gerichtshof die Aufforderung, sich einen Vertheidiger zu wählen.

Er verzichtete darauf und wählte keinen.

Jetzt wurde in die Mitte des Kreises ein leeres Rumfäßchen gerollt — Priester, ich habe darauf das eingebrannte Zeichen meiner Firma erkannt! — auf dieses mußte sich der Angeklagte stellen, daß die Erde von seinem Fuße nicht entweiht werde. — Mylord, ein solches Gericht in der weiten Wüste ist so schrecklich, wie das Gericht Gottes!

Nun wendete sich der Richter zu den Geschworenen und zum Volke und eröffnete seine Ansprache: „Männer! Es ist sonst gegen das Princip, daß das Volk sich selbst Recht verschaffe und seine Hände erhebe zur Ausführung des Gesetzes. Unter den obwaltenden Umständen aber, und weil die bestehende Obrigkeit von uns nicht erreicht werden kann, sind wir gezwungen, uns selbst Hilfe und Recht zu verschaffen. Es ist überflüssig, das Verbrechen des Mannes, der vor uns steht, näher darzulegen, jeder Anwesende fühlt es in sich selbst und andere unserer Genossen irren durch seine Schuld weiter hin in den Wüsteneien um, oder sind bereits erlegen. Und dennoch bitte ich Sie, daß Sie sich nicht von Haß und Rache leiten lassen, daß Sie bedenken: es ist ein Mensch, den wir Menschen richten und daß Sie einst vor einem höheren Richterstuhle Rechenschaft ablegen werden über diese Stunde. Nun gebe ich dem Ankläger das Wort.“

Der Ankläger trat vor und rief mit leidenschaftlicher Stimme: „Sein Name ist John Peak, ein Engländer von Geburt, ein importirter, vor Jahren freigelassener Verbrecher, nun Squatter in der Colonie Neu-Süd-Wales. Er hat uns durch Vorspiegelung in diese Wüste gelockt, um uns das Geld abzupressen, es ist der raffinirteste Raub, der vollführt werden kann. Fünf Mann sind durch seine Schuld bereits todt, siebzehn andere sind in Verlust gerathen und ich sage, wir dürfen die Mehrzahl derselben auch zu den Todten zählen. John Peak hat den Brief seines angeblichen Bruders selbst geschrieben, um uns in eine Wüste zu leiten, deren Schrecken wir vor Augen haben. Gott mag uns weiter führen. Auf den gewissenlosen Mann aber fordere ich die ganze Strenge der göttlichen und menschlichen Vergeltung. Er soll sterben."

Als Belastungszeuge stand die ganze Versammlung da. Aus ihr traten zwölf Männer hervor, schworen auf die Bibel und bestätigten die Worte des Anklägers.

Der Richter wandte sich zum Angeklagten und sagte: „John Peak, vertheidigen Sie sich?"

Der Angeklagte gab zur Antwort: „Was man aus Neid und Mißgunst gegen mich vorbringt, ist nicht wahr, ich bin unschuldig. Ich habe sie nicht aufgefordert, mir in diese Gegend zu folgen; ich habe sie nicht gezwungen, mir die Lebensmittel um gutes Geld abzukaufen. Sie haben mich darum gebeten, beschworen. Große Nachfrage vertheuert die Waare in der ganzen Welt, warum nicht auch hier in der Wüste? Oder wäre es besser gewesen, man hätte die Lebensmittel billig haben können und schon in der ersten Zeit verzehrt? Jeder Capitän verringert die Rationen, wenn die Fahrt sich zögert oder das Schiff auf einer unfruchtbaren Insel strandet. Glauben Sie, daß mir um das Geld zu thun war? Ich wollte durch die Steigerung den Vorrath bewahren, so lange es möglich."

„Sie vertheidigen sich in einer Sache, in der Sie nicht angeklagt sind," unterbrach ihn der Richter. „Sie haben diese Versammlung aus selbstsüchtigen Gründen, durch lügenhafte Vorspiegelungen in diese Wüste gelockt. An tausend Menschen haben Sie unsäglichen Mühen und Gefahren ausgesetzt, denen bereits Mehrere unterlegen sind. Dessen sind Sie angeklagt, dessen haben Sie sich zu rechtfertigen."

„Ich bin unschuldig," wiederholte John Peak.

„Und sonst haben Sie nichts vorzubringen?"

„Ich bin unschuldig."

„Dann, Ihr Männer, waltet Eures Amtes," sagte der Richter zu den Geschwornen. „Aber bedenkt noch einmal die Verantwortung, die Ihr übernehmt und prüft noch einmal mit Ernst die Sachlage. Die Schuld dieses Mannes scheint allerdings bewiesen zu sein, scheint, sage ich, aber oft trügt der Schein. Ist es absolut unmöglich, daß in diesen Strichen ein Bruder des Angeklagten existirt? Ist es absolut unmöglich, daß in diesen Strichen Gold vorkommt? Wie, wenn der Angeklagte geopfert ist und es erscheint der Bruder und es offenbart sich die Wahrheit des Briefes, dessentwillen wir John Peak gefolgt sind? Ich beschwöre Sie noch einmal, Männer des Gottesurtheils, wenn der geringste Zweifel an seiner Schuld in Ihnen lebt, wenden Sie ihn zu Gunsten des Angeklagten."

So sprach der wackere Mann und die Geschwornen zogen sich hinter ein Gebüsch zur Berathung. Auf dem Platze war ein düsteres Gemurmel. Keiner verhehlte sich, was der Ausspruch der Geschwornen und das richterliche Erkenntniß sein werde. Der Angeklagte zweifelte daran am wenigsten.

Nach einer Weile erschienen die Geschwornen wieder in ihrem Kreise und der Vormann wandte sich mit blassem Angesichte an den Richter.

„Was ist das Erkenntniß?"

„John Peak ist schuldig."

Die Geschwornen traten zurück und verloren sich in der Menge.

Der Richter fragte den Verurtheilten, ob er noch was vorzubringen habe.

Der Mann hat geschwiegen.

Und der Richter hat noch die folgenden Worte gesprochen: „John Peak ist schuldig des Todes, er ist dazu verurtheilt, am Halse aufgehängt zu werden, bis er todt, todt, todt ist. Ohne Haß und Groll übergeben wir ihn seinem Geschicke, möge der himmlische Herr Gnade haben mit seiner Seele! — Eine Stunde ist ihm gegönnt, um sich auf sein Ende vor= zubereiten. Diese Stunde sei sein Eigen. Ich fordere die Versammlung auf, jetzt in Frieden auseinander zu gehen; möge Keiner im Leben vergessen, an welch ernster Handlung er heute theilgenommen."

Mit diesen Worten gab der Richter seine Gewalt ab und stieg zur Menge nieder. In dieser erhob sich nun aber plötzlich ein Geschrei. Der aufgeregten Menge hatte man vor das Zelt, in welchem Peak's Waarenlager sich befand, ein Faß Rum gerollt, den Boden eingeschlagen und Alles drängte sich vor, einen Becher des Getränkes zu erlangen. Bald war das Faß leer und auch ein zweites, ein drittes, dann wurde mit wildem Lärm das Waarenlager gestürmt und Jeder nahm, was ihm das Nächste war. Der Eine trug einen Sack Reis fort, der Andere einen Sack Zucker, der Dritte eine Kiste Thee; Andere Mehl, Butter, Schinken, Tabak. Jeder wollte sich nun entschädigen, sich einen guten Tag machen, und es ging toll zu im Wüstenlager.

Als man sich endlich nach dem Verurtheilten umsah, um ihm zur Krone des Festes sein Recht anzuthun, war der Vogel ausgeflogen. — Ein schlauer Freund hatte die Plünderung in Scene gesetzt und dem Verurtheilten zur Flucht verholfen. Jetzt sahen sie den Flüchtling auf flüchtigem Renner über die weite Ebene dahinjagen."

So der Gefangene.

„Ja," versetzte nun der Priester, „ich habe seinerzeit von dieser Geschichte vernommen. Aber warum erzählst Du nicht von Dir?"

„Ich erzählte von mir," sagte der Gefangene, „hast Du in John Peak denn nicht mich erkannt? Nicht wahr, Dir graut? Mir auch, Mylord, mir auch, meine Haut schaud rt, daß ein solcher Teufel in ihr steckt."

„Nun bist Du wohl zu Ende?"

„Fast. Was jetzt noch kommt, ist zahm. Ich floh zu den Wilden. Da ich schon früher ihre Sprache erlernt hatte, sie aber in jenem Skrub an mir das erstemal einen Weißen sahen und sich vor mir fürchteten, so gab ich mich für den Geist ihres Stammvaters aus, der aus der andern Welt zu ihnen zurückgekehrt sei, um ihnen zu verkünden, daß ein fremdes, furchtbares Volk gegen sie über das Meer heran= ziehe, welches den Blitz des Himmels und den Donner bei sich hätte, und um sie im Kampfe gegen diese fremden Unge= heuer zu stärken. Sie haben mir geglaubt, haben mich in ihrer Weise angebetet, haben mich in eine große Höhle geführt und mir dort ihre Opfergaben zu Füßen gelegt. Merkst Du den bösen Witz des Schicksals? Nun war ich's, was ich einst auf den Heiden Irlands sein wollte: ein Prophet, ein Priester, ein Erzbischof. Aber wo? — Sie brachten mir das Beste, was sie hatten, es war für mich kaum genießbar; ich sagte, ich sei bei Speise und Trank die Zubereitung der andern Welt gewohnt und bereitete sie, wie es die Weißen thun. Ich suchte die Wilden für meine Zwecke zu erziehen und galt als ihr Häuptling und Gott, gleichwohl Manche unter ihnen waren, die mir nicht zu trauen schienen. Die Furcht hielt sie im Zaume. Ich suchte sie mit dem Speer, mit dem Bumerang, mit der Keule im Kampfe zu üben, um mir ein streitbares Heer gegen meine eigene Race heranzubilden. Ich wußte wohl, daß ich für alle Zeit aus der menschlichen Gesellschaft verbannt sein mußte; wohlan, ich ging mit dem Plan um, die Wilden Australiens zu sammeln, um mit ihnen gegen die englischen Colonien zu ziehen und Alles zu zerstören, was an Europa und Cultur erinnerte.

So groß war in mir, dem unseligen Missethäter und Auswürfling, der Haß geworden gegen die Sitte und Ordnung, gegen die menschliche Gesellschaft. Nun war ich der Teufel. — Mein Vorhaben, die Wilden zum Kriege zu erziehen, war aber nicht durchführbar. Und weißt Du, wer mich bei meiner Gefangennahme am Murray niedergeschlagen hat? Der Wilden Einer, mein eigener Waffenträger. Er hätte mich gewiß getödtet, wenn ich ihm nicht von den Soldaten entrissen worden wäre. — So bleibt es doch Dir, mein alter Vater= stamm, anheimgestellt, an mir, dem unseligsten, dem ärmsten Deiner Kinder, Dein Richteramt zu vollführen. Jetzt entweiche ich nicht mehr auf flüchtigem Renner, jetzt leugne ich nicht mehr, daß ich schuldig bin, jetzt will ich nur Eins, o Menschen, nur dieses Eine versagt mir nicht!"

Mit diesen Worten war der Mann laut wimmernd auf den Ziegelboden hingefallen. Der Priester hob ihn auf und fragte, was denn sein letzter Wunsch sei, er solle ihm gewährt werden.

„Könnt Ihr das auch, Ihr Menschen, mir, mir mein letztes, einziges Bitten zu erfüllen. Nun seht, das ist's: ich will nicht erwürgt werden mit dem Strick, ich möchte langsam, langsam sterben und mein Blut sehen. Ich möchte dabei sein und mich ergötzen an der Todesqual dieses Thieres."

Mit geballter Faust schlug er an seine Brust, daß es dröhnte. Er brach in eine Art von Wahnsinn aus. Die Gefängnißwärter kamen und legten ihm die Fesseln an. Der Priester ging davon, der Gefangene starrte ihm hohläugig nach.

Am nächsten Morgen, als der rothe Schein lag über den unermeßlichen Wässern des Ostens, wurde der Gefangene aus dem Kerker geholt und in den Hof des Gerichtsgebäudes geführt. Dort erwarteten ihn die Richter und der Priester. Dieser sprach ihm Trostworte zu und betete.

Als der Todgeweihte mitten im Hofe den Galgen sah und den Henker daneben, rief er aus: „Versagt! Verloren!" Mit diesem gräßlichen Schrei stürzte er sich kopfüber auf das Steinpflaster — und das rothe Blut entströmte dem zerschmetterten Haupte.

Hoch über den Giebeln des Gebäudes flogen die Tauben — lieblich schimmerte ihr Gefieder im Glanze der aufgehenden Sonne.

# Scheintodt.

Aus dem Leben eines Familienvaters.

Bis zum Jahre 1869 lebte ich in der Residenz, wo ich an der technischen Hochschule als Assistent im physikalischen Cabinet und später als Professor thätig war. Im Jahre 1869 wurde ich zum Bürgerschuldirector im Landstädtchen B. ernannt. Im Vorfrühling des besagten Jahres übersiedelte ich mit meiner Familie an den neuen Bestimmungsort. Meine Familie bestand aus der Gattin, mit welcher ich im neunten Jahre vermählt war, ferner aus zwei Kindern, einem Knaben von sieben und einem Mädchen von sechs Jahren. In B. bezogen wir eine geräumige und freundliche Wohnung und richteten uns fröhlich ein. Ich hatte mir in der Residenz die nöthigen physikalischen und chemischen Instrumente nebst einer kleinen Sammlung von Mineralien, Schmetterlingen, Käfern und ähnlichen Dingen erworben, wie sie jeder Schulmann besitzen soll. Ich stellte diese Gegenstände in meinem geräumigen Arbeitszimmer auf; meine Gattin schmückte die Fenster mit ihrem kleinen Herbarium und freute sich der reinen Sonnenstrahlen, die hier nicht mehr von groß= städtischem Staub und Nebel zurückgehalten wurden, sondern hell und lieblich auf die zarten Pflanzen und jungen Bäume fielen.

Die Kinder ergötzten sich an dem Vogelgezwitscher vor den Fenstern, hüpften um die Mutter, wenn sie emsig die neuen Verhältnisse ordnete, sprangen in meinem Arbeitszimmer herum, waren stets geschäftig und gelehrsam, und der Knabe versuchte manches Instrument, das ich wieder in den Stand setzte und einübte, auch zu handhaben, und zu seinem Jubel häufig mit Erfolg.

Am glücklichsten waren die Kinder, wenn wir die Elektrisir= maschine spielen ließen, deren Strom uns durchzuckte und die Haare gegen Berg trieb. Bald verstand es der Kleine, selbst die Batterie vorzubereiten und das Experiment auszuführen.

So waren wir Alle recht heiter und ich ahnte nicht, welche Schrecken und welcher Jammer in diesem Hause so bald über mich kommen sollten.

Meine Gattin, von Natur aus etwas schwächlich und nervös, welche zuvor kaum einmal aus der gewohnten Atmo= sphäre der Großstadt gekommen war, fühlte sich zu B. gleich in der ersten Zeit, wahrscheinlich in Folge der schärferen Luft und der häufig wechselnden Temperatur, etwas angegriffen. Sie achtete es nicht, bestellte, als der Schnee geschmolzen war, den kleinen erworbenen Garten — glücklich darüber, ihren Lieblingswunsch erfüllt zu sehen und endlich einmal einen Hausgarten zu besitzen. Wie kurz war ihre Freude! — Am 18. März fiel sie plötzlich ein heftiges Fieber an, am 19. konnte sie das Bett nicht mehr verlassen. In der ersten Zeit ihrer Krankheit lag sie in steter Fieberhitze und zweimal brach sie in Delirium aus; in der letzten Zeit war sie ruhiger, weil erschöpft, und oft lag sie stundenlang in einem ohnmacht= ähnlichen Zustande. Von den beiden Aerzten des Städtchens war stets einer am Bette der Kranken; am sechsten Tage der Krankheit, als eine Art Krisis eingetreten zu sein schien, telegraphirte ich an einen der berühmtesten Aerzte der Residenz, Professor R. Dieser langte noch an demselben Tage ein; ein Consilium wurde abgehalten und als Resultat desselben mir bedeutet, daß ich mich wohl für alle Fälle gefaßt machen müsse.

Professor R. reiste wieder ab, nachdem er der Patientin ein hoffnungsreiches und mir ein trostloses Wort zugeflüstert hatte. Ich kam nicht vom Bette der Gattin; sie schlummerte zumeist, nur manchmal schlug sie die Augen plötzlich wie erschreckt auf, blickte hastig um sich, sah mich dann betrübt an, oder that mir wohl auch den Gefallen, ein wenig zu lächeln. Sie sagte mitunter einige Worte, die ganz deutlich und verständig waren, und verfiel dann bald wieder in den Schlummer. Ihre Gesichtsfarbe war sehr blaß geworden, nur bisweilen waren glührothe Flecken auf ihre Wangen, auf ihre Stirn gehaucht. Der Puls war auf 134 und 140 Schläge in der Minute.

Die Kinder waren vom Krankenzimmer abgesondert; die Kranke fragte mehrmals nach ihnen, ich gab ihr die besten Auskünfte über das Wohlbefinden der Kleinen, und so beruhigte sie sich stets.

Am 26. März in der Morgenstunde war's, als sie mit größerer Entschiedenheit als sonst nach den Kleinen verlangte. Wir sagten, sie schliefen noch.

„So weckt sie auf!" sagte sie mit fast heller Stimme, „ich muß sterben und will noch einmal meine Kinder sehen!"

Mir fuhr das Wort wie ein Messer durch's Herz.

Die Wärterin brachte die Kinder herein.

„O, kommt, ihr lieben, armen Wesen!" rief ihnen die Mutter halb aufgerichtet mit ausgestreckten Armen entgegen, „ihr habt keine Mutter, ihr lieben Kinder, ihr lieben Kinder!" Sie herzte und küßte den Knaben, das Mädchen und wieder den Knaben, und ein Thränenstrom ergoß sich über die Wangen.

Die Wärterin wollte die Kleinen wieder entfernen, allein die Kranke wehrte sich dagegen, preßte das Mädchen an ihren Mund, den Knaben an ihr Herz; mit sanfter Gewalt wollte man ihr sie entreißen, da rief sie laut: „Ich laß' sie nicht, ich laß' sie nicht von mir! — Jesus, Maria und Josef!" Mit diesem Schrei sank sie zurück auf die Kissen.

Wir stürzten um sie zusammen, sie war regungslos, ihr Auge war starr. Die Pflegerin wollte ihr einen Taschenspiegel an den Mund halten, wahrscheinlich, um die Athemlosigkeit zu constatiren. Ich erinnere mich nur noch, daß ich derselben den Spiegel aus der Hand schlug — weiter weiß ich nicht mehr, was in jener Stunde vorgegangen ist. —

Als ich wieder erwachte, saß ich im Lehnstuhl eines anderen Zimmers; der Doctor stand neben mir und aus meinem entblößten Arm rieselte ein Blutquell in ein Becken.

Der Aderlaß soll nöthig gewesen sein. Bald besann ich mich auf Alles, was geschehen war, und verlangte nach dem Ruhebette meiner Frau. Sie hielten mich zurück, versuchten mich zu trösten und vorzubereiten.

„Lasset das," sagte ich, „ich weiß ja, daß sie todt ist. Ich will auch jetzt nicht zu ihr; lasset mich allein oder bringt die Kinder zu mir."

Sie ließen die Kinder herein. Diese erzählten mir sogleich mit aufgeweckten Mienen, daß in meinem Arbeitszimmer Leute beschäftigt seien, eine lange Bank aufzurichten und die Wände und die Kästen und die schönen Instrumente mit schwarzen Tüchern zu verhängen. — Von meinem Arbeitszimmer ging die Thür direct in den Vorsaal, darum hatten sie dasselbe zur Aufbahrung der Todten gewählt.

Ein paar Freunde suchten mich zu einem Spaziergange in den Frühlingstag zu bewegen. Ich fühlte das Bedürfniß, die Todte zu sehen und an ihrer Bahre zu beten. Eben als ich eintrat, hatte sie der Todtenbeschauer verlassen; noch war die Leinwand zurückgeschlagen von ihrem Haupte. Ich meinte, sie schlafe, ich wollte anfangs nicht glauben, daß sie todt sei. Zu bald nur sah ich die bläuliche Blässe ihrer Lippen, das starre, gebrochene Auge zwischen den halbgeschlossenen Lidern; ich befühlte ihre kalten, erstarrten, fast bleifarbigen Hände.

Ja, sie war dahin. Ich wankte aus dem Zimmer, aus dem Hause, ging hinaus vor die Stadt und wandelte in halbbetäubtem Zustande. Spät gedachte ich meiner Kinder und eilte meiner Wohnung zu. Die Kinder waren bereits zur Ruhe gebracht; sie waren ja so früh geweckt worden. Dann waren sie an diesem Tage auch viel im Freien und im Hause selbst herumgesprungen und hatten sich manches Gegenstandes zum Spiele bemächtigt, der ihnen sonst versagt gewesen war. Sie hatten keine eigentliche Aufsicht, waren sich selbst überlassen, und so war dieser Tag ganz nach ihrem Geschmacke. Zwar soll das Mädchen dem Brüderchen wohl einmal den Vorschlag gemacht haben, in das schwarze Zimmer zu gehen und die Mutter zu wecken. Der Knabe mochte den Vorschlag auch ausführen haben wollen, verweilte jedoch am Mineralkästchen, an welchem er das schwarze Tuch zurückzog und die Steinchen auseinanderlegte. Gerade wollte sich der Kleine auch an den elektrischen Apparat machen, um Funken zu erzeugen, wie er das wohl von mir oft gesehen hatte — als er aus dem Bahrzimmer entfernt wurde.

Mir hat man das erst später erzählt, weil es für den Moment ja an und für sich nicht wichtig schien.

Am andern Morgen war mein erster Gang wieder zur Bahre. Die Blumen, die man in das Zimmer gestellt hatte, dufteten stark, die Lichter brannten still — an der Todten war keine Veränderung eingetreten; genau so, wie gestern, war sie auch heute zu sehen; die Zeichen der Verwesung hatten sich noch nicht eingestellt. Ich küßte ihre Stirn, dann kniete ich nieder und zog ihr den Brautring vom Finger. Als das geschehen war, tauchte ich die kalte Hand wieder über ihre Brust hin, auf der ein Crucifix lag — dann ging ich davon und mich in das Unvermeidliche fügend, suchte ich so viel Ruhe und Kraft zu gewinnen, um das Begräbniß anzuordnen. Sie hätten es auch ohne mich gemacht. Auf dem Friedhofe war bereits das Grab fertig; der Schreiner zimmerte am Sarge; der Singverein hielt schon die Probe der Trauerlieder ab und mehrere Frauen des Städtchens sandten Kränze.

Ich kehrte wieder zu meinem Hause zurück. Auf dem Betschemel vor der Bahre kniete mancher Fremde, dem es wohl im Gesichte zu lesen war, daß ihn nicht sowohl Pietät, als vielmehr Neugierde hergeführt hatte. Dann kamen Andere, beteten, flüsterten oder fuhren sich mit dem Sacktuch über die Augen, besprengten die Leiche mit geweihtem Wasser und gingen wieder davon. Zuweilen war gar Niemand zugegen, und aus der geöffneten Thür starrte das Todtenbild in den öden Vorsaal.

Ich ging auch davon. Ich mied die Menschen und ging gegen den Wald und dorthin, wo der Fluß über eine Wehr stürzte. Das Rauschen des Wassers that mir wohl. Ich lag stundenlang am Ufer, und es kamen mir lebensgefährliche Gedanken. — Da fielen mir wieder meine armen Kindlein ein, die verlassen waren unter fremden Leuten in jenem Hause, in welchem die todte Mutter lag.

Ich eilte heimwärts. Ich eilte über die Treppen zu meiner Wohnung hinan. Kein Mensch war da; selbst die Magd war ausgegangen, um irgend etwas zu holen. Es wären — dachte ich — wohl auch die Kinder mit ihr. Ich nahte der offenen Thür, die zur Bahre führte, und sah es bald, da drinnen war Unordnung angerichtet. Von der einen Wand, wo in den Kästen die physikalischen Apparate standen, war der schwarze Tuchverschlag herabgerissen. Einer der Kästen war gar geöffnet und die Elektrisirmaschine stand auf dem Fußboden. Das Mädchen hockte dabei und blickte besorgt auf seine Fingerchen. Der Knabe war zur Leiche emporgeklettert und kicherte. Und was ich nun sah, das ist über alle Beschreibung grauenhaft. Die Gesichtszüge der Todten zuckten und verzerrten sich, sie schlug die Augen auf und ihre Lippen bebten wie im Krampfe.

Ich glaube, daß ich im ersten Momente, da ich diese Erscheinung sah, über die Treppe hinabgestürzt bin und nach Hilfe gerufen habe. Sofort aber kam mir der Gedanke, sie war scheintodt, sie ist wieder erwacht. Ich eilte in das Zimmer zurück und hin, um sie zu sehen. Das Mädchen auf dem Boden hielt die Maschine in Bewegung und ich sah, wie von dieser die Drähte um die Hand gewunden waren. Ich hörte das Knistern des elektrischen Stromes; der Knabe lachte laut, als das Antlitz und endlich auch das Haupt der Mutter sich mehr und mehr bewegte.

Mein Erstes war, daß ich die Bahrleuchter umstürzte, der Aufgebahrten das Crucifix von der Brust entfernte; dann riß ich sie empor, daß ihr Haupt an meinem Busen zu lehnen kam. Jetzt eilten schon Leute herbei, die vor Entsetzen aufschrien, mich für wahnsinnig hielten, bis sie an der Todtgeglaubten die Lebenszeichen sahen.

Was nun folgte, weiß ich nicht genau; was in mir vorging, kann ich nicht erzählen; fast war mir wirklich zu Muthe, Alles sei Blendwerk und ich wäre in die Nacht des Wahnsinns gefallen.

Als die Wiedererwachte schon in ihr, oder vielmehr in mein Bett gebracht war, da man das ihre schon zerstört hatte, brachte mir ein Amtsbote ein gefaltetes Stück Papier. Es kam aus der Sanitätskanzlei. Es war der Todten= schein meiner Gattin.

Die Kinder hatten ihre scheintodte Mutter durch den elektrischen Strom zum Leben erweckt. Sie wurden nun in's Verhör genommen. Unbeaufsichtigt, wie sie waren, hatten sie sich in das Bahrzimmer begeben, hatten, unbekümmert um die Leiche, die Instrumente hervorgeholt, von welchen sie gestern verscheucht worden waren, und gedachten heute besonders am elektrischen Apparat, der stets der Gegenstand ihrer Wünsche gewesen war, ihr Müthchen zu kühlen. Sie wußten das Ding nach dem, was sie von mir gesehen haben mochten, trefflich in den Stand zu setzen. Anfangs mußte das Mädchen die springenden Funken aushalten, und that es so lange, bis ihm die Fingerchen verbrannt waren. Hierauf belud sich der Knabe selber so lange, bis ihm alle Haare zu Berge stiegen. Und schließlich kam den Kindern der Einfall, die schlafende Mutter zu elektrisiren.

Daß die Schläferin erwachte, setzte nicht sowohl die beiden Kinder, als vielmehr die ganze Stadt B. und die Umgebung in mächtiges Erstaunen.

Noch vor Mitternacht dieses merkwürdigsten Tages meines Lebens war nach vielen entsprechenden Mitteln und Maß= regeln die Wiedererstandene zu ihrem vollen Bewußtsein gekommen. Ihre Hände waren wieder weich, ihr Auge war wieder lebendig und klar, doch blickte sie etwas verwirrt. Ich hätte ihr mit heißen Freudenthränen mögen an die Brust sinken und ihr die Wucht, welche in meinem Gemüthe lag, ausschütten; die Aerzte aber beschworen mich, jede Aufregung zu vermeiden und es in Allem ganz so zu halten, wie mit einem gewöhnlichen Kranken.

Nach Mitternacht verfiel sie in einen ruhigen Schlaf, aus welchem sie gegen Morgen wieder erwachte. Sie suchte mit den Augen mich, wendete sich ein wenig zu mir und sagte: „Mein Freund, jetzt ist doch Alles gut. Aber das ist ein schwerer Traum gewesen; — den möchte ich nicht ein zweitesmal träumen!" Und hierauf erzählte sie, es sei ihr gewesen, als läge sie auf der Bahre — viele Stunden lang. Man habe Anstalten getroffen, sie zu begraben, man habe schon den Sarg in den Vorsaal getragen; sie habe die Lichter der Bahre gesehen, habe jedes Geräusch, jedes Wort, das in der Nähe gesprochen wurde, ganz genau gehört, sei aber nicht im Stande gewesen, einen Laut oder auch nur das mindeste Lebenszeichen von sich zu geben. Sie habe schon das gräßliche Geschick, lebendig begraben zu werden, vor Augen gehabt. Am schrecklichsten sei ihr das herzerschütternde Weinen ihres Gatten gewesen, der ihr schließlich den Ehering vom Finger gezogen habe. — Als sie dieses erzählte, hob sie ihre Hand gegen das Auge und stieß den Schrei aus: „Wo ist der Ring? Mein Gott, wo ist der Ring!"

Wir selbst Alle im tiefsten Herzen erschüttert, suchten sie zu beruhigen, ihre Hand wäre in der Krankheit abge- magert, der Ring müsse zufällig vom Finger geglitten sein und würde sich leicht finden.

„O, nein, nein!" rief sie, „das ist kein Traum gewesen! Ich bin auf der Bahre gelegen!" Und sie verbarg ihr Gesicht mit den Händen und verfiel in ein solches Zittern und Beben, daß ihr ganzer Körper sich schüttelte und wir sie mit kräftigen Armen im Bette niederhalten mußten.

Die fürchterliche Aufregung, in welcher sie weinte, um Hilfe rief, mit Gewalt von dem Lager wollte und laut betete, dauerte etwa eine Stunde lang. Dann trat plötzlich die Abspannung ein.

Noch an demselben Tage, fast genau vierundzwanzig Stunden nach ihrem Erwachen aus dem Scheintode, ist sie gestorben.

Wieder versuchten wir den elektrischen Strom, aber vergebens. Die Geheimnisse der Natur sind unerforschlich; ich veranlaßte, daß noch einmal die Kinder den elektrischen Strom sammelten und leiteten — vergebens; die Schläferin wachte nicht wieder auf. Wir legten sie nicht mehr auf die Bahre, wir ließen sie auf dem Sterbebette ruhen, bis sich — und das dauerte nicht lange — die ersten Symptome der Verwesung einstellten.

Dann war das Begräbniß.

Nicht in jenes Grab ließ ich sie senken, das bestimmt gewesen war, die Scheintodte aufzunehmen. Eine neue Stätte wurde ihr bereitet.

Möge sie im Frieden ruhen!

# Herr Florin.

Ein verfehltes Leben! Er hätte Künstler werden können, er hätte Professor werden können, er hätte Bürgermeister werden können — Landtagsabgeordneter, Herrenhausmitglied — dann Baron oder Präsident, so oder so. Baron, wenn der Staat eine Monarchie verblieben, Präsident, wenn er eine Republik geworden. — Und ist nichts, als ein windiger Rasirer.

Ein Bartscherer, ein Haarkräusler und Geckenaufputzer, ein Perückenflechter und Haarzopfsträhner. Man verlangt, daß er Späße mache, und da er sie nicht macht, so macht man sich welche mit ihm. Man nennt ihn Doctor, er protestirt nicht dagegen, der Titel gebührt ihm, er ist belesen, er nennt alle hohen Berge der Welt beim Namen und weiß, wie hoch sie sind, weiß es in Fuß und Metern, kennt die Tiefen des Meeres und berechnet nach einem alten Atlas, wo die größten Untiefen sind. Er giebt dem Landmann, während er ihm den Bart abschabt, Fingerzeige über die Witterung der nächsten Monate, belehrt ihn, wie er den Dung streuen, woher er den Samen beziehen müsse. Er hat Agentschaften, und zwar deren so viele, daß er vor lauter Schildertafeln die Tünche seines Häuschens erspart. Er versichert dem Bauer das Haus, das Vieh, die Feldfrüchte, das Leben. — Wenn mir dieser

„Lebensversicherer", denkt sich der Bauer, „nur jetzt die
Gurgel nicht abschneidet! Anstellt er sich g'rad so. Kratzen
thut der Saggra schon, daß man die Engel singen hört!
Schneidet denn das Messer nicht?" — Allerdings, das Messer
rostet schon, denn Herr Florin hängt das Geschäft an den
Nagel und rasirt den Mann nur aus Gefälligkeit. Er will
ihm aus Gefälligkeit auch den Proceß führen helfen, den der
Bauer mit einem Nachbar hat. Meister Florin weiß sich gut
aus im Gesetzbuch und wird dem findigsten Doctor zu gescheit.
Er führt verschiedenerlei Schreibergeschäfte, hat hier einen
Strauß mit dem Steueramt, dort einen Handel mit dem
Bezirksgericht, da ein Rencontre mit dem Notar oder mit
einem Gläubiger, mit Dem oder Jenem — und gewinnt,
gewinnt Alles.

Daher will er das Rasirgeschäft aufgeben, es sind schlechte
Zeiten. Ja, früher, in seines seligen Vaters Jahren, wo jeder
brave Staatsbürger fortweg sein glattes Gesicht haben mußte,
da war's leicht, Rasirer zu sein. Aber jetzt, wo die Leute
ihren Patriotismus und ihre Weisheit und ihr politisches
Bekenntniß in den Barthaaren herauswachsen lassen, jetzt
wird der Rasirer — und er mag der klügste und fleißigste
Mann sein — ein Bettler.

Ueberhaupt — und das Wörtlein hat Meister Florin
immer auf der Zunge — überhaupt, das fliegt so über Alles
hin, da steckt Alles d'rin, was der Sprecher meint, aber nicht
weiß, oder wenn er gar nichts meint und nichts weiß, als
nur, daß hier eine Phrase gut stehe, so sagt er: überhaupt,
und hat damit sehr viel und sehr vernünftig gesprochen.
Also — „überhaupt", sagt der Meister Florin, „es ist nicht
mehr so wie früher, die Welt ist ganz anders geworden,
heute siegt nur das Geld und der Protze, der Brutale, der

Aufdringliche, überhaupt der Windbeutel. Ich könnte heut' auch anders dastehen, aber ich bin immer zu ehrlich und bescheiden gewesen. Den ersten Prügel hat mir mein Vater unter die Füße geworfen, weil er mich nicht studiren ließ, sondern mich zu seinem Handwerk zwang, zu dem ich niemals Lust und Schick gehabt habe. Ich bitt' Euch, ein strebsamer, intelligenter, für alles Schöne begeisterter junger Mann, Friseur! Aber ich habe mich herausgearbeitet. Wenn ich heute das Geld hätte, das mir die Kerzen gekostet haben, bei denen ich die ganzen Nächte hindurch studirt habe! Zu den einundzwanzig Jahrgängen der Theaterzeitung und in den Jahrbüchern des Gothaer Almanach und im Selbstadvocat giebt's kein Blatt, das ich nicht in mich aufgenommen hätte. Ich habe meine Freude d'ran gehabt, überhaupt, ich habe immer Sinn für was Besseres gehabt. Und ich hab's mitgemacht, wie wir die Eisenbahn bekommen haben und den Telegraph. Bei meinem Aufwachsen hat noch Keiner in unserer Gegend eine Baumwolljoppe getragen, und das EinjährigFreiwilligenInstitut jetzt, die Hinterlader, überhaupt das ganze Kriegswesen. Das ist ein Fortschritt! Ich bin fortweg bei den Fortschrittsmännern und Aufgeklärten gestanden und überhaupt, früher ist die Welt in zweihundert Jahren nicht um das weitergekommen, als wie zu meiner Zeit. Es ist besser geworden und es wäre ganz gut geworden, wenn nicht die Anmaßung das große Wort führte. Der ehrliche Mann verarmt. Es ist ja zum Rasendwerden, wenn man betrachtet, wer heute das Heft in der Hand hat." So seine Betrachtungen.

Er war im Stadtschulrath, aber sie haben ihn nicht zum Obmann gemacht, er ist in den Gemeinderath gewählt worden, aber bei der Bürgermeisterwahl, da —! Er hätte wenigstens zwei Drittel der Stimmen gehabt, aber die

Cabale! Die Cabale, ihr Herren! — Sie haben es ganz gut gewußt, was sie thun, denn wenn er, der Meister Florin, obenauf gekommen wäre, da hätt's anders gehen müssen. Er wüßte schon, was zu machen wäre! Eine Mustergemeinde hätte er geschaffen, an welcher sich selbst der Staat ein Muster genommen haben würde. Man hätte „oben" gefragt: wer ist der treffliche Mann? Gehörte er nicht vielmehr hierher an's Ruder, als daß er seine Kraft in dem engen Wirkungskreise vergeude?

Vor einer solchen Perspective wird jeder Geschäftsmann — er braucht nicht erst Friseur zu sein — die Lust an seinem Berufe verlieren. Meister Florin macht bekannt: er rasirt nicht mehr. Jetzt kommen Fremde in's Städtchen, Touristen, sie suchen einen Friseur. Ist keiner da. Sie suchen auch einen Führer. Allsogleich tritt Meister Florin hervor und macht seine höfliche Aufwartung, er kennt die Gegend, wie sonst gar Keiner mehr, er ist gerne bereit. — Schön, was er begehre? — Bitte, es macht ihm ein Vergnügen, er ist mit von der Partie. Sie suchten einen Führer und finden einen Cavalier. Umso besser. Den Träger für Mäntel und Mundvorrath bestellt der Herr Florin; sie laden ihn ein, aus ihrem Vorrathe mitzuessen, mitzutrinken; er will nicht ablehnen, er thut den Schinken und Flaschen sehr viel Ehre an; er ist stets delicat, aber das ist zufällig seine Leibspeise, sein Tropfen — hoch sollen sie leben!

Er weiß unterwegs stets zu erzählen und spricht ganz im Geiste der Zeit, heißt das, wenn er merkt, die Fremden hätten keinen. Er erzählt gern von sich und was ihm eben so am geläufigsten ist; die Fremden heucheln Interesse, so lange sie's vermögen, endlich aber danken sie für seine freundliche Begleitung und gehen ihrer Wege.

Trotzdem, oder — überhaupt, die Fremdenführerschaft trägt mehr, als das Friseur- und Rasirgeschäft, es trägt wenigstens die Kost und man ist in der frischen Luft und Naturfreund ist man auch. Ist's und wird's von Tour zu Tour mehr, denn überall erinnert man sich, was einen früheren Touristen entzückt hat und das entzückt Einen nun auch und so bringt man im Laufe der Jahre eine Unzahl von „romantischen" Wegen, entzückenden Punkten und Aussichten zusammen.

Endlich nimmt er wahr, daß er ein so gewaltiger Naturfreund und Tourist geworden ist, daß er davon leben kann. Er läßt sich als Führer immer noch nicht lohnen, aber die Präsente, die der Cavalier dem Cavalier verehrt, die darf er nicht abweisen. Er hat davon schon eine respectable Sammlung, er verkauft sie nicht, es sind werthe Andenken von hohen Bekanntschaften und lieben Freunden — und versetzen, nur wenn's sein muß. Auch die Touristenvereine sind ihm erkenntlich, und wie die Assecuranzen — die er längst vernachlässigt und verloren hat — einst das Aeußere seines Hauses mit Agenturtafeln decorirt haben, so decoriren die Touristenvereine dasselbe von innen mit Diplomen, Gebirgskarten und Edelweißorden. Er übt wieder Gegenerkenntlichkeiten und wirbt Mitglieder für die Vereine. So wird er bekannt und gesucht und jeder Fremde, der am Bahnhof dem Zug entsteigt, frägt als sein Erstes nach dem Herrn Florin. Der steht schon da, stets nett beisammen, in Nationaltracht, stets höflich, lüftet seinen Touristenhut, ist dem Herrn zuvorkommend zur Hand beim Aussteigen, beim Gepäcktragen, bei der Suche nach einem Hôtel, und dem Fremden bleibt nichts Anderes übrig, als sich gefangen zu geben.

Der Gasthofbesitzer weiß meinen Florin wohl zu würdigen, und wenn Letzterer für genossene Speis und Trank um die

Rechnung ersucht, so vertröstet ihn der Wirth von Tag zu
Tag, bis Herr Florin endlich nicht mehr ersucht und sich die
Gasthauskost von Tag zu Tag so trefflich munden läßt, als
ob's auf der weiten Welt kein einzig Stücklein Kreide gäbe.
Es geht. Sehr gut geht's, und Meister Florin sagt es selber:
es ginge ihm sehr gut! und er muß es am besten wissen.
Daß er einmal Rasirer gewesen, hört er nicht gern, es war
auch nur ein Spaß von ihm gewesen, ein schlechter Spaß.
Er wohnt auch gar nicht mehr im Friseurhäuschen, das ist
der Habgier eines Gläubigers zum Opfer gefallen, gegen den
der Meister den langjährig geführten Proceß ganz unstreitig
gewonnen hätte, wenn nicht Bestechung und Hinterlist von
Seite des Gläubigers stattgefunden hätte. Ueberhaupt sind
die Leute heutzutage von einem greulichen Eigennutz besessen,
nur der Wirth nicht, nein, der ist ein braver Mann. Jetzt
wohnt er auch bei ihm.

So verkehrt Meister — was Meister! Herr von Florin
nur mehr mit feineren, vornehmeren Leuten, und wenn man
dem Gespräche zuhört, das er und ein zugereister Universitäts-
Professor führen, so ist kein Zweifel, wer der Gescheitere
ist — nämlich der Herr von Florin. Man kann aber ordentlich
erschrecken, wenn Florin plötzlich behauptet, das deutsche
Kaiserreich tauge nichts und er mit wenigen dictatorischen
Aussprüchen mir nichts dir nichts die Republik einführt und
der Fürst Bismarck wie ein armer Schlucker dasteht, noch um
ein paar Stündlein Leben bittend. Der Professor ist gar
nicht im Stande, der Tragweite dieser unerhörten Reformen
zu folgen, daher schweigt er, und das imponirt den umsitzenden
Zuhörern. — „Ja, wie Florin gesprochen, da hat der gelehrte
Herr nachgerade kein Wörtlein mehr zu sagen gewußt, ist
still gewesen wie ein Baumstock."

Wie steht er jetzt da, der Herr von Florin! Von alters-her — und zwar seit etlichen vierzig Jahren — heißt er Franz Victor Florin; jetzt, der Name ist ihm zu lang, er ist selber nicht über fünf Schuh lang, er braucht keinen so langen Namen, er kürzt ihn, setzt anstatt des Wortes Victor nur ein kleines v. und jetzt lautet die Visitkarte: Franz v. Florin. Das steht! sehr gut steht's, und somit wäre er nun eigentlich oben.

Aber da sehe man den Neid des Schicksals! Ueberhaupt, wer zum Unglück geboren ist u. s. w. Auf einmal legt sich der Wirth hin und stirbt und macht den Herrn von Florin brotlos und dachlos. Denn der junge Wirth ist ein Zopf und sagt, Florin solle arbeiten, er sei noch stark genug dazu. — So! Also das ist der Lohn, daß er die Fremden herbeigezogen und die Gegend bekannt gemacht hat! Das ist der Lohn für die Dienste, die er dem Hause und der Gemeinde und Jedermann geleistet hat! Die Kinder werden einst als alte Leute erzählen von Herrn von Florin, wie schlicht er war und jovial und welche Reden er der Jugend oft gehalten hat und wie er für den Fortschritt gewesen und was ihm das Städtchen verdankt. Manche alte Schrift von seiner Hand wird verblaßt und vergilbt noch Zeugniß ablegen von dem strebsamen, viel-seitigen Manne, der seiner Zeit voraus gewesen. Aber heute! Heute läßt man ihn darben. Zwar findet er immer noch gute Seelen, die seinen Nahrungsbedürfnissen Rechnung tragen, mein Gott, er ist ja leicht zufrieden! Aber der Rock will ver-blassen und die fremden Herren, wenn sie kommen, wollen mit dem fadenscheinigen Rock nicht gerne an Einem Tische sitzen. Er ist immer noch geistesfrisch, ja lustiger als früher und weiß allerlei Schnurren, auch singt er und macht Musik dazu auf der Zither oder der Guitarre. Er weiß possirliche

Lieder, Sprüche und schalkhafte Anekdoten. Man lacht darüber, man wartet ihm mit einer Cigarre auf oder läßt ihm ein Glas Wein vorsetzen und so ist es immer recht unterhaltsam. Es giebt Leute, die sagen ihm, er solle sich nicht so an die Fersen der Fremden heften und sich nicht zum Spaßmacher hergeben, er solle lieber wieder seinen Rasirladen aufmachen. Das sind die Kurzsichtigen. Sie wissen nicht, was er will und worauf er es abgesehen hat. Er wird noch eine ein= flußreiche Stellung gewinnen und dann seine weltbeglückenden Pläne durchführen.

Einstweilen verkommt er immer mehr. Mancher Fremde, der im Städtchen absteigt, er mag Tourist sein oder Agent oder Vereinsmeier, nützt ihn aus, so viel noch auszunützen ist. Andere fragen gar nicht mehr nach ihm, aber er ist eine allbekannte Figur und viel armseliger und niedriger denkende Subjecte, als er ist, machen ihn zur Zielscheibe ihres Spottes.

Endlich glaubt er's, daß er nichts erreichen wird; er klagt über ein verfehltes Leben, setzt die Hoffnung aber auf seine Kinder.

Er hat einen Sohn; der ist geistig sehr begabt, hat ganz den Kopf von seinem Vater. Der soll studiren. Es ist kein Geld da, es ist keine Protection da, oder hat ein oder der andere seiner guten Bekannten doch etwas zugesagt? Gewerbs= meister des Städtchens wollen den aufgeweckten Jungen in's Geschäft nehmen, ihm ein Handwerk lernen. Ha, das wäre wieder die alte Leier; dieses florinische Blut ist für was Besseres roth geworden; der Bursche muß in die Hauptstadt. Er soll sich dort selber fortbringen, Freunde suchen und sich aus eigener Kraft aufschwingen. Das macht den Mann. Der Vater hält ihm noch eine schwunghafte Standrede, wie sie wortprächtiger in keinem Buche zu finden ist, und der

Junge geht in die Stadt. Er schreibt verzagte Episteln heim, der Vater schickt ihm Briefe voll begeisternder Phrasen, aber sonst ohne Inhalt. Da schreibt der Sohn in immer längeren Zwischenräumen immer kürzere Briefe, endlich bleiben die Briefe ganz aus und das ist dem Herrn Florin ein Zeichen, daß die Taube ein Gestade gefunden hat.

Nun hat Florin — sein Weib ist ganz Nebensache, das ist da oder es ist nicht da, einerlei; ist es da, so wird es wohl irgendwo eine Dachkammer haben, wo es sich mit Nähen oder Stricken fortbringt — trotzdem hat Herr Florin eine Tochter. Mit der läßt er sich nicht ungern auf der Gasse blicken, denn sie ist schon bald kein Kind mehr und wächst sich recht sauber aus. Sie als Küchenmädchen zum Wirth geben, oder gar zu einem Bauer in die Arbeit? Nein. Das Mädchen hat bessere Aussichten. Ein Baron war da, ein Tourist, der sagte, das Kind müsse in die Stadt, da könne es sein Glück machen. Da erinnert sich der umsichtige Vater sofort an gelesene oder gehörte Fälle, wo arme aber hübsche Mädchen auch in der Stadt ihr Glück — bisweilen sogar ein unglaublich großes Glück gemacht haben. Der Herr Baron erklärt sich bereit, für das Kind eine Stelle ausfindig zu machen, einstweilen könne es in seinem eigenen Hause wohnen. — Also doch überall gute Leute, und Herr Florin sagt, Glück habe er niemalen viel gehabt, aber gute Menschen habe er immer gefunden, überhaupt habe es den Anschein, daß sich sein Glück erst bei seinen Kindern einstellen werde.

Er läßt das Mädchen fort und nun — sind die Kinder versorgt. Sie sind's zwar nicht, aber Florin ist gewohnt, Alles so auszulegen, wie es am schönsten klingt. Sein Stolz ist, wenn er erzählen kann: Der Sohn studirt auf einen Doctor, die Tochter ist beim Herrn Baron.

Florin beginnt zu altern, aber er hat noch einen Plan, das ist der einzige, den er in seinem Leben durchgeführt hätte, wenn er ihn durchgeführt hätte. Er kann singen, versteht sich auf Saitenspiel, hat die Gabe, zu unterhalten; er will fahrender Musiker werden. Das ist gar nicht dumm, das ist der erste Schritt zum Mitgliede eines größeren Kunstinstitutes.

Das Mißgeschick ließ es aber nicht dazu kommen. Ueberhaupt, das Mißgeschick! Nun sitzt er viel in den Schänken herum und setzt sich zu Dem, der just da ist und hebt einen flotten Discurs an und läßt Possen los und will fortgehen. Die Leute sind warm, da darf der Herr von Florin nicht fortgehen, sie lassen ihm Wein bringen. Das Wasser, das er zum Wein gießt, hält ihn noch aufrecht. Aber beim Branntwein, da gießt man nichts dazu, da ist das Wasser schon dabei.

Der Branntwein aber thut das Seine und es giebt einflußreiche Leute in der Gemeinde, die behaupten, für den alten Florin wäre es am besten, wenn man ihn in's Armenhaus thäte.

Der alte Florin!

Ja, es ist wahr, er ist grau, er sieht verfallen aus. Wenn er sich nur öfters ein saftiges Stück Fleisch gönnen könnte! Warum sollen denn seine Kinder, denen es in der Stadt gut geht, nichts für den Vater thun? Keines läßt was von sich hören.

Nun wird in die Stadt geschrieben. Es kommt eine Antwort; sie ist von fremder Hand und berichtet, daß der Sohn vor längerer Zeit wegen Bauernfängerei eingezogen, später wieder freigelassen und seitdem verschollen sei.

Herr Florin erschrickt zuerst, dann aber lächelt er, denn er glaubt es nicht.

Aufgefordert, schreibt auch die Tochter, sie sei nicht mehr beim Herrn Baron, aber sie wolle ihren Eltern nicht mehr unter die Augen treten.

Herr Florin schüttelt den Kopf — er kann es nicht verstehen.

Und so rinnt die Zeit hin, von Tag zu Tag mit steigender Geschwindigkeit — wie es im Alter schon geht. Der Florin sitzt auf der Gartenbank des Armenhauses und schaut den Bienen zu. Einer, der vorbeigeht, denkt sich: Ja, alter Florin, Du hättest den Bienen früher zuschauen und Dir an ihnen ein Beispiel nehmen sollen, wie man durch Arbeit und Fleiß sich eine gesicherte Existenz schafft. Du hast Dich Deines ehrlichen Gewerbes geschämt, hast es verlassen und verleugnet. Hast hingeflunkert, hast hergeflunkert, Dein spitzfindiges Spintisiren und Deine hohle Schlauheit hat Dich auf die Holzbank vor dem Armenhaus gebracht. Und wenn jetzt einer von den fremden Herren, denen Du gefällig warst, von den hochgestellten Freunden, die Dir geschmeichelt haben, hier vorbeigeht, so wird er Dich nicht kennen, und kennt er Dich, vielleicht sein Haupt wegwenden und in sich hineinmurmeln: Ei, das ist ja dieser Idealist, dieser Fex, dieser — er hat allerlei Namen zur Auswahl. Er ist bald vorüber. Ich aber bin der, welcher Dir einst vielleicht den Rath gegeben hat: bleibe Deinem Gewerbe treu und arbeite! Ich gehe nicht an Dir vorbei, ich frage Dich: „Wie geht es Dir, alter Florin?"

Er schrickt auf. „Danke, danke," sagt er, „so weit gut, recht gut. Dank der Nachfrage!"

Eine solche Zufriedenheit auf dieser Bank verdient doch einen Zehner. „Da, Alter, gönne Dir ein Glas auf mein Wohl!"

O, im Glase, das er nun trinkt, ist mehr d'rin, als der Spender ahnt, der Florin — der Herr Franz von Florin ist Bürgermeister, Touristenvater, Abgeordneter, Regierungsrath, Schöpfer und Ordner aller politischen, wirthschaftlichen und gesellschaftlichen Verhältnisse des Landes.

Um einen Silberzehner! In der That, billiger kann man das Glück nicht haben.

# Die Kokette.

Du sprichst von koketten Frauen, junger Freund, wie ein Blinder von der Farbe. Kokett nennst Du es, wenn eine Dame durch auffallende Farben, Bewegungen, Blicke die Augen der Männer auf sich zu lenken sucht. Kokett nennst Du sie, wenn sie sich ein wenig vordrängt und ein wenig versteckt, wenn sie ein wenig dreist ist und ein wenig erröthen kann, wenn sie ein wenig anzieht und ein wenig abstößt und so die Herzen der Männer bearbeitet, bis sie Feuer geben, und wenn der Mann für sie lichterloh entbrennt, sie geneigt ist, die Glut regelrecht zu dämpfen. Das ist ja alles ganz nett und verläuft auf das Anmuthigste.

Ich kenne eine andere Koketterie, mein Junge, und will Dir erzählen; willst Du keine Lehre daraus ziehen, so magst Du Dich wenigstens für klüger halten, als ich war — und das wird Dir sicherlich ein großes Vergnügen sein.

Ich habe Dir schon einmal gesagt, daß ich mich als Student eine Zeit lang mit Unterrichtgeben in der Stenographie fortgeholfen habe. Also gewann ich auch durch Vermittlung eines Bekannten wöchentlich zwei Stunden bei einer Dame Stachari. Es war eine blasse, schwarzhaarige und großäugige Dame, die stets in schwarzem Seidenanzuge war und am Busen eine Kamelie oder eine rothe Rose

stecken hatte. Sie konnte nicht älter als vierundzwanzig
Jahre sein, ich wußte nicht, ob sie vermählt war oder ledig;
das alte Stubenmädchen erwähnte mehrmals des „Herrn",
den ich aber nie zu Gesichte bekam. Die Wohnung bestand
aus drei Zimmern, die sehr luxuriös eingerichtet waren.
Zumeist herrschte in denselben ein künstlich hergestelltes
Dunkel und ein betäubender Blumenduft. Die Blumen und
ihr Duft, so behauptete sie, seien ihr Licht, ihre Luft, ihre
Nahrung, ihre Liebe, ihr Traum, ihre Seligkeit. Was den
Männern der Wein, der Tabak, das Opium sei, das wäre
ihr die Blume, was den Männern das Spiel, die Gefahr,
das Weib sei, das wäre ihr die Blume. Die Blume sei das
einzige Wesen auf der Erde, von dem sie nichts Schlimmes
erfahren, nicht enttäuscht worden wäre.

Nun hätte ich für mein Leben gern gewußt, was die
junge Dame schon für Schicksale gehabt und worin die
Enttäuschungen bestanden, natürlich wagte ich nicht zu fragen
und sie berührte ihre Vergangenheit, ihre persönlichen Ver=
hältnisse mit keiner Silbe.

Nachmittags von fünf bis sechs Uhr hatten wir den
stenographischen Unterricht; ich wußte aber nicht, zu welchem
Zwecke sie die Schnellschreibekunst erlernen wollte, einmal
nur äußerte sie, solche mache ihr Spaß und sei ein netter
Zeitvertreib, während ich immer der Meinung gewesen, die
Stenographie sei Zeitersparniß. Indes ging ihr die Sache
doch nicht recht von der Hand; mehrmals legte sie schon in
der ersten Hälfte der Stunde den Stift weg, lehnte sich in
den Sessel zurück und machte den Vorschlag, lieber ein
bißchen zu plaudern. Nun wußte ich über nichts eigentlich
zu plaudern, als über Gabelsberger, denn ich war ein ganz
unerfahrener Mensch, der bisher in Gesellschaft sich stets

bescheidener Schweigsamkeit befleißen hatte. In erster Zeit
hatte mich sogar die Ansprache verlegen gemacht: ich nannte
sie gnädige Frau, sie widersprach nicht, doch ahnte ich bald
die Unschicklichkeit dieser würdigen Ansprache, denn die
Dame kam mir manchmal sehr jung vor und ich nannte
sie endlich „mein Fräulein". Manchmal schlug sie Heine's
Buch der Lieder auf, fragte mich, welche Gedichte mir am
besten gefielen und las wohl selbst eines oder das
andere, wobei sie manchmal seufzte und schwermüthig
ward.

Als es in den Spätherbst hineinging, wollte uns der
Tag nicht mehr leuchten zu unserem Schreibunterrichte, da
wurde die Lampe angezündet, die einen rothen Schirm aus
Seidenpapier hatte, so daß die Schreibeblätter und die Hände
und die Wangen einen rosenglühenden Schein gaben. Manchmal zitterte im Schreiben ihre Hand ein wenig und sie
bat mich, daß ich sie führe, was aber durchaus nicht nach
der Schnellschreiberegel ist. — Zwei Minuten nach Ablauf
der Stunde pflegte ich aufzustehen, mich vor meiner Schülerin
zu verneigen und davonzugehen. Bei solchem Fortgehen kam
ich mir sehr einfältig vor und ich ärgerte mich nachträglich,
daß ich nicht artiger gewesen war gegen das liebenswürdige
Fräulein. Das böse Gewissen ließ mich deswegen oft halbe
Nächte lang nicht schlafen und ich nahm mir fest vor, das
nächstemal sachgemäßer zu handeln. Als ich jedoch das nächstemal wieder neben ihr saß, wieder die stille Lampe brannte,
wieder ein Heine'sches Gedicht gehaucht wurde, war ich
eben gerade wieder so blöde, sehnte mir insgeheim den Verlauf der Stunde herbei und als sie vorüber war, zögerte
es doch in mir, ob ich schon gehen oder meine Schülerin
noch ein bißchen nachsitzen lassen solle.

Eines Abends im December machte mir das Fräulein die etwas überraschende Mittheilung, daß sie auf unbestimmte Zeit verreisen werde und daher den stenographischen Unterricht leider unterbrechen müsse. Sie händigte mir die Hälfte des ausbedungenen Honorars ein, die andere Hälfte stellte sie mir in Aussicht nach ihrer Rückkehr. Beim Abschiede theilte sie mir erröthend mit, daß sie sich von mir eine Gunst ausbitten wolle — ein Andenken von mir — eine ganz kleine Haarlocke.

Was sie an einer Haarlocke habe? fragte ich, die Sache ins Scherzhafte ziehend, denn ich mußte mein heftig pochendes Herz verdecken. Sie antwortete, das wisse sie schon und schnitt mir unter unsagbar zarten Berührungen vom Nacken links ein Löcklein ab. Nun wären wir gottlob im richtigen Geleise! dachte ich, that nichts dafür und nichts dagegen, wartend, daß das Glück mir in den Schoß falle. Das Fräulein stand eine Weile sinnend, endlich flüsterte sie: „Also denn — es ist bestimmt in Gottes Rath!" damit steckte sie mir ein halbaufgeblühtes Rosenknösplein in das Knopfloch. Ich drückte ihr die Hand, wünschte eine glückliche Reise und Wiederkehr und taumelte zur Thür hinaus.

Die qualvolle Zeit, die nun für mich kam, ist nicht zu beschreiben. Ich fühlte mich ganz und gar verwaist, mir war, als hätte ich die einzige Schwester — oh, weit mehr als eine Schwester! — verloren. Täglich mehrmals ging ich durch die Gasse und schaute hinauf zu ihren Fenstern, die mit Holzbalken verschlossen waren wie mitten im Sommer. Um Neujahr waren die Fenster plötzlich wieder offen, ich erschrak wonnig. Aber es waren nicht mehr die dunkelrothen Gardinen, es waren weiße Spitzenvorhänge, zwischen denselben schaute ein alter schmauchender Weißkopf hervor.

Also dahin für immer!

Die Rosenknospe hielt ich wie ein Heiligthum und legte sie gepreßt in das Etui, in welchem das Bild meiner verstorbenen Mutter war. Von ihr hatte ich kein Bildniß, um so lebhafter baute und malte die Phantasie an ihrer Gestalt, bis sie die Schönste, die Begehrenswertheste war, die je auf Erden gelebt. Hören ließ sie aber nichts von sich und ich wußte nicht, sollte ich meine Gedanken und Sehnsucht nach Osten aussenden oder nach Westen, um sie zu finden.

Uebrigens schleifte mich das Leben fort über Kummer und Freude, über Hoffnung und Enttäuschung, mir blieb dabei nur der Vortheil, daß ich älter und reifer wurde. Nach einem halben Jahre war die verreiste Schülerin glücklich verwunden und nach einem Jahre vergessen.

Frauen aber vergessen nicht so leicht. Als ich im zweiten Jahre auf der Universität war, erhielt ich eines Tages ein Packet zugeschickt. Kein Brief und kein Name war dabei. Das Packet kam aus einem böhmischen Orte, dessen Namen ich nicht zu enträthseln vermochte. Es bestand aus einem Buche mit folgendem Titel: „Die Schule der Liebe. Ein Unterricht für junge Männer und Frauen.“ Ein Verlagsort war nicht angegeben, hingegen stand an der Stelle desselben mit Bleistift geschrieben: „Dem unvergeßlichen Lehrer die dankbare Schülerin F. St.

Anfangs stutzte ich. Wo und wann hätte ich in der Liebe Unterricht ertheilt! Endlich verfiel ich doch auf die Stenographenstunden mit Fräulein Stachari. Dieses schöne Buch sollte wohl der Rest des Honorars sein. Jedenfalls habe ich mehr aus demselben gelernt, als das Fräulein aus meinem Schnellschreibunterricht. Als diese gedruckte Schule der Liebe durchgemacht war, kam es mir unbegreiflich vor, daß irgend ein Mensch blöde sein könne. Neuerdings stieg die Erinnerung an die junge schwarze Dame in mir auf, aber nun in ganz neuer Beleuchtung; ich durchsuchte alle Ecken und Ränder des Buches, jedes Blatt, um etwa ganz klein, vielleicht gar in stenographischer Schrift geschrieben, ihre Adresse zu entdecken. Vergeblich. Sie blieb mir unerreichbar und fern in Dunkel gehüllt. Freilich fehlte es nun nicht mehr an anderweitigen Zerstreuungen, doch that es mir leid, wenn ich an das Fräulein Stachari dachte.

Endlich nahm mein Leben eine andere Richtung. Die Studien waren vollendet, ich gewann an der Universität zu G. eine Privatdocentenstelle. Ich fühlte mich ruhiger und ernster werden und begann mit tieferen Absichten nach dem schönen Geschlechte auszublicken. Eine Advocatenstochter war, mit welcher ich Verkehr anzubahnen suchte. Zur selben Zeit erhielt ich den Brief, welchen ich noch in der Tasche trage.

Prag, am 20. Juni 1884.

„Verehrter Professor!

Wohl kaum darf ich hoffen, daß Sie sich noch erinnern an eine unaufmerksame und störrische Schülerin, welcher Sie stenographischen Unterricht ertheilten. Wie saßen wir doch so fromm und dumm beisammen! Ach, lange, lange ist es her! Die Stenographie habe ich gottlob vollständig vergessen, wozu auch hätten wir Frauen den Mund und manchmal sogar einen frisch rothen, wenn wir uns nur aufs Schreiben verlegen wollten! Weniger habe ich des jungen Lehrers vergessen, der war stramm wie ein Lieutenant und schüchtern wie ein Mädchen in der Fibelclasse. Heute wird wohl das Eine noch zutreffen, aber das Andere sicherlich nicht mehr. Möglicherweise hat sich auch bei der kleinen Schülerin seither Einiges geändert, denn sie lebt in den

Jahren, die wie Champagner prickeln. Keine Wirthin, die aller Welt aufwartet mit dem Stängelglase, die aber gern ihrem ehemaligen Lehrer den Labetrunk reichen möchte, falls er ihn von ihrer Hand nähme. Das Leben ist, ach, ja so flüchtig, und manche Frucht, die in kindischen Jahren sehnsuchtsvoll gesäet, gehegt worden, reift so spät! Aber nicht zu spät, so lange der Gaumen noch lechzet, der Arm sich ausstreckt nach schwellendem Apfel.

Ist Ihnen nie gesagt worden, daß ein junger Professor Reisen machen, die Welt genießen und auch Prag sehen müsse? Ach, so halten Sie sich doch daran! und das Wichtigste ist, daß Sie in Prag sich nach Ihrer Schülerin umsehen und mit ihr einen ganzen Abend lang von alten schönen Zeiten plaudern! Ach, wie wird das hübsch sein! Sie dürfen mit Ihrem Besuche aber durchaus nicht so lange warten, bis Sie ehrwürdig werden. Und damit nicht noch mit dem thörichten Schreiben so viel Zeit vergeht, schließe ich rasch; das Weitere ist Ihre Sache.

Ihre

Josefine Stachari."

Noch ist die genaue Adresse angegeben.

Jetzt war mir etwas eigenthümlich zu Muthe. Das ganze nun zur Leidenschaft gesteigerte Fühlen für die geheimnißvolle und doch so offenherzige Dame ward in mir wach. Ich setzte mich hin, schrieb einen Brief, in welchem ich mit heftigen Ausdrücken der Ungeduld mein Kommen anzeigte. Der Brief selbst war eine so ungestüme Umarmung, daß ich ihn nach der zweiten Durchsicht zerriß. Der Weg von G. bis Prag ist kein Spaziergang zu einem Stelldichein, aber hatte ich nicht schon seit langem im Sinn, nach dem schönen Dresden, nach dem großen Berlin zu reisen?

Dabei ließe sich Prag ja sehr leicht machen. Ich bekämpfte mein Temperament und schrieb der Dame mit einer den Zuständen durchaus nicht entsprechenden Ruhe, daß ich vorhätte, demnächst auf einer größeren Reise Prag zu berühren, bei welcher Gelegenheit ich nicht verfehlen würde, sie aufzusuchen.

Wenige Tage später war von ihr der zweite Brief da:

„Liebster Herr Professor!

Diese Aufregung! Diese Freude! Diese Angst! Ich kann mich kaum fassen, ich kann es nicht glauben, daß es sein soll, Sie hier zu sehen. Es wäre zu herrlich! Ich müßte Ihnen an den Hals fallen und weinen. Ich habe Ihnen so viel mitzutheilen, anzuvertrauen; aber Sie müssen mir versprechen, ritterlich zu sein gegen ein hilfloses Weib, dessen verzagendes, seliges Herz Ihnen entgegenschlägt. Ach wie lange war die Zeit, wie einsam war mir oft unter meinen Blumen! Ihr Schreiben hat mich über alle Maßen glücklich gemacht, haben Sie Dank! Und kommen Sie rasch, setzen Sie sich auf den nächsten Zug, fahren Sie Tag und Nacht, ich vergehe vor Ungeduld, Ihnen mein Glück an den Busen zu legen. Sagte mir meine Ahnung doch schon lange, daß ich mich an Ihnen nicht täusche, daß Sie nicht täuschen können, mein theurer, mein lieber Freund. Nur müssen Sie nichts Arges von mir denken über meinen unbändigen Freimuth, ich bin ein Weib. Die Stunde, wann Sie mich finden, kennen Sie, es ist unsere Stenographenstunde wie vor fünf Jahren. Fünf Jahre jünger bin ich geworden durch Ihren Brief, haben Sie nochmals Dank und eilen, eilen Sie zu Ihrer Freundin

Josefine Stachari.“

Für eine Portion war das genug. Mir wurde fast unheimlich. Für ein nettes Abenteuer baute sich die Sache faſt zu groß auf, das läßt ſich nicht ſo leicht abhaken, wie es angehaft iſt. Das war nun doch einmal ein Weib, wie ich im müßigen Ideale mir es oft gedacht hatte, ein in heiliger Leidenſchaft lohendes, alle Convenienzen kühn ver= achtendes, heldenhaft liebendes Weib. Daß mittlerweile in meiner Erinnerung auch ihr Bild wunderſam reizend und ſchön geworden war, habe ich Dir ja ſchon geſagt.

In den erſten Tagen der Ferien packte ich meinen Koffer und reiſte Tag und Nacht der alten Königsſtadt Prag zu. Es war mir zu Muthe wie auf einer Brautfahrt. Es war doch zu rührend, wie ſie meiner gedacht, wie ſie auf mich gewartet hatte, bis ich in der Lage war, ein Weib heimzuführen. Und ſelbſt, daß ſie von mir fortgezogen, war das Werk einer großen Seele. Sie wollte uns gegenſeitig die Reinheit hüten, ſie wollte mich frei laſſen, frei leben und frei wählen.

Unſere Stenographenſtunde war Nachmittags von fünf bis ſechs Uhr geweſen. Zu Prag ins Hotel gekommen, war mein Erſtes, durch einen Boten ihr meine Ankunft anzu= zeigen, und daß ich mich noch an demſelben Tag um fünf Uhr bei ihr einfinden würde. Hierauf reinigte ich mich ſorg= fältig von dem Staube der Reiſe, nahm ein Mahl zu mir und bereitete mich vor auf den Beſuch.

Punkt fünf Uhr ſchellte ich an der Thür ihrer Wohnung. Ein ſchmuckes Stubenmädchen erſchien, um zu öffnen, fragte leiſe, ob ich der Herr aus G. ſei und führte mich dann in ein dunkelgehaltenes Gemach. Es war faſt üppig einge= richtet und die Blumen und Roſen ſchienen mir noch pran gender zu blühen und noch betäubender zu duften, als vor Jahren. Da glitt ſie auch ſchon auf mich zu, in ſchnee= weißem Hauskleide war ſie, ſank mir an die Bruſt und

flüsterte: „Sie sind's! Gott, wie mir das Herz pocht!“
Dann schluchzte sie und wir saßen auf einem Sopha. Ob=
zwar wenig Licht fiel auf ihr Antlitz, so sah ich doch, daß
dasselbe etwas rundlicher geworden war, und ihre Wangen
schienen mir noch blasser und ihre Augenwimpern noch
schwärzer und ihr Mund noch röther als vor Jahren.
Und weil durch die leidenschaftliche Begrüßungsscene auch
ihre schwarzen, seidenweichen Haare locker geworden waren
und nun niederrollten auf ihre wogende Brust, so war sie
unbeschreiblich schön. Vor den schweren Fenstergardinen
stand ein rundes Tischchen, an welches mit einem Kettlein
ein Papagei gefesselt saß, der fortwährend krächzte.

„Ach!“ flüsterte sie, „der Vogel freut sich auch, daß
Sie gekommen sind. Und Sie sind so stattlich und schön ge=
worden, oh, ich bin wahnsinnig vor Glück!“ Dabei nahm
sie meine Hände und preßte sie heftig.

„Ach, Freund!“ hauchte sie, „Sie bringen mir die
schönen Tage der ersten Jugend zurück!“ Und da ich kaum
eines Wortes mächtig war, so fuhr sie mit unendlichem
Reize fort zu plaudern von vergangenen Zeiten, von dem
Leben in G., von ihrer Kindheit, die herbe gewesen, von
dem Glücke, das nun gekommen. Ich merkte nicht auf das,
was sie sprach, ich hörte nur ihrer Stimme süßen Klang,
ich fühlte nur den Athemhauch aus ihrem Munde — mir
verging das Denken und urplötzlich rissen meine Arme
sie wild an mich, um sie zu küssen . . . . In demselben
Augenblicke fuhr sie kreischend auf und stieß mich heftig
zurück.

„Mein Herr!“ rief sie mit vor Zorn fast erstickter
Stimme, „das ist abscheulich!“ dann stürzte sie zur Glocke
mit dem Ruf: „Mein Gemahl! Mein Gemahl!“

Da trat aus dem Nebenzimmer ein schlanker, hagerer, brauner Mann im feinsten Salonanzuge.

„Gott, o Gott!" schluchzte das Weib und preßte ihre Hände ins Gesicht: „Diese abscheuliche Frechheit! Züchtigen Sie ihn! Meine Freundschaft so zu mißbrauchen! Eine harmlose Plauderstunde über vergangene Zeiten! Von meinem Glück wollte ich ihm erzählen! Und er schändet's, der wahnsinnige Bube! — O Gott, meine Nerven . . . . .!"

Der braune „Gemahl" stand immer noch an der Thür und drehte seinen langen Schnurrbart. Ich hatte mich von meiner Ueberraschung eher erholt, als es mir heute selbst erklärlich ist. Ich war aufgestanden und wartete einstweilen darauf, was der Gemahl sagen würde. Da dieser weder einen Revolver noch einen Dolch ergriff, sondern sich nur an mir und seiner rasenden Frau ergötzte und verschmitzt schmunzelte, so trat ich einen Schritt an ihn und sagte: „Es ist kein übles Abenteuer. Wem gehört sie aber nun! Sie, mein Herr, werden Gemahl genannt, und ich werde durch glühende Liebesbriefe aus dem fernen G. herbeigeholt!"

„Hat Alte wieder Dummheit gemacht!" schnarrte der braune Mann mit fremdartiger Betonung, dann zog er sich wieder in sein Zimmer zurück und lehnte die Thür zu.

Eine kochende Hölle im Herzen, starrte ich das Weib an. Sie sank mit vollendetem Faltenwurf ihres Kleides zu meinen Füßen nieder und schluchzte: „Ach, verzeihen Sie mir! theurer Freund! Ich bin namenlos unglücklich!"

Mit der Fußspitze schob ich sie von mir. Ohne auch nur ein Wort zu verlieren, ging ich zur Thür hinaus. —

Willst Du etwas draus machen, Port? Ich gestatte Dir's.

# Ein Jünger Darwin's.



Es möge sich unter dem Begriffe „Gott" Jeder das Seine denken — etwa das Beste und Vollkommenste, was nicht an der Erdenschwere hängt, was uns also befreien kann; wie man ihn verliert und wie man ihn findet, ich bin davon ein Beispiel aus Vielen. Ich werde nicht philosophiren — die Sache geht mir zu sehr an's Herz.

Ich bin der Sohn eines niederösterreichischen Landwirthes. Nach einigen absolvirten Gymnasialclassen in Wiener-Neustadt kam ich auf die land- und forstwirthschaftliche Anstalt in Hermsdorf. Von Haus aus hatte ich eine sehr religiöse Erziehung genossen, wozu auch noch meine weiche, empfindsame Gemüthsart kam. Daß mir bei jedem Abschiede meine Eltern unter Thränen gute Lehren gaben, brav zu bleiben und auf Gott nicht zu vergessen, bin ich jedoch nach und nach so gewohnt geworden, daß es gar keinen Eindruck auf mich mehr machte. Ich fand es im Grunde ja doch so selbstverständlich, für was hielten sie mich denn, wenn sie mir zutrauen konnten, unbrav zu werden und auf Gott zu vergessen!

Einen ganz anderen Eindruck hingegen machten eines Tages, als ich wieder in's Institut abreiste, auf mich die Worte unseres alten Pfarrers, der in der Volksschule mein

Katechet und Beichtvater gewesen und dem ich als Knabe in der Dorfkirche ministrirt hatte. Der saß in einem Ledersessel und zog mich neben sich nieder auf einen Stuhl und hielt mich an der Hand — die seine war völlig kühl und zitterte — und sagte zu mir beiläufig Folgendes: „Mein Sohn, so oft Du fortgehst, befällt mich eine Bangigkeit. Wenn ich Dir in's Auge schaue, da ist so viel Vertrauen d'rin. Du gehst munter in die Welt, es ist so schön draußen, Du wirst vieles Gute lernen, sie wird Dir allerlei große Aufgaben stellen und allerlei Vergnügungen anbieten — und eines Tages wirst Du gewahr werden, daß Du den kindlichen Glauben an Gott nicht mehr hast."

So sagte er, ich wurde hierauf fast erbost und rief: „Niemals, Herr Pfarrer, ich lasse mich nicht verführen, und meine Religion lasse ich mir nicht rauben, so wahr —"

Ich hob den rechten Arm, er drückte mir ihn sanft zurück und sagte: „So behüte Dich Gott!"

Dann ging ich hin und war ganz glücklich im Bewußtsein meiner Frömmigkeit und meiner Festigkeit, und schaute in die grüne besonnte Landschaft hinaus, wo Alles so lebendig und freudenvoll war im Blühen, Glänzen und Jubiliren, und ich erinnerte mich auf jener Wanderschaft an den Ausspruch: Die Welt ist nur schön als Transparent Gottes.

Zu jener Zeit war ich siebzehn Jahre alt. Ich hatte den Ruf eines gesitteten, fleißigen Schülers; die Collegen und die Lehrer und die Bücher und vielerlei Welt waren um mich, viele Freunde hatte ich, und ein paar kleine, kindische Feinde, aber Niemand und nichts machte den geringsten Versuch, mich vom Glauben abwendig zu machen. Im Gegentheile, weil ich strebsam und ordentlich und stets munter war, so wurde ich Anderen als Beispiel aufgestellt. Wenn ich dann allein war in meinem Zimmer, spät Abends vor dem Einschlafen oder an hohen Festtagen, gedachte ich Gottes und meiner Eltern mit dem gleichen Herzen.

In den Studien stieg ich auf: Geographie, Ethnographie, Zoologie, Botanik, Mineralogie. Hatte mir doch mein alter Pfarrer gesagt, das Studium der Schöpfung Gottes sei auch ein gutes, Gott wohlgefälliges Werk. In freien Stunden gab ich mich gerne mit Dichtern ab, mit den besten, die wir haben: mit Klopstock, Körner, Herder, Schiller, Lessing, Goethe. Wohl sah ich Manches in verschiedenen Zeiten mit verschiedenen Augen an. So hatte Faust für mich nicht weniger als drei Stücke. Als ich ihn das erstemal las, ergötzte mich darin der Spuk und der possirliche Teufel, der schließlich den Doctor in die Hölle holt; bei einem späteren zweiten Lesen interessirte mich vor Allem die Liebesgeschichte mit Gretchen. Das brittemal — da war ich schon weit — sah ich nichts als den Philosophen Faust. In der Naturgeschichte weiß ich nicht, wann ich das Brücklein übersprang von den alten Gelehrten zu den modernen. Es ist ja eigentlich keine markirte Grenze, aber die schlechtgetretenen Pfade sind markirt, wie in einem Urwald. So geht es sachte hin, es ist Manches fremd. Der Katechet und der Lehrer der Naturgeschichte hatten keine Berührungspunkte mehr, das fiel mir anfangs gar nicht auf.

Einmal, als ich zu Hause auf Ferien war, kam der alte Pfarrer auf Besuch und blätterte ein wenig in meinen Lehr= büchern. Sagte aber kein Wort, sondern war herzlich wie immer. Nicht mehr war es der Pflichteifer, der mich zum fach= und naturgeschichtlichen Studium trieb, sondern das wirkliche Interesse an demselben; ich las alle einschlägigen Werke, die ich bekommen konnte, selbst wenn sie weit über das Ziel unserer Fachstudien hinausgingen. Endlich bei einem lebhaften Gespräch mit einem Collegen über Abstammung und Vererbung im Thierreiche sah ich's, wo ich war. Ich war mitten im Darwin.

Jetzt wissen Sie Vieles von mir, was ich damals noch nicht wußte. Also gut, Thiere und Pflanzen stammen aus ganz wenig Urformen her, vielleicht aus nur einer, und die Wesen züchten und entwickeln sich im Kampfe um's Dasein. Das ist was Neues, aber es leuchtet ein. Doch das höchst-entwickelte Thier, bei dem knüpft ja der Mensch an! Und die ganze Organisation des Letzteren zeigt unwiderleglich, daß der Mensch in vielen Tausenden von Jahren aus dem Thierreiche herausgewachsen ist. So erzählte man mir Dinge, die nicht waren! — Die neue Lehre dehnt sich mit ihren Grundsätzen durch unendliche Zeiten und Räume. Und nirgends von Gott die Rede? Nirgends eine Spur von ihm? Was ist das? — In meiner Bedrängniß schrieb ich dem alten Pfarrer, ich sei in eine große Verwirrung gerathen, die Naturgeschichte stimme mit der Bibel nicht und im Weltall wäre mir Gott ab-handen gekommen.

Der gute alte Mann that ganz harmlos und schrieb zurück, meine Beängstigung sei einerseits ein Beweis von der tiefen Religiosität meines Gemüthes, andererseits aber eine Mahnung, wie sehr ich in diesen Dingen auf der Hut sein müsse. Mein Zweifel — wenn er die augenblickliche Stimmung so nennen wolle — sei übrigens ganz grundlos. Daß man die Bibel nicht wörtlich, sondern gleichnißweise zu nehmen habe, sei oft genug gesagt worden, und so stimme sie, däuche ihm, wirklich mit dem von mir angeführten Systeme. Wissen-schaftliche Forschungen könnten sich weit ausdehnen, aber endlich seien sie doch nur etwas Menschliches, also Unvollkommenes und Begrenztes. Und außerhalb dieses menschlichen Spielraumes

— der im Vergleiche zur Unendlichkeit doch ganz armselig wäre — hätte Gott Raum genug, wenn es die Herren Gelehrten schon nicht zugeben wollten, daß er die Seele aller seiner Geschöpfe sei.

Auf diesem Karren schleifte ich meine Religiosität noch eine Weile fort. Doch als es immer weiter in die Erkenntniß und immer tiefer in's Leben hineinging, sah ich endlich ein, es wäre umsonst. Der kindliche Glaube war nicht mehr zu halten. Der Gott, der sich denken ließ, war nicht der Gott meiner Väter.

Ich dachte viel an das Oberhaupt der neuen Schule. Alt-England ist ein gut katholisches Land, Darwin's Familie hat einen hochgeachteten Namen, der Gelehrte selbst ist ein makelloser Charakter, von dessen Seelenadel so Manches erzählt wird. Wie kann es möglich sein, daß solch ein Mann eine Lehre ausbildet, die das Dasein Gottes ignorirt und den Menschen die Religion nimmt! Das kann nicht möglich sein.

In einem persönlichen Gespräche mit dem alten Pfarrer theilte mir dieser zu meinem Troste mit, daß er vernommen habe, Darwin sei ein guter katholischer Christ, seine Lehre werde nur schlecht verstanden und falsch ausgelegt. Für den Augenblick leuchtete mir das wieder ein. —

Meine Fachstudien waren beendet. Ich kam auf ein großes Gut in Mähren als Praktikant. Das war im Jahre 1880. Kurze Zeit darauf starb meine Mutter. Noch sterbend hatte sie gesagt, sie lasse mich, den fernen Sohn, grüßen und bei Gott im Himmel wollten wir uns Alle wieder zusammenbestellen.

Was nun in mir für ein Leid anhub, das ist unbeschreiblich. Meinem priesterlichen Freunde klagte ich Alles. Er war erschüttert und wußte mir nichts mehr zu sagen, als ich solle beten und arbeiten.

Arbeiten, ja, Tag und Nacht, bis zur Erschöpfung. Draußen auf den Feldern und in den Wäldern ging ich umher, so lange ein Licht am Himmel, und legte selbst Hand an den Pflug, an das Schnittscheit, und in den Nächten saß ich bei meinen Rechnungen und theoretischen Ausarbeitungen. Aber beten?! Gebete sagen kann man, wann man will, aber beten nicht. O Mutter, Mutter, daß Du mir auf ewig solltest genommen sein!

Und in einer solchen Nacht, da draußen ein leiser Nachtwind rieselte in der Linde, und im Hause Alle so ruhig und süß schliefen, als wäre Himmel und Erde für sie eine sanft schaukelnde Wiege — da kam mir plötzlich der Gedanke: Bei Bibel und Priestern klopfe ich vergebens an. Nur der mir den Glauben geraubt hat, kann mir ihn wieder zurückgeben.

Ich zündete das ausgelöschte Licht wieder an und schrieb an Charles Darwin zu Down in England.

Ich stellte ihm meine Bedrängniß vor und bat ihn um Aufklärung, was er von Gott halte, was er von der Unsterblichkeit der menschlichen Seele denke? Den Brief sandte ich am nächsten Tage ab. Zwei Wochen darauf hatte ich Antwort, die aber so kalligraphisch geschrieben war, daß ich die Handschrift des großen Gelehrten darin nicht vermuthen konnte. Darwin entschuldigte sich durch eine zweite Person mit seinem Alter, mit seiner Kränklichkeit, mit der Bürde seiner wissenschaftlichen Arbeiten; er sei außer Stande, die schwierige Frage zu beantworten.

Also, er läßt mich sitzen. Er hat mich beraubt um meine Labniß und läßt mich in der Wüste verschmachten. Er hat seine Weltberühmtheit — die tausend Herzen, die da brechen, kümmern ihn weiter nicht.

Als ich jedoch — denn das war mir wie angethan — wieder in den Schriften des Forschers las, stellte ich mir die Frage: Ist es bei ihm die Lockung des Ruhmes? Soll es nicht vielmehr — so wie ja auch bei mir — der Drang nach Wahrheit sein? Und wie wäre es möglich, daß ein Forschergeist so groß und so tief sein kann, wenn nicht Gott mit ihm ist? Und war in seinem Schreiben nicht von einer schwierigen Frage die Rede? Er müsse über diesen Punkt also doch was zu sagen haben und sehr viel, wenn es sich in einem gewöhnlichen Briefe nicht beantworten ließe. — Es mag seine Kränklichkeit noch so groß sein, wenn es ein Seelen=heil gilt, da muß er die Frage beantworten und sollte es ein Buch werden.

So habe ich dem Gelehrten noch einmal geschrieben, habe ihm vorgestellt, daß mein Heil von seiner Antwort abhänge, daß er es seinem Jünger schuldig sei, das Gewissen zu beruhigen, daß der Forscher, nachdem er so viel gesagt, nicht zurück=schrecken dürfe davor, das letzte Wort auszusprechen, daß ich dieses letzte Wort für eine Offenbarung halten wollte, und daß es, fiele es aus, wie immer, mich aus der peinigenden Ungewißheit reißen und beruhigen würde. Ich bat inständig, wie der Verschmachtende um einen Trunk Wasser bittet, mir wie ein sterblicher Mensch dem sterblichen Menschen offen und treu anzuvertrauen, was er von Christus und seinen Offen=barungen, und also auch von der Unsterblichkeit der Seele halte.

Am eilften Tage nach der Absendung dieses meines zweiten Briefes kam ein Schreiben, dessen Schriftzüge und Namensunterschrift als die des großen Forschers erkannt werden. Das Schreiben lautet:

„Down, 5. November 1880.

Lieber Herr!

Ich bin sehr beschäftigt, ein alter Mann und von schlechter Gesundheit, und ich kann nicht Zeit gewinnen, Ihre Frage vollständig zu beantworten, vorausgesetzt, daß sie beantwortet werden kann. Wissenschaft hat mit Christus nichts zu thun, ausgenommen insoferne, als die Gewöhnung an wissenschaftliche Forschung einen Mann vorsichtig macht, Beweise anzuerkennen. Was mich selbst betrifft, so glaube ich nicht, daß jemals irgend eine Offenbarung stattgefunden hat. In Betreff aber eines zukünftigen Lebens muß Jedermann für sich selbst die Entscheidung treffen zwischen widersprechenden, unbestimmten Wahrscheinlichkeiten.

Ihr Wohlergehen wünschend, bleibe ich, lieber Herr,

Ihr hochachtungsvoller

Charles Darwin."

Seine Meinung hatte ich nun. Was half sie mir? Sie setzte seinen Werken die Krone auf. Er war gottlos.

Was wäre schließlich aber daran gelegen? Hätte ich mich von ihm nur freimachen können. Das konnte ich nicht. Seine Lehre hielt mich gefesselt, wie eine geschehene unerbittliche Thatsache. Ich versuchte mich mit Studium wieder auszugleichen, ging sogar auf eine berühmte deutsche Universität, um zu sehen, wie Andere mit der Sache fertig werden. Ich hielt es aber nicht lange aus, kehrte zurück und suchte in meiner unerleuchteten Trostlosigkeit einen andern Weg. Das Gegengewicht, das mich bisher vor dem Niedersinken zur Erde bewahrt hatte, war verloren, ich war ein Leib ohne Seele. Nun kamen schon die Stunden, in welchen ich solche Menschen beneidete, die im Stande sind, des Nächsten Glück spielend zu ihrem eigenen Vortheile auszunützen. Das eben sind ja die wohlorganisirten Menschen, die den Kampf um's Dasein siegreich bestehen und in ihrer Gattung den Egoismus zu immer größerer Vollkommenheit ausbilden.

Ich trachtete zwischen meinem Wissen und Leben eine Harmonie herzustellen, nämlich indifferent in moralischen Dingen, also grundschlecht zu werden. Aber hierin hatte der Alte ja auch wieder recht: Du kannst nicht besser und nicht schlechter sein als Du bist.

Statt schlecht zu werden, wurde ich krank. Ich vermochte in eine Welt, in der nichts dahintersteckt, keinen Werth zu legen. Wo Andere sich balgen um die Früchte des Augenblickes, dort wurde ich gleichgiltig gegen alle Genüsse, deren letztes Ziel die Enttäuschung ist. Die Nervenspannungen wurden lax, ich begann abzuwelken. Weil just der Winter war, so sagten gutmüthige Menschen, das Frühjahr würde mir Besserung bringen. Andere flüsterten — und die hörte ich am liebsten — bis die Bäume ausschlügen, würde ich's überstanden haben.

Es kam das Frühjahr. Und zwar nicht an Einem Tage, aber in einer und derselben Woche starb in meiner Heimat der alte Pfarrer und zu Down bei Kent in England Charles Darwin. Ich lebte weiter. Meine Phantasie wurde noch einmal thätig, ich stellte mir vor, wenn sich der alte Gentleman doch geirrt hätte und wenn die beiden Hingeschiedenen in der Ewigkeit sich begegneten, was sie wohl sagen würden zueinander?

Mein Zustand verbesserte sich nicht, ich fühlte wirklich, daß ich keine Seele mehr hatte, nur mitunter Nervenstimmungen, die mir bitter wehe thaten. Wer mich sah, der gab mir einen guten Rath, um gesund zu werden, und einer meiner ehemaligen

Collegen rieth mir geradezu — und pries es als das sicherste Mittel meiner Rettung — ich sollte mich verlieben. Das Weib würde mich schon wieder Gott erkennen lernen. Einstweilen sollte ich in's Gebirge gehen, um in der reinen kräftigen Luft körperlich zu erstarken.

Den letzteren Vorschlag, den auch mein Vater, ein geborner Tiroler, sehr unterstützte, befolgte ich in der That, ich zog in's Pusterthal und habe dort den Sommer zugebracht. An flache Gegenden gewohnt, fühlte ich mich anfangs im engen Gesichtskreise zwischen hohen Bergen noch mehr gedrückt, hingegen thaten mir die Menschen wohl. Zuerst überkam mich freilich eine unbeschreibliche Wehmuth, als ich bei ihnen die liebe Gottesgläubigkeit und die Harmonie des Gemüthes wiederfand, die mir verloren gegangen war, aber allmählich bekam ich Anwandlungen, daß ich das Glück meiner Person überhaupt nicht mehr als Hauptsache in Betracht zog, sondern leidlich zufrieden war, wenn ich's an Anderen sah.

Als die kalte, regnerische Zeit des Septembers kam, wurde mir übler und ich trachtete milderen Gegenden zu. Da begab sich außer und in mir ein Ereigniß.

Auf einem Bahnhofe des Etschthales harrte ich gerüstet auf den nächsten Zug, der mich nach Italien bringen sollte. Als der Zug im Bahnhofe stillstand, wurden alle Passagiere aufgefordert, auszusteigen, der Zug könne nicht abgelassen werden, da südlich von Trient das Hochwasser einen Damm zerstört habe. Wie lange Verspätung? fragte man. Der Verkehr nach dem Süden überhaupt eingestellt! war der Bescheid.

So wollte ich nach Norden, der Heimat zufahren, was konnte ich dabei verlieren? Der Zug gegen Innsbruck wurde abgelassen. Er war groß und sehr überfüllt. Alle Fenster

waren beſetzt, denn da konnte man intereſſante Dinge ſehen.
Der Regen floß in Strömen und immer von neuem ſank
ſchweres, finſteres Gewölke an den Berghängen nieder, wallte,
braute und ſtaute ſich in den Keſſeln, als wolle es die Felſen
ſprengen. Jede Wand hatte ihre ſchneeweißen Adern, die
hundertfältig niedergingen. Das waren die Waſſerfälle. Hier
ſprangen ſie in Bogen, dort in breiten Bändern, dort in
dünnen Schleiern. Aus den Schluchten donnerten braune
Fluthen, die dort und da mit beängſtigender Gewalt an den
Bahnkörper ſchlugen. Der Fluß war an den meiſten Stellen
ausgetreten, die Thalſohle glich ſtreckenweiſe einem trüben See,
aus welchem Bäume, Hügel, einzelne Gebäude, Zäune und
Wegſäulen ragten. Hier ſtand das Waſſer ruhig, dort ſchoß
es in breiten, verzweigten Adern heftig dahin. Mitten durch
führte unſer Bahndamm, auf welchem der Zug langſam und
heftig puſtend dahinfuhr. Ich war gegen meine Reiſe gleichgiltig geweſen, aber je zweifelhafter nun das Weiterkommen
wurde, deſto lebhafter wünſchte ich es.

Bei einer nächſten Station gewannen wir die tröſtliche
Verſicherung, daß die oberen Gegenden weniger gelitten hätten
und die Bahn durch und durch intact ſei. Wir kamen in der
That glücklich in's Puſterthal, doch hier wurde es grauen-
hafter und endlich waren wir glücklich an einem Punkte, wo
wir nicht vorwärts und nicht mehr rückwärts konnten. Vor
uns hatte die raſende Rienz den Bahnkörper durchbrochen
und die Schienen ſtanden wie eine Rieſengabel in die Luft
hinaus. Hinter uns ſahen wir eine Brücke niederbrechen.
Ein mächtiger Fichtenſtamm ſammt Aſtwerk und Wurzel mit
Erdballen hatte ſich herangewälzt und ſchmiegte ſich an einen
der Brückenpfeiler feſt. Alsbald ſtaute ſich weiteres Geſtämme,
das empörte die Waſſer, die heute keinen Widerſtand kannten,

unb einer der Pfeiler begann zu krachen, das hielt noch ein paar Minuten Stand, endlich aber wankte es unb brach Joch um Joch langsam nieder.

Der Zug stand. „Wir haben Rasttag," rief einer der Conducteure. Zur einen Seite hatten wir die Berglehne, zur andern die überfluthete Thalschlucht. Wir konnten einige Männer beobachten, Touristen mochten es sein, die jenseits am Felshange hinkletterten, weil die Straße unter Wasser war. Wir mußten, ob jammernd, lachend oder fluchend, unsere Behausung endlich auch verlassen unb in Wind und Regen unser Fortkommen suchen. Der leere Zug schob sich langsam zurück auf eine gesichertere Stelle. Ich kroch den Berg hinan, unb insoferne der Nebel Ausblick gestattete, sah ich neue und grauenhafte Verwüstungen. Da unten war ein Seitenthal, in welchem gerade ein Haus zusammenfiel. Aus dem Trümmerhaufen stob zuerst Rauch, es schien sich ein Feuer zu entwickeln, welches aber gar bald gedämpft war, weil Alles in's Wasser niedersank und sich auf demselben knackend auseinander legte. Am Ufer schossen Menschen hin unb her, schlugen die Hände zusammen, hantirten planlos mit langen Stangen herum, unb ein Weib wollte in's Wasser springen, um eine ertrinkende Ziege zu retten, wurde aber noch rechtzeitig zurückgehalten.

Ich trieb mich einen Tag lang herum, immer von Wasser und Erdbrüchen verhindert und abgelenkt und selbst am Leben bedroht. Ich hatte damals begreiflicherweise keinen Sinn für die wilde Großartigkeit der Natur, die mich Würmchen mit ihren ungeheuren Gewalten umgab. Heute weiß ich, daß mir eine solche Größe und Göttlichkeit in diesem Leben wohl kaum mehr begegnen wird. Endlich kam ich zu einem Hofe, der auf sollbem Grunde einer Höhung stand. Aber er war angepfropft von Leuten, die im Thale ihr Haus und Habe verloren hatten. Das war ein Weinen und Klagen! Die Einen kauerten halb nackt in den Winkeln, daß ihre Kleider trocknen mochten; die Anderen verschlangen in Heißhunger Nahrung, die ihnen die gastlichen Bewohner reichen konnten. Aber die Bäuerin sagte: „Helf' Gott, wir werden bald selber nichts mehr haben!"

Hier konnte ich also nicht bleiben.

Nach einer schlechten Nacht, die ich in einem Heustabl zubrachte und in welcher ich inne wurde, was eine gute Nacht werth ist, kam ich wieder zum See der Rienz hinaus, man konnte nicht mehr sagen: Thal, denn es war ein See, der heute, da ich dieses schreibe, noch nicht abgelaufen ist und vielleicht gar nicht ganz ablaufen kann, weil die unzähligen Lawinen die Schluchtpässe verlegt haben. Mitten im See, aus dem die Dächer von Hütten, Mühlen und Holzsägen ragten, wovon Eins um's Andere verschwand, mitten in diesem weiten Gewässer auf einer schmalen, langgestreckten Insel sah ich ihrer sechs oder acht Männer, die mit verzweiflungsvollen Geberden um Hilfe riefen. Ich fand nach langem Suchen Leute zusammen, die mit einem kleinen Floße jene Männer retteten. Dieselben hatten einen Tag früher den Flußdamm vertheidigt und waren dabei, indem weiter oben eine Wehre brach, plötzlich vom Wasser eingeschlossen worden. Eine furchtbare Nacht hatten sie verlebt auf dem schmalen Damm, von welchem Stück für Stück weggeschwemmt wurde. Zwei weitere Genossen, die bei ihnen waren, hatten sich in der Finsterniß der Sturmnacht von ihrer Seite verloren, waren zu Grunde gegangen, ohne daß es von den Uebrigen bemerkt worden.

Nun erfuhr ich auch, daß diese Gegenden von aller Welt abgeschnitten waren. Alle Thäler bis hinaus nach Lienz, bis

Defreggen und Oberdrauburg wären verheert. Aus dem Eisack-thale brachte Einer, der auf Umwegen über's Gebirge kam, Nachricht von den schrecklichen Verwüstungen, die dort und südlicher im Etschthale bei Bozen, Trient und in der Meraner Gegend angerichtet seien. Und alle Straßen und Eisenbahnen vernichtet, alle Telegraphenleitungen zerrissen. Ganze Dörfer und Städte überschwemmt, zum Theile eingestürzt, fortgerissen. Wie viele Menschen schon um's Leben gekommen und bei dem fortwährenden Steigen der Wasser noch um's Leben kommen würden, das sei nicht annähernd zu sagen. Aus manchen Engthälern sei gar keine Nachricht gekommen, aber das Wasser hätte unerhörte Massen von Getrümmer hervorgeschwemmt. Wie es den Leuten ergehe, das wisse Gott. Man begreife nicht, woher all das Wasser kommen könne, die Regenfluthen allein könnten es nicht ausmachen. Allerdings gehe ein Wind, als wären die Dolomiten lauter heiße Oefen, der schmelze den Schnee auf den Gebirgen. Aber es scheine, als sei in den Tauern und in den weißen Bergen (Dolomiten) und in den Trientiner Alpen und im Ortlergebirge und überall die Fluth aus der Erde hervorgebrochen, wie es bei der Sintfluth gewesen, und es sei nicht abzusehen, was daraus noch werden solle!

Während die Leute zusammenstanden, um diese Posten zu hören, läuteten sie in den Nachbardörfern, die theils im See standen, fortweg Sturm, und es vergrößerte sich auch für diesen Ort, der hart am Berghange lag, die Gefahr. Man räumte die Häuser aus, aber plötzlich kam die Dorfgasse herauf das braunrothe Wasser gewallt. „Das Wasser rinnt aufwärts!" riefen die Kopflosesten, „da ist Alles aus."

Aus den Häuserräumen hörte man das Quirln und Gurgeln des Wassers, das Niederbröckeln von Mauerwerk; dann wieder ein Knattern und Schmettern einstürzender Wände

unb Dächer. Bei den Häusern schrien die Leute, auf den
Anhöhen röhrten und blökten die Hausthiere, und über Alles
hin war das dumpfe Tosen.

Ein Weib kam durch's Wasser gesprungen: das Spital
sei hin, die Kranken müßten ertrinken, wenn man ihnen nicht
zu Hilfe käme. Jetzt fiel es mir ein: da könntest Du ja
helfen! Wir trugen die Kranken in die Kirche hinauf, die
höher stand. Aber auch einen Todten schleppten sie jetzt herbei,
einen jungen, hübschen Burschen, der seine mühselige Groß-
mutter aus der überschwemmten Kammer gerettet und dabei
den Tod gefunden hatte. Die Gerettete war ohnmächtig,
die übrigen Mitglieder der Familie erhoben ein lautes Klagen.
Da trat ein alter Mann zur Gruppe und rief: „Was
beweint Ihr Den da! Der ist der Glückliche. Wir sind die
Unglücklichen!" Wer einen Blick in die Gegend hinaus that,
der konnte wohl verstehen, wie's gemeint war.

Der Himmel war finstergrau, aber die Berge standen
jetzt rein bis zu ihren weißen Gipfeln. Im dunkelbraunen
See spiegelte sich ihr Bild. Von den entwaldeten Lehnen
gingen ununterbrochene Erdlawinen nieder, als wäre „die
Erde rinnend geworden", wie sich Einer ausbrückte.

Kaum hatten sie den Ertrunkenen in die Todtenkammer
gelegt, erscholl — so gut es durch das Tosen der Wasser
hörbar war — neues Jammergeschrei. Ein Kind hatten die
Wellen fortgerissen, die Mutter desselben lief mit herzbrechenden
Hilferufen und Weinen hin und her, Keiner wollte sich in's
wallende Wasser wagen, und das Leiblein wogte schon dem
reißenden Hauptstrome zu.

Jetzt kam's über mich. Kannst Du schwimmen? rief ich
mir selber zu, nicht? So lern's! — Und stürzte mich in's
Wasser. — Als ich wieder zu mir kam, lag ich auf einer

steinernen Treppe, und um mich waren Leute und vor mir kniete ein Weib und beschwor mit gerungenen Händen, unter Thränen schreiend, alles Glück des Himmels auf mich herab. Andere Weiber beschäftigten sich mit dem geretteten Kinde, einem Mädchen von fünf bis sechs Jahren. Und während auf das unselige Dorf immer neue Wassermassen anbrausten von allen Seiten, und die Leute in heller Verzweiflung um ihre Existenz rangen, war ein überglückliches Wesen da, dem seine ganze kleine Habe zu Grunde gegangen, das als Bettlerin saß an den Stufen des Kirchenthores und das nimmer satt werden konnte, sein wiedergefundenes Kind jubelnd zu herzen und zu küssen.

„Das ist er!" schrie sie und zeigte auf mich, „o, schaue ihn an!"

Und der Blick, den das kleine Mädchen auf mich geworfen, ist mir tief gegangen.

Ich habe es dann nicht mehr gesehen. Ich trug noch mein Weniges zu den Schutz- und Rettungsarbeiten bei, bis am dritten Tage das Wasser zu fallen begann, und wir Alle tief erschöpft zur Rast sanken. —

Später habe ich nach Tagen mühevollen Wanderns in Kärnten den Punkt erreicht, wo das Eisenbahncoupé die versprengten und verschlagenen Reisenden und Touristen wieder in Empfang nehmen konnte.

Und als ich glücklich daheim in meinem Hügellande saß, da machte ich die Wahrnehmung, daß ich nicht mehr krank war. Nicht mehr krank und nicht mehr schwermüthig, sondern so jung und munter, als ich's einst gewesen.

Jetzt prüfte ich mich, was denn die furchtbare Leere, die Darwin in mein Gemüth gerissen, wieder ausgefüllt haben möchte. Ich fand's nicht, so sehr ich nachdachte. Vielleicht, daß das große Unglück, welches ich miterlebte, mich wieder in's Gleichgewicht gebracht, wie es ja bisweilen geschehen soll, daß Pessimisten und Verzweifler gerade durch eine schwere Gefahr und Noth wieder zur Achtung des Lebens bekehrt werden. Aber wenn ich mitunter so vor mich hinträumte, da sah ich in der Dämmerung meines Herzens, wo einst das „ewige Licht" wie vor dem Altare gebrannt hatte, zwei blaue Sternlein schimmern — und das waren die Augen des geretteten Kindes.

# Ein Mann, ein Wort!

Jn einer kleinen Männergesellschaft war davon die Rede, daß in dem Spruch: „Ein Mann, ein Wort" eigentlich der Hauptgrundzug des bürgerlichen Rechtes, sowie des Völkerrechtes, folglich die Basis aller Civilisation liege.

Obwohl diese Behauptung Stoff zu einer schönen Debatte gegeben hätte, widersprach ihr kein Einziger — bis auf den Major Schläger.

„Ein Mann, ein Wort!" sagte er ablehnend, „ich bin auch ein Mann, aber ich kann dieses Wort nicht hören."

Das machte Aufsehen, denn just den Major kannte man als einen höchst wahrhaftigen, pflichttreuen Charakter.

„Ja," sprach der Major mit einem Ernste, der für diesen Abend sonst die Gesellschaft nicht beherrschte, „der Spruch ist mein Schild geworden, ihm lebe ich, aber hören kann ich ihn nicht mehr, er ist hart, manchmal zu hart für die Menschen. Mit dem Princip von der Gerechtigkeit ist's nicht immer gethan, wir Alle bedürfen Rücksicht, Nachlaß, Liebe. Die Liebe ist schöpferisch, die Gerechtigkeit ist im besten Falle nur erhaltend. Man kann aus Gerechtigkeitsliebe manchmal ungerecht werden. Wenn ich von mir verlange, mein Versprechen zu halten, so ist das edel; wenn ich dasselbe unerbittlich von Anderen begehre, so kann das unter Umständen sehr unedel sein. Ein gegebenes Wort läßt sich nicht mehr biegen, aber ein Mensch kann sich biegen, wenn er daran denkt, daß höher als die Gerechtigkeit die Liebe steht."

Da sich die Gesellschaft über eine solche Weichheit des sonst trotzigen, auch physisch soldatenhaft strammen Mannes verwunderte, so begann der Major ein Erlebniß zu erzählen, durch welches seine Aussprüche tiefere Begründung erlangten.

„In der Touristensaison des vorigen Jahres" — so erzählte der Major — „beschloß ich, die Schwabenkette in Steiermark zu durchwandern. Ich begab mich nach Aflenz, um von dort aus den Hochschwab zu besteigen und jenseits des Bergstockes den Abstieg nach Weichselboden oder Wildalpen zu machen. Ich hatte mich schon am Vortage in Aflenz eines Führers versichert, eines kräftigen Aelplers, der — da in der Gegend die Holzarbeiten eingestellt waren — keinen Erwerb hatte, wohl aber ein zur Zeit arbeitsunfähiges Weib und eine Hütte voll von Kindern. Der Schütter-Franz war mir als ein sehr verläßlicher und gutmüthiger Führer geschildert worden, und so war ich für meine nicht unbeschwerliche Tour der Hauptsorge enthoben.

Am nächsten Morgen — es war ein prächtiger Tag zum Wandern — sprach ich verabredetermaßen in der Hütte meines Führers, die am Wege in die Fölz lag, vor, um den Franz abzuholen. Durch die Hüttenthür eilten mehrere Weiber aus und ein, und im Innern hörte ich ein gewisses zartes Geschrei, so daß ich zum Franz, der an der Schwelle stand und nicht recht wußte, was er hier zu thun habe, die Bemerkung machte:

„Ich glaube, daß Du heute nicht auf den Hochschwab steigen wirst."

„Warum denn nicht?" fragte der Mann fast befremdet.

„Wenn Das, was ich da drinnen in der Stube bemerke, Deine Familie angeht."

Er zog mich ein wenig zur Seite und vertraute mir, sein Weib hätte eben einen kleinen Buben 'kriegt, weiter wäre es nichts.

Ich beglückwünschte ihn und erkundigte mich, ob er mir einen anderen Führer anrathen oder verschaffen könne.

„Will der Herr denn mich nicht haben?" rief er erschrocken.

„Wie sie, so bist auch Du entbunden — von Deiner Zusage, das ist selbstverständlich."

„Des kleinen Buben wegen soll ich daheim bleiben? O Du blutiger Heiland, wenn ich allemal daheim bleiben hätt' wollen, so oft ich einen kleinen Buben 'kriegt hab', da hätte ich mein Lebtag viele Tagewerke versäumt!"

„Nein, nein," sagte ich, „das geht nicht."

Hierauf zog er mich mit in die Stube, und insofern es ihm gelang, dort den Jüngsten zu überschreien, verklagte er mich bei seinem Weibe, daß nun doch wieder nichts aus dem Verdienst würde, weil ich, unserer Verabredung entgegen, ihn nicht mitnehmen wolle.

Die Wöchnerin, die wohl ein recht blasses Gesicht mit den rührenden Dulderzügen der Armuth hatte, bat mich mit leiser Stimme, unsere Vereinbarung doch gelten zu lassen; es sei Alles in guter Ordnung, was auch die anwesenden Nachbarinnen bestätigen könnten. Sie wüßten ja gar nicht, was jetzt anfangen, wenn kein Kreuzer Geld im Hause.

Der Führerlohn war auf vier Gulden festgesetzt, wovon ich allsogleich den vierten Theil dem jungen Weltbürger zum Angebinde auf das Fensterbrett legte und den Franz, der mir als gemüthvoller Mensch geschildert worden, nochmals aufforderte, in dieser Zeit bei Weib und Kind zu verbleiben. Die Partie würde an drei Tage in Anspruch nehmen, ich könnte es nicht verantworten, ihn so lange von seinem Hause abzuziehen.

Ob es nur das wäre oder ob ich etwa sonst einen Widerwillen gegen ihn gefaßt hätte, daß ich seiner auf einmal los sein wolle? So seine Frage. Ich versicherte ihn, daß es einzig nur aus Rücksicht auf das eingetretene Ereigniß seines Hauses geschehe, wenn ich ihn ablehne.

Er ließe sich aber nicht ablehnen, meinte der Franz.

„Du gingest mit und würdest unterwegs unruhig sein, in steter Furcht und Angst: wie mag's daheim zugehen? Würdest mürrisch werden, die Partie abkürzen wollen und kein Ohr und Auge haben für Das, was ich will. Einen solchen Führer und Gesellschafter kann ich nicht brauchen. Mein Begleiter ißt und trinkt und raucht mit mir, soll mich aufmerksam machen auf dies und das, soll mich unterhalten, ein munteres Gesicht haben und so sorglos sein, als ich es bin. Guter Franz, dazu bist Du nun einmal nicht der Mann."

Ich sah es, wie er mit leichtem Kopfnicken beistimmte, aber als er sein bekümmertes Weib anschaute, das Kind, welches sie in arme Fetzen wickelten, die größeren, die sich um die braune Rinde des Morgenbrotes balgten, da war er doch wieder entschlossen, er ginge mit mir. Die Weiber versicherten einstimmig, es sei um und um gar kein Bedenken da, und sollte sich etwas ändern, so könne der Mann am wenigsten was dabei ausrichten, so Leute stünden bei derlei Dingen eher zum Hinderniß im Wege, als daß sie sich nützlich machen könnten. Der Franz versprach mir, unterwegs recht lustig zu sein und mein treuer Diener, so lange ich ihn brauche.

„Bedenke es wohl!" stellte ich ihm noch einmal vor, „bis wir Mittags zur Fölzerhütte kommen, wird Dir schon bange werden, durch die Dulwitz wirst Du nichts mehr Anderes reden, mindestens denken, als: wie wird dem Weib sein? dem Kind? Es ist leicht was geschehen. Am Abend, wenn wir in der Dulwitzhütte schlafen sollen, wirst Du nach Hause wollen und vielleicht Morgens wieder kommen, abgehetzt und schläfrig. Ich aber sage Dir, Franz, ich werde keine Rücksicht haben, ich werde Dich nicht von mir lassen. Du wirst mich übergeben wollen an einen andern Führer, wenn uns Einer begegnet, daß Du nach Hause eilen kannst. Ich aber werde Dich halten fest, wie der Herr den Sklaven; ich bin nicht gewohnt, mich in fremder Gegend an fremde Leute hintauschen zu lassen, ich behalte den, dessen Dienste ich mir gekauft habe, so lange, bis der Vertrag abgelaufen ist. Ich werde unerbittlich sein, darum rathe ich Dir noch einmal: Bleibe zu Hause, ich werde einen Andern finden, Dich aber für ein andermal vormerken und bei Gelegenheit empfehlen. Wir scheiden als gute Freunde."

„Ich gehe mit!" rief er entschlossen, „ich werde meinen Mann stellen, wie es der Herr wünscht."

„Also denn!" sagte ich, „wenn Du durchaus nicht anders willst. Du wirst drei Tage lang mit mir sein."

„Ich werde den Herrn nicht verlassen."

„Ein Mann, ein Wort!"

Er schlug in meine Rechte.

Der Wöchnerin schien ordentlich leichter zu sein, da sie das Geschäft abgemacht sah. Sie lächelte, als sie ihre kühle Hand in die meine legte und dann in die ihres Mannes: Wir sollten nur recht gutes Wetter haben, und der Franz sollte ihretwegen ganz und gar unbesorgt sein. Sie sagten sich:

„Behüt Dich Gott!" und das Weib ermahnte ihn noch, wenn er schon was thun wolle, so solle er dem Büblein ein Kreuz über das Gesicht machen, es würde dann in Gottes Namen zur Taufe getragen.

Er that's, lud die bereiteten Sachen auf, und wir gingen davon.

Der Weg durch die Fölz ist einzig schön. In der stundenlangen Schlucht lagen noch die blauen Schatten, die blühenden Alpenrosensträucher am Wege feucht vom Thau und dem Wasserstaube der rauschenden Fölz. Voll Harz- und Tannen- und Speikduft war die kühle reine Luft. Hoch an den Felsen lag der goldene Sonnenschein. Frisch und flink, wie wir wanderten, war freilich das Herz heiter und die Seele klingend.

„Franz," sagte ich unterwegs, „nachdem wir Beide uns unserer Pflichten und Rechte wohl bewußt sind, wollen wir als Kameraden miteinander wandern. Ich bin aus der großen Stadt gekommen, um mir als Unterbrechung meines harten Berufes einige frohe Tage zu machen. Ich wünsche, daß Du sie mit mir theilst und, so wie ich, das herbe Leben vergessest."

Er ließ einen Juchschrei los als Antwort, wie sehr er mit meinem Vorschlage einverstanden sei, und er suchte mich durch Munterkeit und mancherlei Schwänke, die er vorbrachte, zu überzeugen, daß er den guten Humor nicht zu Hause gelassen hätte.

Dann kamen die steilen Anstiege, es kam die heiße Sonne, es kam der Durst. Wir rasteten im Schatten und labten uns aus unserem reichlichen Vorrath. Der Tag war lang, wir erfreuten uns an den Almen mit ihrer Flora und ihren Heerden, an den wildschrundigen Felsen des Fölzstein, der

Mitteralpe, der Dulwitz, wir ergötzten uns an Steinfalken und Stoßgeiern, die den blauen Himmel belebten, an den Schroffen und Ueberhängen des „Ochsensteiges", an dem eisigen Kryſtall des „goldenen Brünnleins", an den Gemſen, die in ganzen Rudeln über Kare und Schuttrieſen ſetzten oder von den Zinnen auf uns niederlauerten. Mein Franz that manche treffende Bemerkung mit klarem Hausverſtand, der ſtets anſpruchslos auftrat, nicht ſo wie bei manchen Bergführern, deren Naivetät und Urwüchſigkeit ausgeklügelt und gemacht iſt. Ich erinnere mich noch, daß ich ihn fragte, weßhalb er bei ſeiner Mittelloſigkeit geheiratet hätte, worauf er zur Antwort gab: als er nicht hätte heiraten wollen, habe ihm ſein Vater geſagt: „Willſt ein rechter Mann ſein, ſo mußt auch Weib und Kind haben!" So hätte er freilich heiraten müſſen. — Ich bin, wie Ihr wißt, Junggeſelle und habe dieſes Geſpräch nicht fortgeſetzt. Indeß gab's andern Stoff genug. Doch der Tag iſt lang, das Wandern macht müde, auch wenn man noch ſo oft raſtet; die Ergötzung ſpannt ab. Das würde ein Aelpler leicht verwinden, wenn die Ermüdung und Abſpannung nur die Schatten nicht aufkommen ließe, die im Herzen ſchlummern mögen! — Es kam, wie ich geſagt hatte, es kam genau ſo.

Franz ſagte kein Wort von daheim, aber er war kleinlaut geworden.

Ich begann von ſeinem Weibe zu ſprechen, daß er vielleicht ſein Herz ausſchütten wollte, er lenkte ab und ſchwieg. In der oberen Dulwitzhütte, die leer ſtand, machten wir Feuer, bereiteten uns ein Abendbrot und Nachtlager. Er ging zwar nicht davon, aber ich merkte, daß er auf ſeinem Reiſig nicht ſchlief, ich hörte die Seufzer, die er zu unterdrücken ſuchte. Ich ſagte nichts, freute mich aber faſt, daß ich Recht hatte, und daß der Mann nun erfahren mußte, wie ich, der Fremde aus der Stadt, ihn besser kenne, als er sich selbst.

Am andern Tage stiegen wir empor bis zur höchsten Spitze des Gebirges. Mein Genosse sprach unterwegs sehr wenig und ich nicht viel mehr, denn dieser Aufstieg, die steilen Hänge und Wände beschäftigten die Lunge andererseits zur Genüge. Auf der Höhe, wo kein Strauch und kein Halm mehr wächst, peitschten eiskalte Winde, flogen Nebelsetzen, zwischen denen wir nur zeit- und stellenweise die Aussicht in die weite Alpenwelt genießen konnten. Mein Führer war stets hinter mir her, gab meinen Bemerkungen und Fragen kurze und verkehrte Antworten und schien gleichgiltig sowohl gegen mich, als auch gegen die Herrlichkeiten des Gebirges.

Auf der Spitze des Berges begegneten wir einigen Touristen, die von Weichselboden heraufgestiegen waren und just ihren Führer entließen, da sie den Abstieg durch die Dulwitz nach Seewiesen allein zu machen gedachten. Aus dem kleinen Gespräche, das ich mit ihnen führte, erinnere ich mich nur, daß sie zum Theil aus Graz, zum Theil aus Leoben waren.

Wir hielten gemeinsamen Ausblick mit freiem Auge, wie mit Fernrohren, wir tranken uns gegenseitig Wein zu, steckten dann in die leeren Flaschen unsere Visitkarten und friedeten sie mit Steinen ein, damit die Nachkömmlinge von uns auf solcher Höhe ein Denkmal fänden, und thaten, was Bergbesteiger an ihrem Ziele eben zu thun pflegen. Ich hätte es vorgezogen, mit meinem Franz allein auf der Spitze dieses Berges zu stehen, vorausgesetzt, daß wir Beide bei Humor gewesen wären.

Als ich mich wieder nach meinem Genossen umsah, stand derselbe abseits hinter einem Felsblock und führte mit dem

Führer aus Weichselboden ein Gespräch. Mir kam das gleich verdächtig vor.

Nicht lange währte es, so kam — während sich Franz hinter dem Felsen mit seinen Bergschuhen zu schaffen machte — der fremde Führer zu mir heran und sagte: „'s ist schade, daß die Aussicht nicht ganz rein ist, gnädiger Herr, aber es wird heute noch heiter. Der Barometer steigt. Sehen Sie, dieser Kameelrücken dort, das ist die hohe Veitsch."

„Ich weiß es," war kurz meine Antwort und wendete mich nach der andern Seite.

„Aha, der gnädige Herr schauen sich die Ennsthaleralpen an," schwatzte er weiter, „der Dachstein hat leider Gottes eine Haube auf. Der hohe Berg, der dort wie ein Heuschober steht, das ist der Grimming."

„Ich weiß es!" schnauzte ich ihn an, „Franz, wo steckst Du denn?"

Der Führer aus Weichselboden ließ sich nicht verblüffen. „Der Herr sind von Aflenz heraufgekommen," sagte er, „und wollen gewiß zur Salza hinabsteigen. Das ist auch mein Weg und kunnten wir leicht miteinandergehen. Mit Verlaub!" Er suchte mir dienstfertig den Plaid umzuhüllen, den mir der Wind von der Achsel gerissen hatte. Ich ging gegen den Felsen und sah, wie dort Franz kauerte und in die Gegend von Aflenz hinabschaute. Der Weichselbodner Führer kam mir nach und sagte:

„Ganz im Ernst auch noch, gnädiger Herr, wir haben den gleichen Weg hinab und ich will den gnädigen Herrn für ein kleines Trinkgeld recht gern weisen."

Nun merkte ich wohl schon, daß ich verrathen und verkauft war, doch stieß ich derb heraus, man möge mich in Ruhe lassen, ich hätte ohnehin meinen Führer.

„Das schon," meinte der Weichselbodner, „aber der sagt mir, daß ihm schlecht geworden ist."

Da kam schon der Franz auf mich zu mit aufgehobenen Händen und bat: „Herr, ich kann's nicht mehr aushalten, ich muß heim. Ich bitte tausendmal, daß mich der Herr gehen läßt. Der Mathias dort, der ist aus Weichselboden, ich kenne ihn gut, er übernimmt meinen Dienst gerne und kennt den Weg besser als ich. Ich kann nicht mehr, mir thut's Herz weh, wenn ich auf heim denk'."

So sprach er. Ich habe ihn an der Hand genommen und in aller Ruhe Folgendes zu ihm gesagt: „Franz, Du wirst nicht gehen, Du wirst bei mir bleiben, so lange ich Dich brauche. Ich habe Dir früh genug Alles vorgestellt, Du hast es so haben wollen, Du hast mir Dein Wort gegeben. Ich bin ein alter Soldat und lasse mit einem Ehrenwort nicht spaßen. Ich lasse mich nicht nach Laune und Stimmung ver- schachern, ich habe Dich gekauft, Du bist mein und Du bleibst bei mir, bis die drei Tage um sind."

„Wenn daheim ein Unglück geschieht!" stotterte er.

„So geschieht's!" rief ich zornig, „und wenn Dein Weib stirbt, Deine Kinder umkommen, Deine Hütte niederbrennt, Du hast Dein Wort gegeben, daß Du bei mir bleibst und ich gebe Dir's nicht zurück, Du bleibst!"

Darauf war der Franz still und sagte kein Wort mehr — und blieb bei mir.

Wir begannen den Abstieg, passirten das Gschöderkar, und auf dem Edelboden, wo uns wieder die ganze Milde eines heiteren Sommernachmittags umfloß und die Würze der Alpenkräuter uns erquickte, hielten wir Rast. Franz war immer noch still, aber aufmerksam für alle meine Wünsche und gutmüthig. Ich war sehr mit mir zufrieden, daß ich meine

Sache so gut durchgesetzt hatte. Wohin käme auch die Welt, wenn das Verhältniß zwischen Herrn und Diener so lax würde und willkürlich! Die ganze gesellschaftliche Ordnung ginge aus den Fugen und der Teufel möchte da noch Herr sein. Es that mir leid, aber mein Franz, der mußte nun pariren und als wir spät Abends im Wirthshause zu Weichselboden anlangten, wollte ich ihn und mich für die Mühen entschädigen mit Allem, was das Haus bieten konnte. Doch mein Franz suchte bald das Bett. Wie er geschlafen, das weiß ich nicht.

Am nächsten Morgen mochte er, so lange ich schlief, mäuschenstill gewesen sein, aber als ich die Augen aufthat, machte er einen gewaltigen Lärm. „Es giebt nichts Schöneres auf dieser Welt, als den heutigen Tag!" so rief er aus. Ich fand den Tag nicht just besonders, der Himmel war mit Wolken bedeckt, die stellenweise an den Wänden niederhingen. Als wir später durch das großartig wilde Engthal gingen, das der Ring heißt, und dann in der Steinwüste, der „Höll", dem Karstriegel zuwanderten, schnitt uns von den Höhen nieder eine frostige Luft entgegen; dort und da rieselte es in den Schuttmulden oben, dann krächzte irgendwo ein Rabe. In den schwarzen Wassertümpeln, an denen wir vorbeikamen, spiegelte sich das Gebirgsbild in seiner ganzen Düsterniß. — Aber nichts Schöneres als dieser Tag! hatte mein Begleiter ausgerufen; es war eben der dritte unserer Partie, der letzte, an dessen Abend er frei sein und die Seinigen sehen sollte! — Den Ausläufer des Schwab, die Aflenzerstarritze, mußte er auf schlechten Steigen zu umgehen, so daß wir am Mittag schon in Seewiesen waren.

Im Wirthshause zu Seewiesen lag ein schwerkranker Maria=Zeller Wallfahrer, der schon Früh nach Aflenz um Arzt und Priester geschickt hatte und immer noch vergebens auf sie wartete. Franz machte ihm die Zusage: wenn sie uns auf dem Wege begegnen sollten, so würde er zur Eile ermahnen.

 . Wir waren eine Stunde gegangen, da begegneten sie uns. Der Priester, vom Boten mit dem Versehglöcklein und dem heiligen Licht in der Laterne begleitet, war im Chorrock und trug das Allerheiligste. Wir beugten die Knie, er segnete uns und warf dabei einen seltsamen Blick auf meinen Begleiter, den der aber nicht bemerkte, weil er das Haupt gesenkt hielt. — Ein paar hundert Schritte weiter hin begegnete uns der Arzt.

„Ihr sollt nur eilen!" rief ihm der Franz zu, „der Kranke wartet mit großen Schmerzen."

„Wer wird uns aufgehalten haben?" sagte der Arzt und blieb stehen. „Mein lieber Franz, wenn Du heute heim= kommst, wirst Du halt nichts Gutes finden! Mit Deinem Weibe ist's vorbei . . ."

Ich weiß kaum, wie wir nach Aflenz kamen, ich weiß nicht, wie mir zu Muthe war, ich erinnere mich auch nicht, ob Franz ein einziges Wort des Vorwurfes, der Klage sprach, oder ganz stumm war.

Sein Weib fand er auf der Bahre.

Er trug den Schmerz, wie man den herbsten trägt — tobtenblaß, thränenlos. Erst als er die Kinder sah, welche einstweilen die Nachbarn zu sich genommen hatten, brach die Fluth aus seinen Augen, und ich habe meiner Tage kein tieferes Schluchzen gehört, als es jetzt die Brust des Aelplers erschütterte.

Ich bat ihn um Verzeihung, daß er meines Starrsinns wegen sein Weib nicht mehr lebendig sehen konnte, ich bot ihm Alles an, was ich bei mir trug. Er lehnte es ab und sagte nur, ich sei im Recht gewesen.

Im Recht! Seitdem ist mir das Wort verdächtig. Der Franz hat wie ein Mensch gehandelt, und das wie ein tüchtiger, guter Mensch. Ich wie der Dämon eines Princips. Daß er mit mir gegangen, aus Pflichtgefühl war es geschehen, er hatte seiner Familie Brot zu schaffen. Aus Liebe und Sorge und Angst um seine Familie war's, als er mich auf dem Berge verlassen wollte. Nicht jeder von uns würde in solcher Lage die Herzensgewalten der einfachen Verpflichtung gegen den Fremden unterzuordnen vermögen. Er hätte ja heimlich fortgehen können. Nein, er suchte mir Ersatz zu verschaffen und bat mich dann, wie in der Noth ein Mensch den andern bittet, um Nachlaß. Ich dachte und fühlte nichts, als daß ich im Rechte sei, ich war ein blutloser Gesetzparagraph — und das ist ein Ungeheuer. Ein Mann, ein Wort! 's ist schön gesagt, aber das „Wort" allein ist für ihn nicht genug. Mir hätte damals der Spruch: Ein Mann, ein Weib! besser gefrommt. Als Familienvater hätte ich menschlicher gehandelt. Wie oft dachte ich seither an den Ausspruch, den der Vater des Franz gethan hat: „Willst Du ein rechter Mann sein, so mußt Du Weib und Kind haben."

So hatte der Major erzählt und die Gesellschaft blieb nachdenklich, bis sie auseinanderging.

# Auf dem Herrenabende.

In unserem „Zirkel" giebt's jeden zweiten Freitag einen „Herrenabend". Manche unserer Frauen ist auf ihre stärkere aber schlechtere Hälfte zwar mitunter ein wenig ungehalten darüber, daß sie just an den Herrenabenden daheimbleiben solle; sie hat eine dunkle Ahnung davon, es ginge dabei — anders her, als bei den Tafelrunden, die mit einem Flor der liebenswürdigsten Damen geschmückt sind. Allerdings hat einmal Einer vorgeschlagen, die Damen möchten zur Genugthuung unter sich Frauenabende veranstalten, ein Vorschlag, der von ihnen selbst stillschweigend fallen gelassen worden ist.

Eine der revolutionärsten meinte im Rathe mehrerer Genossinnen, ohne Grund werde es nicht sein, daß sich die Männer für solche Herrenabende absonderten, man wisse schon oder könne sich's denken, die Unterhaltung gehe stark auf Kosten der Ehefrauen, wenn nicht etwa gar —. Der Satz wurde nicht ausgesprochen, damit sich ihn Jede nach Eigenem fertig denken konnte.

Auf solche Weise kann man zu gleicher Zeit vielerlei Meinungen vertreten.

Zum Theile hatten sie jedenfalls Recht. Die Frauen spielen bei den „Herrenabenden" eine große Rolle, denn für den Mann giebt es allerwege keinen interessanteren, pikanteren, lehrreicheren, unergründlicheren, unerschöpflicheren, räthselhafteren und anmuthigeren Gegenstand, als die Frau. Jeder hat sie oder bedarf sie; Der liebt sie, Der fürchtet sie, Der ist ihretwegen rasend, Der ist ihretwegen träumerisch, Der hat sie gestern erst errungen, Der feiert morgen mit ihr die silberne Hochzeit — Keiner kennt sie. Jede Frau ist eine Erfahrung, ein Beispiel, aber alle Erfahrungen und Beispiele zusammen geben hier keine Theorie. Eine Frau ist nicht ein Charakter, sondern sie ist ein Conglomerat der Charaktere oder Conglomerat aller Frauen zusammen. Eine Welt von Männern ist denkbar, eine Welt von Frauen nicht, denn es fehlt das System. Die Frau ist das Chaos, aus dem die Welt erschaffen werden kann, sie ist das unfaßbare All, sie ist der Himmel, sie ist die Hölle, aber sie ist weder gut noch böse, denn sie ist das Elementare. Also kein Wunder, daß manchem Ehemanne bisweilen alle „Himmel-Kreuz-Elemente" einfallen.

In den „Herrenabenden" spielt man frevelhaft mit solch ungeheuerlichem Stoff. Manchem mag innerlich grauen, aber er weiß, hier ist er geborgen, und so wird ihm das, was ihm sonst Widerstand zu sein pflegt, zum harmlosen Gegenstande.

So war es auch an jenem Novemberabende, als die zwei kleinen Geschichten erzählt wurden. Wir hatten noch allerlei Behauptungen aufgestellt; wir sprachen von unserem Freunde, dem Hof- und Gerichtsadvocaten Dr. Th., sonst einer der Allergemüthlichsten, der aber schon seit einiger Zeit nicht mehr in unsere Gesellschaft kam. Einer behauptete, daß sich der Doctor in neuester Zeit nirgends so gut unterhalte, als zu Hause bei seiner Frau.

Das war denn aber nachgerade unglaublich, denn wir wußten, daß dieser gutmüthigste aller Männer die bösartigste aller Frauen besaß.

„Ja," sagte der Berichterstatter, „er war gutmüthig, ganz lasterhaft gutmüthig, er hegte den Grundsatz, ein guter Mensch müsse mit Jedem auskommen und jeden Charakter wenden und erheben können. Er hatte sich in den Kopf gesetzt, auch seine Frau gutmüthig zu machen, und an diesem Unternehmen so lange gearbeitet, bis er endlich so böse wie sie geworden ist. — Ja, das ging so zu: Er trug ihre Launen mit Geduld und gab ihr gute Worte, ertrug ihre Bosheit mit Demuth und gab ihr gute Lehren, und wenn sie den größten Unfrieden stiftete, malte er ihr das Glück des Friedens mit süßen Farben. Selbstverständlich machte das die Sache nur noch schlimmer. Nachdem der Mann Alles versucht hatte, was menschenmöglich ist, um eine schlimme Frau vollends unerträglich zu machen, also mit seinen milden Rettungsanstalten gerade das Gegentheil erreichte von dem, was er wollte, nahm er, wie Ihr wißt, seine Zuflucht zu unseren Herrenabenden, wo er öfter als einmal die Bemerkung that, wenn noch Etwas im Stande sei, zwischen uneinigen Eheleuten einen Ausgleich, eine Harmonie herzustellen: nur ein großes Unglück allein könne das zuwege bringen. Nun, das Unglück — wie Ihr wißt — für ihn und seine Gemahlin kam. Sie hatten ein einziges Kind. Ist der Eheschaden nicht zu groß, so wird ein Kind die Kluft immerhin ausfüllen, sonst aber macht es sie nur noch größer. Im Kinde müssen sich die feindlichen Elemente immer wieder begegnen und über dem unschuldigen Kinde schlagen sie ihre Schlachten. Unser Doctor Th. gebrauchte — und das war er endlich inne geworden — gegen sein Weib die empfindlichste Waffe, wenn er schwieg.

Schwieg und ließ sie streiten; das machte sie rasend. Aber es griff endlich doch seine Nerven an und die Mühe, sich zu beherrschen, wurde immer größer. Eines Tages — im vorigen Spätherbst war's — lag über der Stadt ein schwerer, frostiger Nebel. Die Todtenliste im Morgenblatt wies eine Reihe Diphtheritisfälle auf, so meinte der Doctor voreilig, das Kind solle nicht in's Freie geführt werden. Ueber dieses Wort gerieth die Doctorin in einen jähen Zorn, denn sie wollte der Kindsmagd eben dieselbe Verordnung geben. Und jetzt soll das Zuhausebleiben unmöglich sein? Jetzt soll der arme, kleine Wurm in die naßkalte, mit Miasmen geschwängerte Luft hinaus! Denn Er hat gesagt, daß er im Zimmer bleiben soll. Und Ihm nachgeben? Daß er meinen könnte, heute hätte er einmal Recht gehabt und sich einbilden, es könne ein andermal ebenso sein? Nein, niemals! Das Kind geht aus! — Es ging aus, kam heiser zurück. Den Doctor erfaßte die Angst, sein Weib würde den Arzt nicht holen, daher sagte er bei Zeiten: „Wir wollen recht Hausmittel anwenden." — „So!" rief sie, „das wäre! Verpatzen das Kind! Es umbringen mit Quacksalbereien! Du wärst es schon im Stande. Der Arzt soll kommen, augenblicklich!" — Nun, diesmal hätte er seinen Willen glücklich durchgesetzt. Doch, seine Nerven zitterten wie Spinnengewebe, wenn der Föhn hineinbläst; er fühlte sich kaum mehr im Stande, sich zu bändigen; noch einmal wirkte zur Noth die Vorstellung, die er sich selbst machte: Wenn Du fahnenflüchtig wirst, Mann, dann ist Alles verloren! — Das Kind war nach drei Tagen todt. Die Frau wollte wahnsinnig werden vor Schmerz, der Doctor trug ihn mit Resignation; in ihrem fürchterlichsten Toben hielt er zu Trost: Das ist der letzte Sturm, jetzt bricht die herbe Schale um ihr gutes Herz, jetzt wird die Frauennatur sich befreien, sie wird sich ausweinen in meinen Armen und ich werde ihr die Thränen vom Auge küssen, auf den Knien sie um Verzeihung bitten, daß ich ihr so oft habe weh gethan, und sie trösten und ihr endlich zeigen, wie innig ich sie liebe. — Statt in seine Arme zu fallen, fuhr sie ihn mit gekrümmten Fingern wüthend an: Er sei schuld an Allem! Er! Er! und Niemand als Er! Er komme in's Freie, Er hätte das Wetter kennen sollen und verbieten, daß das Kind in die giftige Luft hinausgetragen werde. Wofür sei er sonst der Herr im Hause, als den er sich immer aufblasen möchte! Aber seinetwegen hätte das arme Wesen sogar ohne Arzt sterben können. Er sei des Kindes überdrüssig gewesen, er lache jetzt innerlich, daß es dahin, er sei ein Rabenvater!

Jetzt hatte er die Wirkung des Unglücks erfahren. Sie war Dieselbe geblieben. Während er an seiner Natur gebogen hatte und gezerrt, an seinem Temperament zu ändern, sich ihr anzupassen gesucht, war sie ihrer Natur treu geblieben. Er hatte Unrecht, sie hatte Recht! Jetzt fielen ihm die Schuppen von den Augen, sie that, wie sie mußte und machte nicht den geringsten Versuch, sich zu fälschen. Er wollte sie verleiten, daß sie wider die Natur handle; er hatte Unrecht an ihr, an sich selbst. —

Das Erste war nun, daß er das wilde Thier, welches sie in ihm allmählich großgezogen, und welches er mit so vieler Noth bisher gebändigt hatte, von den Ketten losließ und ihr ein Weltgericht vorhielt, vor dem sie wonnig erschauerte.

Seitdem macht unser Doctor Th. nicht mehr den geringsten Versuch, sein Weib zu bessern, sondern trachtet nur, ihre Gesundheit zu erhalten, indem er ihr alle mögliche Gelegenheit giebt, ihr Naturell zu üben. Er reizt sie, ärgert sie, erzürnt sie, ist so nervös, daß er, so oft sie will, in den ehrlichsten

Zorn, in die kräftigste Wuth kommt. Und darum bleibt der Doctor bei seinem Weibe zu Hause und so vertreiben sie sich die langen Abende. Das Unglück hat sie ausgeglichen, er hat sich zu ihr bekehrt."

Nach dieser scheinbar etwas scharf markirten Erzählung bemerkte Componist J., daß die Zanksucht nicht das Aergste am Weibe sei. Die schlimmen Weiber seien noch lange nicht die schlimmsten; den stillen, sanften Frauen sei noch weniger zu trauen. Eher den lustigen, ausgelassenen; die mürrischen, zanksüchtigen jedoch seien im Punkte der Treue nachgerade harmlos zu nehmen. — Sachgemäß sprangen wir auf die Männer über, denn auch unter diesen giebt es die zierlichsten Abstufungen. Der Geck, der Schwätzer und Courmacher verführt keine Frau; an gutem Willen mangelt es nicht, aber das Lächerliche seines Wesens läßt im Weibe kein tieferes Interesse für ihn aufkommen. Das Liebeln und Courmachen ertödtet die kernige Leidenschaft. Der Hitzige, für Alles rasch Entbrennende, scheinbar in Leidenschaft und Gluth Vergehende, er verführt keine Frau, denn der Instinct des Weibes sagt: Diesem fehlt die Concentration. Die Gefahr der Frau ist der ruhige, ernste, stolze, in sich gesammelte Mann.

Da gab's Beispiele übergenug, aber auch Ausnahmen in solcher Zahl, daß sie die Regel gefährdeten und endlich doch wieder den einen Grundsatz bewiesen: Das Weib ist ohne System und Princip.

„Umso mehr Princip," meinte nun der Bildhauer G., „steht dem Manne an. Ich liebe mit Kunstsinn, meine Frauen gehören zur Schule Raphael's — madonnenhaft."

Madonnenhaft, sagte er, und hatte daheim zum Ehegespons eine kleine Xantippe. Wir gönnten ihm die Madonnen. Da meldete sich Baron B., ein Mann von dreißig Jahren, von dessen häuslichem Leben bisher nichts Rechtes zu erfahren war, als daß er eine zurückgezogene Frau und zwei muntere Kinder habe. Dieser Mann, der sonst nicht gerade zu unseren gesprächigsten Köpfen gehörte, nahm nun das Wort und sagte:

„Auch ich stimme dafür, der Mann muß ein Princip haben. Aber eben darum mache er es nicht so, wie das Weib, das in Allem nur seinen Sinnen und Leidenschaften nachfliegt. Des Mannes Hauptsache ist nicht die Liebe, sondern die Ehre. Habe ich meiner Braut versprochen, ihr treu zu sein, so muß ich's halten, oder ich bin ein Betrüger."

Baron B. war sonst sehr tüchtig, welterfahren und als Ingenieur einer der ersten des Faches, daher nahm sich's komisch aus, als ihm auf seine Worte Mehrere der Tischgesellschaft: „O Du heilige Einfalt!" zuriefen.

„Ich hab's versprochen," sagte der Baron ruhig.

„Eine Formel! Wer wird heutzutage eine Ceremonie noch so ernst nehmen!"

„Ich bitte, mir war ihr Versprechen nicht minder ernst."

„Das ist was Anderes. Der hintergangene Mann ist im Nachtheil, die hintergangene Frau ist es nicht."

„Juridisch hat er Recht," spottete der Componist J., „was man verspricht, muß man halten."

„Der Fall gehört nach meiner Ansicht vor das Forum des Dichters," sagte Bildhauer G., auf mich blickend, „und vor diesem Richterstuhle dürfte unser lieber Freund B. schwerlich Recht bekommen."

„Wieso?" sagte ich, „Ihr habt die französischen Herren im Kopf; die deutschen Dichter mögen recht lockere Vögel sein, aber ganz ist ihnen das sittliche Ideal noch nicht abhanden gekommen."

„Nennt Ihr das sittlich, wenn zwei Menschen ehelich verbunden miteinander leben, die sich weder lieben noch achten, sondern sich betrügen, oft absichtlich mit allen Mitteln kränken, sich gegenseitig das Leben vergiften, einander kaum dulden? Das ist nicht sittlich, weil es nicht schön ist.“

„Das ist nicht sittlich und selbst wenn es schön wäre,“ sagte ich, „das Sittliche ist in diesem Falle ein vor den Augen der Welt Unschönes, nämlich die Trennung. So lange aber der eheliche Vertrag, das gegebene Wort, noch gelten und wirken soll, muß es auch in diesem Falle gehalten werden. Ja, entgegen früher Behauptetem sage ich: der eibbrüchige Mann ist hier ein größerer Verbrecher als die eibbrüchige Frau, weil er zumeist größerer Ueberlegung fähig, sie größerer Sinnlichkeit unterworfen ist. Wie dem immer sei: Jedes Uebereinkommen bietet Vortheile und verlangt Opfer. Unselig eine Ehe, die keine Opfer heischt. Je willigere und größere Opfer man der Ehe bringt, desto beglückender wirkt sie zurück.“

„Daß das nicht in allen Fällen zutrifft, beweist die Geschichte vom Doctor,“ sagte Bildhauer G.

„Wie wahr es aber sein kann, vermag ich mit einer andern Geschichte zu erhärten,“ bemerkte Baron B. „Was nun die Sinnlichkeit anbelangt, so könnte ich für den Mann in diesem Falle gar nicht gutstehen. Da Ihr — wie ich merke — nun doch geneigt seid, die Sache ernster aufzufassen, so will ich Euch die kleine Geschichte erzählen, die Euch zeigt, wie armselig und wie stark der Mann ist. Ihr dürft sogar mich für den Helden halten, obwohl es auch ein Anderer sein kann — jedenfalls sitzt er an diesem Tische und wird sich rechtfertigen, wenn die Geschichte für ihn ehrenrührig werden sollte. — Seid Ihr bereit, so wollen wir uns die Krüge füllen lassen, damit der junge Mundschenk hernach seine geschätzten Dienste anderen Brüdern widmen kann, denn ich will nicht, daß Jemand dürste, während ich die rührende Geschichte meines Helden in diesem engen Kreise zum Besten gebe."

So geschah es. Wir stopften frisch unsere Pfeifen — denn auf dem Herrenabende wird keine Cigarre geraucht — wir rückten uns bequem und einer der Anwesenden wußte gewisse Zweifel nicht zu verhehlen, ob die Erzählung für den Herrenabend nicht unpassend — das heißt, wohl lustig genug sein werde

Baron B. begann:

„Ich habe vor acht Jahren geheiratet. Man hat, wenn man ein zweiundzwanzigjähriger, munterer Bursche ist und dazu etwas Siebenkroniges auf seiner Visitkarte besitzt, die Wahl zwischen Vielen. Ich nahm Die, welche mir am wenigsten mißfiel, denn mein alter Oheim wünschte mich an's Weib zu bringen; er wollte, bevor er schlafen ginge, Die noch sehen, welche unser Geschlecht, das nur mehr an einem Haar hing, wieder beleben sollte. Mir war's auch ganz lieb, denn ich hatte vom Ehestand so viel des Widersprechenden gehört, daß ich begierig war, ihn aus eigener Erfahrung kennen zu lernen. Meine Braut entstammte auf Seitenlinien einem alten Grafen-geschlechte, das ganz verarmt war. Sie war mit mir in gleichem Alter, glaubte daher nicht mehr länger auf einen Mann und Ernährer warten zu sollen, sondern schickte sich an, als Postbeamtin ihr Brot zu verdienen. Diese nahm ich. Ein Jahr lebten wir recht freundlich und ruhig nebeneinander her; ich stak tief in Studien, die mich erst in dieser Zeit, als Real- und Hochschule längst hinter mir waren, gefangen nahmen. Mir war daher das stille, geordnete Hauswesen, welches meine Frau geräuschlos und anmuthig besorgte, fast behaglich. Wohl nahm ich wahr, daß es in der Welt weit feinere und schönere Frauen gab als die meinige war, doch sagte ich mir, daß für derlei Erwägung die Zeit bei mir nun einmal vorüber sei. Allerdings habe ich Grund zu vermuthen, daß ein reizendes Fräulein, welches zuweilen meinem Studirzimmer gegenüber zwischen kostbaren Spitzengardinen sichtbar wurde, mich schließlich noch zu einer eingehenden Erwägung gebracht haben könnte, wenn in meinem Hause nicht plötzlich ein unvorhergesehenes Ereigniß vorgefallen wäre. Ich verliebte mich nämlich in meine Frau. Es geschah das bei Gelegenheit der Geburt meines ersten Knaben, bei welcher sie in den herbsten Schmerzen unter Thränen lächelte. Dieses Lächeln ihres blassen, sanften Leidensgesichtes hatte es mir angethan.

Von nun an war ich mir meines Glückes bewußt. Aber es war ganz anders, als ich mir das Glück eigentlich vorgestellt hatte. Das war kein seliges Schwärmen, und keine brennende Begeisterung — ich fühlte mich einfach wohl.

Es ging nun mehrere Jahre so hin und als mich endlich mein Amt in's Weite rief, konnte ich es kaum begreifen, daß ich fern von meiner Familie für mich allein leben sollte. Einen ganzen, langen Sommer über hatte ich Beschäftigung beim Traciren der Eisenbahn durch den Pongau. Die Briefe von meiner Frau entbehrten der Leidenschaftlichkeit, athmeten aber Liebe und Sorge für mich, schilderten mir in schlichten, lieblichen Bildern ihr häusliches Leben mit den Kindern. Wie das alltäglich war und wie es mich doch so froh machte! Als die schwierigsten Arbeiten endlich vollbracht waren, fühlte ich in mir das Wiedererwachen meines Menschenthums. Meine Natur verlangte nach so einseitiger Bethätigung wieder das Gleichgewicht. Anzeichen von Fettleibigkeit machten sich bemerkbar, so daß mich der Ehering zu drücken begann und ich ihn entfernen mußte. Als ich eines Tages wegen Symptomen, die mich das Entstehen eines Herzleidens befürchten ließen, einen Arzt consultirte, rieth er mir zur Bekämpfung der Hypochondrie — die Würdigung der Frauen. Ich mag ihn fragend angeblickt haben, er sagte, ein Familienvater müsse auf seine Gesundheit achten.

Einstweilen suchte ich mir durch viele Bewegung in der freien Luft zu helfen. Ich machte größere Spaziergänge und endlich, insoferne es die Zeit erlaubte, förmliche Hochtouren in den schönen Gebirgen des Salzkammergutes. Und nun komme ich zu dem Kerne meiner Erzählung.

Es war im Hochlande, das zwischen dem Tännengebirge und der Dachsteingruppe liegt, als ich eines Tages von Nebel und Unwetter überrascht wurde, mich weit verirrte und in dem verlornen Hause eines öden Engthales Zuflucht suchen mußte. Im Vorgelaß des Hauses auf dem Lehmboden kauerten zwei alte Leute, ein Mann und ein Weib. Dem Letzteren hingen eisgraue Haare verwildert über das kleine, faltige Gesichtlein; der Erstere war schier ganz glatzköpfig, nur hinten gegen den Nacken hinab hatte er, wie ein angeklebtes Pelzstreifchen zu sehen, kohlschwarze, geringelte Locken. Sie hatten einen Haufen Feldrüben vor sich, denen sie das Gekräute und die Wurzelschwänze abschnitten. Sie huschten erschrocken aneinander, als ich eintrat, und auf meine Bitte um Unterstand glotzten sie mich stier an, und als der Alte hierauf in ein meckerndes Lachen ausbrach, stieß ihm das Weib den Ellbogen in die Seite — er solle sich nicht so unanständig benehmen. Der Alte hob hierauf sein Küchenmesser, an welchem die Erde der Rüben klebte, und machte damit gegen mich eine Geberde: er wolle schon zeigen, wie man sich gegen mich — den fremden Eindringling, der noch dazu über und über pudelnaß sei — zu benehmen habe!

„Ei geht, Vater, wer wird nur gleich so halsabschneiden wollen!" rief nun eine dritte Person, die aus der Küche trat, glutroth vom Herbfeuer beleuchtet war, und die mir weit einladender schien als das blödsinnige Greisenpaar. Es war ein junges Weib, drall, flink, munter, zwar etwas dürftig, aber reinlich gekleidet. Sie hatte die Feuerzange in der Hand und that selbe auch nicht weg, während sie mit mir sprach. Allsogleich erklärte sie sich bereit, mir für die schon hereinbrechende Nacht Dach und Fach zu gewähren.

Sie führte mich in die Stube, warnte mich aber vor der obern Thürpfoste, da ich ein unerhört langer Herr sei.

„Für uns da ist leicht eine Thür hoch genug," plauderte sie, „bei uns heißt's halt:

> Gar klein bin ih gwachsen,
> Mag größer nit wern,
> Und das schwarzauget Bllabel
> Hat mih dena noh gern.

Ja, ja, der Herr ist auch so ein schwarzaugeter! — Aber jetzt einmal ernsterweis'. Der Herr ist waschnaß, die Stuben ist warm geheizt. Thu' er sich aus und ich bring' ihm meinem Mann sein Gewand."

Hernach hub sie draußen ein mächtiges Kochen und Schmoren an, schrie den alten Leuten in's Ohr, sie sollten's gut sein lassen, der himmlische Vater schicke morgen auch noch einen Tag, und jetzt sollten sie ihr „Papperl" essen und nachher in's Nestel rucken.

Wie sehr hinfällig die Alten waren, das sah ich jetzt erst, als ihnen das junge Weib vom Boden aufhelfen und sie in die Kammer führen mußte, was gar schwerfällig vor sich ging. Ja, ich nahm wahr, wie der Greis vor seinem Bette auf die Dielen niederfiel und dort liegen bleiben wollte, troß des Keifens seiner Alten, die ihm allerlei schlimme Namen gab, welche aber nicht im Stande waren, ihn von seiner etwas willkürlich gewählten Ruhestätte aufzuscheuchen. Erst als das junge Weib ihre rothen Wänglein auf das weiße Kissen seines Bettes drückte und mit kindischen Koseworten versicherte, wie weich und süß es dort zu schlummern sei, ließ er sich bewegen und, gestützt auf ihren Arm, kroch er in's Bett.

Später deckte die bralle Hausfrau in meiner Stube den Tisch und lachte dabei hell auf, als sie sah, was ich in der älplerischen Knieleberhose ihres Mannes für eine Figur machte. Hernach theilte sie mir mit, daß sie heute die „Vaterleute" allein abgefüttert habe, um mit mir zu essen, denn sie wisse recht gut, daß es zu Zweien besser schmecke. So aßen wir die gekochte Milch und die Schmalznocken zu Zweien.

Jetzt fand ich's aber an der Zeit, einmal von den gewöhnlichen Redensarten abzuspringen und ihr auch etwas Freimüthiges zu sagen.

„Wir Zwei stehen ja ganz gut miteinander," sagte ich, „mich wundert Eure Gastfreundschaft und Euer Vertrauen. Ich könnte ja auch ein schlechter Mensch sein?"

Sie lächelte still, daß man ihre weißen Zähne sah; ganz wie die Tirolerinnen auf den Defreggerbildern, so lachte sie und schüttelte das Köpfchen: Ein schlechter Mensch, der wäre ich nicht, das sähe man mir schon an. Zudem — fuhr sie fort und schob mir mit ihrem Löffel in der Schüssel die braungerösteten Nocken zu — zudem kenne sie mich ja. Ich sei einer der Eisenbahner, wie sie unten in Bischofshofen herumregierten, sie habe mich am vorigen Sonntag gesehen, als sie dort ihren Mann besucht habe.

Ob ihr Mann denn nicht bei ihr zu Hause sei? fragte ich.

Nein, der wäre seit fünf Vierteljahren in Bischofshofen auf dem Friedhofe. Bei einem Steinzerschießen am Werfnerschloß sei er verunglückt.

„Also Witwe?" fragte ich mit Theilnahme.

„Ich mache kein Geheimniß b'raus," war ihre Antwort.

Ob sie ihn nicht schwer vermisse? fragte ich nun, da ich an ihr so gar keine Wehmuth sah.

Da fuhr sie mit ihrer blauen Schürze über den Tischrand, als sollte derselbe jetzt auf einmal vom Staub gereinigt werden, und sagte: „Wenn's Rehren (Weinen) und Reden was helf', so wäre er lang' schon wieder da. Jetzt, aufsteht er mir nimmer, so laß ich ihn in Gottes Namen ruhig schlafen."

Bald darauf wußte ich auch die Geschichte ihrer Ehe.

Beim Kreuzwirth zu Hüttau war sie Kellnerin gewesen, dort habe der Forstmeister Loisel mit ihr auf Du und Du angestoßen und sie gleich vom Fleck weg geheiratet. Jesus, Maria und Josef, hatte sie diesen Menschen gern gehabt! Viel zu gern! — Aber allzuviel darf's nicht sein auf der Welt, weil das dem lieben Herrgott seinen Himmel thät zu Schanden machen. So hat er's jählings abzwickt unten beim Werfnergschloß. Sie ist seither immer noch in seinem Häusel verblieben, weil die alten, mühseligen Vaterleut', seine Eltern, nicht mehr aus demselben herauszubringen wären. Der Vater ist schon gar so viel schwach im Kopfe und die Mutter ist auch nicht mehr munter. So will sie bei ihnen verbleiben, daß sie wen Lieben haben, bis sie ihre Augen schließen. Ihretwegen mögen sie nur noch leben, so lange sie der liebe Sonnenschein freut. Aber wenn sie einmal gestorben sein werden, dann verkauft sie das Häusel und geht wieder nach Hüttau oder anders wohin.

„Ich kann Euch nicht sagen," unterbrach sich hier Baron B., „was ich vor diesem Bauernweib für einen gewaltigen Respect bekam."

„Als ich mich," fuhr er fort, „nun aber gesättigt hatte, und als es mir nach den unwirthlichen Wanderungen im Gebirge in dieser gemüthlich einfachen, leicht durchwärmten Stube so recht behaglich geworden war, und als ich draußen das dumpfe Rauschen des Windes hörte und mich in den öden Bergen und in der schweren Nacht so recht innig vertraut mit dem Menschenwesen fühlte, das, eine Armlänge entfernt, freundlich und fröhlich mir gegenüber saß — da fragte ich sie, ob sie wohl noch einmal einen Mann so recht herzhaft lieb- haben könne?

„Warum denn nicht? Ich habe ja gegen Niemanden eine Schuldigkeit."

Nicht um einen Schritt weiter auf dieser Seite, dachte ich mir, da wäre ich sehr im Nachtheile, sie hat keinen Mann. Wie sie sich mit den zwei alten Leuten ernähre? war meine Frage.

Einen Gemüsegarten und eine Enzianbrennerei betrieben sie. Ich solle doch Eins verkosten, daß ich wisse, wie sie brenne!

Da langte sie unter der Sitzbank einen Plutzer hervor und ließ aus demselben höllisches Feuer in ein Schnapsgläschen rinnen. Das war kein Unglück, aber anders, als nach einer halben Stunde dasselbe höllische Feuer in meinen Adern glühte! Es hatte mich etwas erfaßt, was mir bisher fremd gewesen, es war, als sei eine letzte Schale von meinem innersten Kern gefallen, und dieser Kern war eitel Weh und Wonne und Wahnsinn. Ob Licht war oder nicht, ich weiß es nicht, alle Gegenstände um mich schimmerten blau wie Phosphorschein. Müßte ich meinen plötzlich eingetretenen Zustand schildern, ich könnte nicht anders sagen als: ich schwamm in einer ungeheuren blauen Flamme. Ich muß meine Arme wie nach Rettung ausgestreckt haben, die Finger berührten eine heiße Wange, ein weiches Haar. Und in demselben Augenblicke kam mir das Lockenhaupt meines Weibes in den Sinn, ihr stillfreundliches Auge schaute mich an, das weiße Gesichtlein sah ich lächeln in Schmerz und Entzücken wie damals, als sie mir den Erst= gebornen gab. Da rief's in mir wie ein halberstickter Noth= schrei: Sei ihr treu! — Das war nicht so sehr die Stimme des Gefühls, denn es tobte die Leidenschaft zu laut, das war die Stimme der Vernunft, der Pflicht. Und in jener Stunde habe ich es erfahren, daß im Manne das Pflichtgefühl stärker sein kann, als alle Neigungen. — Hätte ich daran nicht geglaubt, hätte ich mir diese Kraft nicht so oft vorge= halten und sie auf solche Weise geübt, ich wäre damals ver= loren gewesen — moralisch entmannt, denn ich hätte mein Wort gebrochen. — Ich fand mich noch zu rechter Zeit und als meine Wirthin mit Befremden fragte, weshalb ich jählings so versteinert ernst geworden sei, habe ich zur Antwort gegeben:

„Bei Euch da ist es so heimatlich, daß mir mein Weib und meine Kinder eingefallen sind; ich möchte bei ihnen sein."

„Wenn das ist," sagte sie, „so soll der Herr jetzt schlafen gehen, damit Er morgen seinen Weg bei Zeiten weiter machen kann. Wenn man Weib und Kinder hat, soll man aber nicht so im wilden Birg herumsteigen."

So gutmüthig waren diese Worte gesprochen, so für= sorglich hatte sie hierauf an der Ofenbank mein Lager be= reitet, meine Kleider zum Trocknen gehangen, für mein Morgenbrot Vorbereitungen getroffen, so freundlich und fast ohne jegliche Spur von Verstimmung hatte sie mir gute Nacht gesagt, daß ich allein noch lange darüber nachdachte, wie die sittliche Tüchtigkeit der Naturmenschen denn doch kein hohler Wahn sei.

Am nächsten Tage habe ich die Hütte zur frühen Stunde verlassen. Sie hat mir treuherzig die Hand gedrückt, ich wagte es nicht, ein Geschenk in dieselbe zu legen. Sie war heute noch hübscher als gestern, aber in einer andern Art. Und als ich sie so das letztemal anblickte, empfand ich jene eigenthümliche Genugthuung, die etwa der Hochtourist haben mag, wenn er auf 'eine gefährliche Felswand zurückschaut, an der er sich verstiegen hatte und der er schließlich doch mit heißer Noth heil entkommen war.

Von diesem Tage an trachtete ich meine Arbeiten so zu wenden, daß die Heimkehr zu meiner Familie beschleunigt wurde. Eine wunderbare beseligende Liebe fühlte ich zu meinem Weibe, seit mich das Gedenken an sie zum Helden gemacht. — Und als ich endlich heimkehrte, wie glaubt Ihr, daß ich sie gefunden habe?"

„In den Armen eines Andern," rief der Componist J., „denn derartig groteske Naivetäten sonst gebildeter Männer müssen bestraft werden."

„Doch im Gegentheil," sagte ich, „vielleicht hat unser Freund seine Frau am Bette eines schwerkranken Kindes gefunden, wo ein edles Weib am größten ist und aller Treue würdig."

„Nein," sagte Baron B., „das Leben dichtet schöner und einfacher, als all ihr Dichter jen- und diesseits des Rheines. Ich fand mein Weib, wie sie immer war: In ihrer Häuslichkeit thätig, die Kinder freundlich hegend und belehrend, still glücklich, daß ich wieder gekommen. Als sie ihre Arme sanft um meinen Nacken legte und mir mit treuem, feuchtem Blicke in's Auge schaute, war ich belohnt und selig über alle Maßen. Seitdem ist unser Verhältniß ein noch innigeres, edleres." —

So hatte Baron B. erzählt. Ob von sich oder einem Andern, das thut nichts zur Sache. Etlichen war bei der Erzählung so warm um's Herz geworden, daß sie aufstanden und heimgingen zu ihren Frauen. Die meisten aber blieben auf dem Herrenabende sitzen. Unter den letzteren auch Baron B.

# Das Geheimniß von Defregger's Erfolgen.

(Ein Schwank.)

Kennt Ihr das Geheimniß von den fabelhaften Erfolgen des Genremalers Franz Defregger?

Ihr kennt es nicht, Ihr wollt es nicht kennen, weil die Kunst da sei, um zu täuschen, wie Ihr meint, und weil sich die Welt täuschen lassen solle. Bis zu einem gewissen Grade ist das richtig, was aber den Genremaler Franz Defregger anbetrifft — kennt Ihr das Geheimniß? Ich bin geneigt, es gegen mäßiges Honorar mitzutheilen. Ein Defregger zu sein ist keine Kunst. Ich wohne in der Nikolaivorstadt, Obergasse Nr. 19, 1. Stock.     Erhard Rafael.

Dieses Inserat stand im Wochenblatte eines Provinzialstädtchens.

Erhard Rafael? Im Adressenkalender wurde der Name vergeblich gesucht, hingegen wohnte im genannten Logement ein sicherer Erhard Raffal, Feuerwerker. Der wird's wohl sein. Und der war's.

Kein Inserat wird gedruckt in der weiten Welt, dem nicht wenigstens Einer aufsäße. So kam denn auch eines Tages in die Obergasse ein Herr gegangen, ein Herr mit schwarzem Anzug, langen, schwarzen Locken und weißem Cylinder; der trat in das Haus Nr. 19 und zu Herrn Rafael, der sich im erſten Stock eine dunkle und froſtige Dachkammer eingerichtet hatte. Herr Rafael war juſt mit der Zuſammenſtellung eines Receptes zu einem bisher unerhört großartigen Feuerwerk beschäftigt. Der nächſte Geburtstag des Landesfürſten ſoll in den Lüften in feurigen, knatternden Farben die — Hermanns= ſchlacht ſehen. Andere haben zur Darſtellung dieſes großen hiſtoriſchen Bildes etlicher Meter Leinwand bedurft, wir brauchen dazu eine halbe Kubikmeile Luft! Alles, was die Kunſt bisher hervorgebracht, iſt Schatten gegen das Flammengemälde, zu welchem Meiſter Rafael eben die Farben miſcht. Rafael nennt er ſich nur aus Beſcheidenheit, denn eine gewiſſe Pietät darf man den Meiſter vergangener Zeiten nicht verſagen, obgleich ſie Alle Stümper waren. Und wie auch nicht? Sie haben der techniſchen und chemiſchen Hilfsmitteln entbehrt, die allein nur die fortſchreitende Wiſſenſchaft den Menſchen an die Hand gegeben hat und die ſich nur ein Mann von höchſter Intelli= genz dienſtbar zu machen weiß.

Nachdem der Meiſter dem Eintretenden das Alles mit kurzen, klaren Worten, wie es nur der Feingebildete kann, auseinandergeſetzt hatte, geſtand der Fremde den Zweck ſeines Beſuches und fragte nach dem Geheimniſſe des Erfolges Franz Defregger's.

„Wir ſind höchſt wahrſcheinlich Maler?" fragte Rafael.

„Maler, Alfonſe de Rouge, den aber, wohlgemerkt, die Zunft der Maler und Recenſenten aus Neid igno—"

„Das iſt mißlich," unterbrach ihn der Meiſter. „Ich bin auch Maler geweſen, ich habe auch einmal gewähnt, die Leinwand wäre ein würdiges Feld für das bildneriſche Genie. Wie kindiſch! Als das, was man unter dem landläufigen Ausdruck Maler verſteht — auf deutſche Weiſe geſagt: Farben= ſchwindler — werden Sie aus meinem Geheimniſſe wenig

Nutzen ziehen können. Sie sehen meine Uneigennützigkeit. Wären Sie Photograph —"

„Der bin ich," gestand Alfonse de Rouge, „die Kunst muß heutzutage zum Handwerk herabsteigen. Sie geht nach Brot."

„Zu hausbacken."

„Das Brot?"

„Das Sprichwort meine ich. Doch, Sie sind mein Mann." So sagte Meister Rafael tiefen Tones und warf seine Granwage aus der Hand, weil er diese Hand ja dem Fremden auf die Achsel legen wollte. „Verbinden wir uns, Alfonse de Rouge! Ich gebe die Idee, Sie geben das Werkzeug. In der That, nein, Ihre so charmante Einladung zu einem Glase Wein kann man nicht abschlagen, man kann nicht! Und es plaudert sich auch besser dabei." Damit nahm er seine Haube und der verblüffte Herr Alfonse mußte sich fügen — sie gingen in's Weinhaus.

Und im Weinhause hat Meister Rafael das Geheimniß von Defregger's Erfolgen ausgeplaudert.

„Defregger und ohne Ende Defregger! Jetzt ist er gar noch in den Adelstand erhoben worden — natürlich! Ich war auch einmal so albern, mir von seinen fabelhaften Erfolgen Appetit und Schlaf verderben zu lassen. Wie beschränkt! Was ist Defregger's Kunstgriff, daß er trifft? daß man ihm Wahrheit und Natur nachrühmt? Er beschränkt sich. Wohlan, auch ich bin beschränkt. Ist das genug? Nein, das ist nicht genug. Das Geheimniß besteht in etwas Anderem. — Trinken Sie! Auf Brüderlichkeit, College Alfonse! — Gute Bauernbilder zu machen, das ist keine Kunst, wenn ich mir die Bauersleute herkommen lasse, sie gruppire, photographire und colorire. — Jetzt ist's heraus."

Nach langer Unterredung, wobei dem Weine sein Recht angethan wurde, gingen die beiden Zukunftskünstler auseinander.

*     *     *

Auf dem Dorfkirchtag von Allwand, wo eine große Auswahl von schmucken und lustigen Landleuten beisammen war, gutmüthige Bauern mit kurzen Pfeiflein im Munde, verwegene Jäger und Holzer mit glühenden Augen und schwarzem Gelocke, schalkhaft lächelnde Hirten, keckmuntere Sennerinnen, halberwachsene Knaben mit Spitzhüten und Hahnenfedern, lachende Mädchen mit blonden Haarzöpfen, und Alle in malerischer Aelplertracht — da ging unter ihnen der Werber um.

Der nächste Sonntag wäre in der Stadt der „Uhrhandel-Sonntag", wo Jeder, der einen hat, seinen „Brater" und „Knödel" gern wieder einmal vertauscht. Wer da in die Stadt käme, solle ja nicht versäumen, sich beim Photographen, der gleich eingangs am Wasserthore rechter Hand ist, anzumelden.

Was es dort gäbe?

Ob man denn keine Liebschaften habe?

Was es dort beim Photographen gäbe?

Bei Liebschaften, besonders, wenn sie auseinandergingen, sei so ein nettes Bildchen „zum treuen Andenken" viel gern gegeben. Es koste nichts, das Photographiren, gar nichts koste es, „keinen Kreuzer auch nicht". Sollten kommen. Eingangs beim Wasserthore rechter Hand.

Die Sache war eingeleitet.

Am „Uhrhändler-Sonntag".

Am bezeichneten Sonntage gingen Viele zum bezeichneten Photographen. Doch der Photograph hatte einen Schreck um den anderen, so oft die Thür aufging. Den er letzthin in der malerischen Bocklederkniehose gesehen hatte, der stand jetzt „im schwarzen Pantalon" da. Die er draußen im Dorfe wegen ihres bunten Mieders und ihrer feinen Haarzöpfe bewundert hatte, die trug heute Gewand und Frisur wie eine Stadtköchin am Ausgehtag. Nun ja, wenn man sich photographiren lassen geht, „da wichst man sich gern ein wenig nobel zusamm'".

Einzelne, die stattliche Schnurrbärte und dankbare Adler= nasen hatten, wurden für ein andermal eingeladen, wenn sie das Bauergewand an hätten.

Freilich sagte Eine: „Wenn ich ihm nicht schön genug bin, dem Herrn, wie ich heut dasteh', so laß' ich mich gar nicht!"

„Und wenn's nur von wegen dem Gewand ist — einen Kleiderstock abgeben, das thu' ich nicht, ich!" So ein Zweiter.

Und eine Berglerin: „Das Gewand schenirt ihn. Jetzt weiß ich, was das für Einer ist!"

Alle gingen empört davon. —

Besser arrangirt war's ein anderesmal.

Da saß vor der Linse eine reizende Almerin und sollte einen Liebesbrief lesen.

„Uh Halbesel!" rief sie lachend, „ich kann ja gar nicht lesen, mein Lebtag nicht, daß ich kann!" Und leise mit dem Schürzenzipfel spielend — versteht sich — die Anfrage: „Hat der Hiasel geschrieben?"

„Es ist ja blos ein leeres Blatt Papier, und Du sollst nur thun, als lesest Du, daß ich Dich so photographiren kann."

„Nachher kommt ja eine Falschheit auf das Bild! Die ist aber dumm, werden sie sagen, die thut Brief lesen und kennt gar keinen Buchstaben. Nein, Herr Otto Graf, das thu' ich nicht!"

Zwei andere junge Leute, ein prächtig gewachsener Bursche und eine bralle Sennin, sollten sich so gruppiren, daß er auf seinen Knien die Zither spielte und sie ihm gegenüber saß und liebesinnig in's Gesicht blickte. Es war auch schon Alles in Richtigkeit, der Bursche war's recht zufrieden, daß man's in der Photographirerei so weit gebracht habe, auch die

„Steierischen" auf der Zither zu photographiren. Das Mädchen meinte: Dieser Mensch da sei ihr zwar stockfremd, sie wisse gar nicht einmal, ob er sie möchte; aber wenn's schon sein müsse, so wolle sie ihn halt in Gottes Namen verliebt anschauen, sie denke dabei wohl an einen Richtigen. Schließlich zerschlug sich Alles durch den Hund. Der Photograph wollte nämlich im Vordergrunde des Bildes einen stattlichen Haus= hund postiren, worauf das Mädchen vom Sitze emporsprang und mit zornglühendem Gesichte ausrief: Mit einem Hunde ließe sie sich nicht photographiren! Das wäre sauber, sich mit einem Hunde photographiren zu lassen! Das möge der Jäger thun oder der Schinder, sie habe von einem solchen Otto Grafen genug, bis an den Hals herauf genug! — Und stürzte davon, noch unten auf der Gasse keifend, daß man immer wieder das Wort „Hund" vernahm. Die Auf= nahme enthält den Zitherspieler und den Hund allein.

Ein andermal kamen mehr Leute zusammen, so daß Herr Alfonse de Rouge an ein größeres Gruppenbild denken konnte.

Ob Keine ein Kind bei sich hätte? war die Frage. Darüber Verblüffung. Wer denkt auch an ein Kind, wenn man sich ottografiren lassen will! Aber es soll eine Familien= scene werden — heißt das friedlicher Art, so etwa, daß die Mutter ein Kind auf dem Schoß hält und die größeren Kinder spielen mit ihm, und der Vater schaut zu und raucht schmunzelnd ein Pfeiflein. — Nun, einstweilen ginge das nicht.

Vielleicht Wildschützen im Berghause mit Senninen= staffage! Keine üble Idee. Jetzt ist aber Einer dabei, der sich darüber empört, daß er halb mit dem Rücken gegen den Zuschauer gestellt ist.

„Wenn Ihr mich von hinten sehen wollt," rief er aus, „so ist leicht geholfen!" Und rannte davon.

Damit die mühevoll zusammengeschleppte bäuerliche Gesellschaft willfähriger und der Spaß größer sei, so ist mit Branntwein nachgeholfen worden. Hierauf war für den Photographen die Arbeit um das Zehnfache leichter, und die Figuren ließen sich stellen so willig, wie die Kegel auf der Kugelbahn. Mitunter wankt oder fällt Einer, aber dafür hat man heutzutage ja die schnellen Apparate. Wenn einzelne Gestalten etwas verschwommen ausfallen, das ist sogar gut, denn die Sachen werden ja doch colorirt, und es ist sehr zweckmäßig, wenn die photographischen Linien umso leichter verlegt werden können.

Ueberaus schwer zu beschaffen waren aber gewisse Gesichtsausdrücke der Stimmungen und Leidenschaften, wie sie der Künstler bedurfte. Da soll so ein Mordskerl der Schönen einen schelmisch-fragenden Blick zuwerfen. Das geht. Dort soll Eine eifersüchtig sein. Es thut sich. Ein Anderer soll brüten, noch ein Anderer finster und zornig thun. Einer muß dumm dreinglotzen. — Wer giebt sich her für solche Sachen?

„Meinetwegen," lallt ein dickhalsiger Kohlenbrenner, „wenn ich's krieg, voll krieg — noch einmal voll krieg — das da — das Glasel da — nachher — bin ich dumm."

„Das Glasel wäre reine Verschwendung," bemerkte ein boshafter Pecher, „der Köhler-Jodel ist nicht so capricirt, der thut's billiger — auch ganz umsonst."

Der so Geschmeichelte hob schwer seine Hand gegen den Pecher: „Bist ein — braver Mann!"

Der Holzer Riesel, ein kernhafter Waldmensch über und über, sollte zornig sein, die Fäuste ballen und ein wuthverzerrtes Gesicht machen. Die Fäuste ballen ist keine Kunst, Bauersleute thun's im Offenen, Stadtleute im Sacke; aber sich giften und nicht wissen warum, das bringt der Riesel nicht zuwege.

Er sollte es einmal versuchen, rieth der Photograph.

Der Riesel versuchte es, aber aus der wilden Miene wurde ein treuherziges Grinsen. Man lachte.

Was es da zu lachen gäbe! warf der Riesel drein, ob man glaube, daß er da sei, daß man sich über ihn lustig mache? Da wären sie beim Unrechten. Zum Narren halten lasse er sich nicht! Wem's nicht recht wäre, der solle nur hergehen! Er wolle dieses kreuzverdammte Geraffel —

Da lag der Apparatkasten hingeschleudert und reckte seine drei Beine von sich. Der Riesel schoß glühend umher, es war der herrlichste Zorn, den der Photograph in seinem Leben gesehen, aber ach! der Apparat, der ihn hätte fixiren sollen, lag in Scherben. Die Leute machten sich erschrocken davon. Der Riesel ballte noch einmal die Fäuste zurück: „Du lang-haariges Wirbelthier! Du foppst mich nimmer!" Und war, Gott Lob! auch davon.

So endeten die Aufnahmen der Bauernbilder in der photographischen Anstalt des Herrn Alfonse de Rouge.

Ein paar der Bilder sind aber doch colorirt worden, leider hatten die Farben die ursprünglichen Züge in einer Weise räthselhaft gemacht, daß der Maler, als er brütend vor seiner Arbeit stand, nichts that als den Kopf schütteln. Und wenn solch ein Meister selbst über sein Werk den Kopf schüttelt, dann freilich sind dem Publicisten alle Wege ab-geschnitten, das Werk zu protegiren, und wir könnten nichts, gar nichts, als schließlich die Vermuthung aussprechen, Herr Rafael habe sich mit Alfonse de Rouge nur einen leider schlechten Spaß gemacht und das wahre „Geheimniß von den Erfolgen des Genremalers Franz Defregger" für sich selbst behalten, wenn sich von der Ausnützung desselben bei ihm auch nur die geringste Spur gezeigt hätte.

Uns hat der Mann das Geheimniß nachträglich vertraut, so daß wir in der Lage sind, das, was unser Titel versprochen, doch noch zu halten.

„Defregger's Erfolge," sagte Meister Rafael, denn der Wein war süffig, „haben mir niemals imponirt; und wenn er den großen Fetzen grauen Himmels, der über das ganze Tirol hängt, herausschneidet und darauf alle 912.549 Tiroler und Tirolerinnen, wie sie leiben und leben hinmalt — mich berückt er nicht! — mich nicht! Der Mann hat leicht malen, der hat's in der Hand. Was ist denn das für eine Kunst, für ein Verdienst? Jeder kann's, wenn er die Hand dazu hat."

Und das ist das Geheimniß.

# Wie der Abelsberger Gesangverein preisgekrönt worden ist.

———

Die schöne Stadt Kramau liegt mitten in deutschen Landen. Sie ist ob ihrer Bierbässe weit und breit bekannt als Sängerstadt, weshalb ich sie nicht näher zu beschreiben brauche. Diese Geschichte handelt von einem heißen Sängerkriege, der vor wenigen Jahren in Kramau stattgefunden.

Es hatte nämlich der weite Sängergau bei einem seiner vorhergehenden Liederfeste beschlossen, in der schönen und allzeit sangbereiten Stadt Kramau ein großes Wettsingen zu veranstalten, denn, sagten die Brüder, Kriege müsse es auf Erden schon einmal geben und da sei es besser, sie würden gesungen, denn geschlagen.

So erhielt auch der Abelsberger Männergesangverein „Orgel" seine gebührende Einladung zum großen Wettkampfe, denn die Abelsberger — das muß man wohl zugeben — haben seine Pfeifen in der Kehle und ihre Tenöre haben einen guten Klang weit über den Gau hinaus.

Hochgemuth rüsteten sich die Abelsberger zum Sängerfeste und von der Zeit, als die Proben angingen, trat eine strenge Disciplin in Wirksamkeit, die jedem Sänger der „Orgel" verbot, täglich mehr als zwei Humpen Bier zu trinken, länger, als bis zur Thorsperre außer Haus zu sein, zu jodeln, zu fluchen, zu politisiren und über die Gemeindezustände Zunge zu machen. Da gab es wohl auf der Welt kein ordentlicheres und friedlicheres Völklein, als die Abelsberger waren zur Zeit ihrer Vorbereitungen zum großen Sängerfeste, und der alte Oberlehrer der Pfarr- und Hauptschule zum heiligen Prokopus betheuerte in diesen Tagen wiederholentlich, daß man hier wieder sehen könne, was der Gesang auf den Menschen für eine unerhört sittliche Wirkung übe.

Auf der Reise nach Kramau wurde die Disciplin noch verstärkt, doch machte das Reisemarschallamt, welches, seiner Obliegenheiten voll, im hintersten Waggon saß, bekannt, daß auf der Heimfahrt, wenn keine Ursache mehr sei, die Stimme zu schonen, zum Ersatz die lustigste Ungebundenheit platzgreifen dürfe. Deß' waren die sechsundachtzig Sänger wohl zufrieden und so fuhren sie gehobenen Herzens den Ehren entgegen, die sie im schönen Kramau erwarten sollten. Es war ihnen hinterbracht worden, daß die übrigen dreizehn Gesangvereine, welche an dem Kampfe theilnehmen sollten, sich vor den Abelsbergern fürchteten; denn was thut der tiefste Baß und der gemessenste Bariton, wenn der Tenor nicht genügend vertreten? Klingen muß es, wenn gesungen wird, das haben die Leute gern, und wovon sollen die Frauen im Auditorium dann girren und schwärmen, wenn die Tenoristen fehlen? Die Abelsberger werden siegen, das wußte man im Voraus. Bei der Einladung konnte man sie nicht umgehen, aber man hatte erwartet, die Abelsberger würden — wie sie ja sonst gar selbstbewußt und charmant waren — im Vorgefühle ihrer sanglichen Stärke die Betheiligung an dem Sängerwettkampfe ablehnen.

Nun, die „Orgel" hat nicht abgelehnt, sie hat gefunden, daß ihre wohl schon mit reichen Trophäen geschmückte Vereinsfahne durch ein Siegeszeichen von Kramau nicht verunstaltet würde und daß der erste Sängerpreis von hundert Ducaten, in erquickendes Naß aufgelöst, das Erdendasein eher verschönern als verschlimmern könne.

Am Bahnhofe von Kramau änderte sich das Wetter, gewaltige Flaggen verdeckten die Sonne und ein Blumenregen ging nieder auf die Sängerschaar. Von den bereits anwesenden Gesangvereinen wurden die Abelsberger — kernige Burschen auf und auf, die noch dazu in der höchst malerischen Abelsberger Tracht erschienen — stürmisch begrüßt; ein schallendes „Grüß Gott, deutsche Sangesbrüder!" und der Vereinswahlspruch wurde abgesungen, dann setzte sich der imposante Zug in Bewegung durch einen fabelhaft herrlichen Triumphbogen in die festlich geschmückte Stadt. Die Gassen, durch die er seinen Lauf nahm, waren von jubelnden Menschen besetzt, alle Fenster von lieblichen Frauen, die mit huldvollen Winken und fröhlichen Zurufen Rosen niederwarfen, besonders auf die Abelsberger, und an Stricken Torten, Trauben und Champagner herabließen zum Vereine „Orgel", dessen Mitglieder sich nun nicht mehr halten konnten, sondern in das schallende Geschrei der Sänger einstimmten. Die Ehrenbezeigungen häuften sich, je näher der Zug der Sängerhalle kam; vom Inhalte der Flaschen, denen man an den Standarten den Hals brach, und von dem wahnsinnigen Vivatrufen der übrigen Sangesbrüder ganz berauscht, schrien nun auch die Abelsberger aus voller Kehle, selbst die Altmeister und Reisemarschälle mit — und erst spät, als die hellsten Abelsberger Tenöre einen Stich in's Gedämpfte hatten, bemerkte Einer zu seinem Nachbar: „Du, guck' Dir dort bei den Scheif=Sängern einmal das Naturwunder an: Die Einen reißen das Maul auf und die Anderen schreien!"

„Bei Gott, Bruder, das geht nicht mit rechten Dingen zu!"

Da wurden sie's nun gewahr, daß die Scheik-Sänger zum Vivatrufen und zum: „Grüß Gott, Ihr schönen Frauen! Hoch die Stadt Kramau! Hoch und dreimal hoch!" ein Dutzend professioneller Schreier von heim mitgenommen hatten, damit sie hierin ihren Mann stellten, ohne sich die Stimmen zu verderben. — Aber die Entdeckung war zu spät, einige Abels-berger Kehlen hatten bereits gelitten.

Sofort erging ein strenger Befehl: Von jetzt an das Maul halten und sich sammeln, wogegen Dawiderhandelnde dem Standrecht verfallen!

Und bei der nach kurzer Stärkung stattgefundenen General-probe der gesammten Vereine zeigte es sich, daß für die „Orgel" der Sieg höchst wahrscheinlich war, und ganz Kramau sprach davon, daß den Ehrenpreis von hundert Ducaten niemand Anderer als die munteren Abelsberger heimführen würden. Die Abelsberger Altmeister warnten ihre Sänger fortwährend, im Angesichte des Glückes nicht übermüthig zu werden, strenge mit sich hauszuhalten für das am nächsten Tage statthabende Wettsingen. Es könne sich bei geringstem Versehen Vieles wenden und Alles verspielt sein; was das für eine Schmach wäre, fragten sie in düsterstem Ernste, wenn sie nach der Vaterstadt, die schon zum Empfange der Sieger rüste, als elendiglich Durchgefallene zurückkehren müßten? Sie sollten heute weder an Wein, Weib noch Gesang denken, sondern den Rest damit zubringen, in der schönen Umgebung der Stadt stille Spaziergänge zu machen und Abends so bald als möglich das Bett zu suchen. Daß die Zimmer in dem für sie bestimmten Hotel „zum goldenen Fuchsen" die richtige Temperatur hätten, dafür sei gesorgt. Man wolle sich nur in keiner Weise auf-regen und sich endlich nicht etwa noch durch einen unzeitigen

Morgenspaziergang in der feuchtkalten Luft verderben, lieber im Bette bleiben bis eine Stunde vor Beginn des Wett= singens, welches um zehn Uhr Vormittags seinen Anfang nehme. — Zum Schlusse solch väterlicher Ermahnungen wurden noch Brustbonbons ausgetheilt unter den Sängern, womit ganz leichte Schäden in der Kehle ausgebessert werden können.

Und hierauf hat sich der Abelsberger Sängerchor für diesen Tag aufgelöst.

*　　*　　*

Die Sänger von der Scheik waren etwas aufgeregt. Sie besaßen ein paar Tenöre, auf Grund deren sie sich in der Hoffnung wiegten, es den Abelsbergern abzugewinnen, für den Fall diese etwa durch ein kleines Mißgeschick oder Diätfehler beeinflußt werden sollten. Mit unendlicher Befriedi= gung hatten die Scheik=Sänger beim Einzug das enthusiastische Geschrei der „Orgel" gehört, während sie, die Scheik=Sänger, nur sehenshalber den Mund aufthaten und mit den Händen agirten, das Uebrige aber ihrem schlau gegründeten Lärmchor überließen. Da sich's aber hernach bei der Generalprobe leider gezeigt, daß die Abelsberger Stimmen an Indisposition und Heiserkeit nicht das Gewünschte leisteten, so versuchte jetzt das Comité, welches sich eigens zu dem Zwecke constituirt hatte, den übrigen Gesangvereinen noch vor der Schlacht die schärfsten Spitzen zu brechen, in den einzelnen, im Städtchen herum= irrenden Mitgliedern der „Orgel" die denselben angeborne Vorliebe für ihren Wahlspruch: „Wein, Weib und Gesang" zu wecken; aber die Abelsberger waren heute indifferent wie die Maulwürfe. Man fing an, die Hoffnung aufzugeben, ver= hielt sich aber nichtsdestoweniger unthätig.

Während in der Stadt Kramau das muntere Leben der Sänger sich bis tief in die Nacht hinein erstreckte, während es Platzmusik gab und Beleuchtung und Standreden und was der Herrlichkeiten mehr sind bei einem deutschen Sängerfeste, suchten die Abelsberger, eingedenk ihrer Instructionen und ihrer morgigen Aufgabe, bei Zeiten ihr Hôtel „zum goldenen Fuchsen" auf, in dessen drei Stockwerken die „Orgel" einquartiert worden war. Der Kehle zu Liebe machten sie im „Restaurant" der Gurgel nur mäßige Zugeständnisse und suchten dann, je zu Zweien oder Dreien, ihre Schlafzimmer auf. Noch ließen sie sich's angelegen sein, den Zustand ihres Festanzuges zu prüfen, und da ziemlich Alles in gewünschter Ordnung war, so legten sie sich arglos zu Bette.

„Morgen um diese Zeit soll's anders umgehen!" bemerkte vor dem Einschlafen noch der zweite Baß zum Bettnachbar, dem ersten Tenor.

„Ja," sagte der Tenor, „wenn wir nur erst unsere Abelsberger Lieder loslassen! Die wollen wir ihnen einmal hinlegen, daß sie nur d'ran lecken sollen!"

„Schlafen!" schnarrte im anstoßenden Zimmer die Stimme des Reisemarschalls. So war's für heute aus. —

Schon halb neun Uhr war's am nächsten Morgen, als das Marschallamt das Flügelhorn erschallen ließ. Da hoben sie sich — der Eine früher, der Andere später — aus ihren Kissen. Sie zogen sich sittsam an, holten vor den Thüren die frischglänzenden Stiefel und machten sorgfältig Toilette.

„Die Tenöre haben je ein weiches Ei und eine Tasse Thee ohne Rum zu sich zu nehmen!" so der erste Tagesbefehl.

„Ich weiß nicht," murmelte unser zweiter Tenor, „was meine Stiefel heut' haben. Ich kann in dies Sakermentsleder nicht hinein!"

„Und ich verwundere mich," entgegnete der Zimmer-
genosse, „daß mein Fuß heute einmal in den Schuh rutscht,
so leicht, wie der Bauer in's Wirthshaus."

„Ich hab' zwei Linke!" rief der Baß, „da hat sich Einer
einen dummen Spaß gemacht."

„Scheidewasser will ich saufen, wenn das meine Schuhe
sind!" sagte jetzt auch der Tenor.

„Das ist höllisch!" polterte im Nebenzimmer ein Anderer,
„ich habe unrechte Stiefel!"

Und aus einem dritten Gemach: „Ich hab' zwei verkehrte Stiefel!"

Da flogen schon die Thüren auf, links und rechts im
Gang: „Hausknecht!" — „Stubenmädchen!" — „Hausmeister!" — „Meine Stiefletten!" — „Ich habe zwei Rechte!"
— „Ich einen Kleinen und einen Großen!" — „Da ist ein
Breiter und ein Gespitzter!" Derart riefen die Stimmen
durcheinander, und die Stiefel flogen im Vorsaal umher wie
die Maikäfer. So war's im zweiten Stock, so war's im
ersten und im dritten. Alles Schuhwerk verwechselt . . .

Das Reisemarschallamt fuhr hin und her wie eine
fluchende Wolke, alle Stubenmädchen flatterten wirr durch
die Räume, der Portier und der Hausmeister schmetterten,
und der Hausknecht rang die Hände und betheuerte bei seiner
Seelen Seligkeit seine Unschuld. Er und sein Gehilfe hätten
die frischgewichsten Stiefel ihren Nummern nach gewissenhaft
wie immer an die betreffenden Zimmerthüren gestellt.

„Das hat ein Feind gethan!" hieß es, „das hat ein
arger Feind gethan!"

Von den Sängern huschten die Einen in bloßen
Strümpfen um, Andere ächzten im Namen ihrer Hühneraugen
über den Druck der neuen Verhältnisse. Da war's denn aus

mit aller Ruhe und Diät, und durch das Haus brauste ein Gewirre von Fluchen, Lärmen und Lachen, und das Marschall- amt fahndete racheschnaubend nach den Missethätern. Es mußten deren mehrere gewesen sein, sie konnten sich nächtlicher Weile in's Haus geschlichen haben, weil sich so ein vertracktes Hôtelthor jedem Gauch zu jeder Stunde aufthun muß, sie mußten stundenlang thätig gewesen sein, um an den Thüren aller Stockwerke die Stiefel in so schaubervoller Weise durch- einander zu bringen.

Nach einer Stunde heilloser Verwirrung war mit Hilfe der Zimmernummern, die an den Sohlen angekreidet waren, endlich ein Theil der „Orgel" in seiner rechtmäßigen Be- schuhung.

„Ich habe Nummer 3 und 27!" rief es hier, und ein Arm hielt die betreffenden Stiefel hoch empor.

„Hier ist 96!"

„Wer braucht einen 44?"

„105 ist da!"

Die Eigner meldeten sich, aber leider zeigte es sich bald, daß auf mancher Sohle die Nummern gefälscht worden waren, so daß endlich die Reisemarschälle alle Hoffnung an dem rechtzeitigen Eintreffen in der Sängerhalle mit ohnmächtigen Stoßseufzern aufgaben. Zudem Alles erregt, die Stimmen verschrien, jede weihevolle Stimmung weggeblasen, die In- disposition im höchsten Grade vorhanden. — Unter solchen Umständen wird die „Orgel" an dem Sängerwettkampfe sich nicht betheiligen.

Aber die Absage, wie soll sie motivirt werden? Der eiligst zusammenberufene Rath, theils noch in Socken, faßte den Beschluß, es sei sofort ein Schreiben an das General- Comité des Sängerfestes zu richten, in welchem angezeigt werde, daß der Abelsberger Gesangverein „Orgel“, nachdem er durch seine Anwesenheit ebenso seine Sympathien für das Fest, als durch seine Betheiligung an der Hauptprobe bewiesen zu haben glaube, daß er dem Gaue zu keiner Unehre sei: daß besagter und unterfertigter Gesangverein, um die in dieser gastlichen Stadt versammelten löblichen, strebsamen und sehr tüchtigen Sängerbünde und Gesangvereine in der Erringung eines wohlverdienten Ehrenpreises nicht etwa zu incommodiren — den Entschluß gefaßt habe, sich an dem eigentlichen Wettsingen nicht zu betheiligen.

In diesem Sinne und in ähnlicher schwungvoller Stylisirung wurde das Schriftstück abgefaßt und seiner hochlöblichen Adresse mit „deutschem Sängergruße“ zugeschickt.

Noch hatte die zehnte Stunde nicht geschlagen, so ging von der Centralkanzlei des Festcomités ein Sturm aus und durch ganz Kramau. Die Abelsberger, die besten Sänger des Gaues, die wiederholt schon preisgekrönten Sänger wollen nicht singen! Und warum wollen sie nicht singen? Sind sie beleidigt worden? Nein, die Abelsberger sind viel zu gemüthlich, um beleidigt werden zu können. Oder singen sie aus Bescheidenheit nicht? Nein, die Abelsberger sind viel zu aufrichtig, um die Bescheidenen zu spielen. Aus Großmuth singen sie nicht, aus reiner Großmuth nicht; sie wollen den jüngeren Vereinen den Preis nicht wegschnappen. Aber (und so wuchs die Revolution) sie müssen singen, jetzt erst recht müssen sie! Die Abelsberger wollen wir hören, nur die Abelsberger! Wir stürmen den „goldenen Fuchs“ und tragen die ganze „Orgel“ auf unseren Achseln in die Sängerhalle!

Das Festcomité schrieb zurück, daß es die „Orgel“ von ihrer einmal geleisteten Zusage nicht mehr entbinden könne.

Die Sänger von der Scheik merkten es, jetzt ginge es doppelt schief für sie, und alle Bemühungen waren vergeblich gewesen. Die Abelsberger aber gewannen mittlerweile Zeit, Muth und vor Allem — Stiefel. Zwanzig Minuten nach zehn Uhr marschirten sie in wohlgeordneter Doppelreihe, von dem Jubel der Menschenmenge begleitet, in die Sängerhalle ein.

*  *  *

Wie es bei demselbigen Sängerwettkampfe in der schönen Gaustadt Kramau dem Abelsberger Gesangverein „Orgel" ergangen ist, das findet sich in einem Blatte seiner ruhmreichen Chronik verzeichnet.

„Der Enthusiasmus," so heißt es in der Sänger-Chronik, „der Enthusiasmus, mit welchem der Verein bei seinem Betreten der Sängerbühne begrüßt wurde, war ein nicht endenwollender. Der Verein sang das ausgeloste Preislied: „O Vaterland, zu Schutz und Wehr!", welches einen demonstrativen Applaus entfesselte, und das Abelsbergerlied: „Mein' Freud' ist die Sennerin", welches er auf stürmisches Verlangen des Publicums zweimal wiederholen mußte. Nachdem die abgetretenen Sänger siebenmal herausgerufen worden waren, erstürmte das Publicum die Bühne und trug unsern Capellmeister, Herrn F. Schaubinger, durch den jubelbrausenden Saal. Die hochlöbliche Jury hat dem Gesangverein „Orgel" den ersten Preis, bestehend in einer silbernen Ehrenstandarte und in einhundert Ducaten, zuerkannt."

Schließlich sei aber noch einer Bemerkung erwähnt, die Einer von der Jury erst vor Kurzem zum Capellmeister des Abelsberger Gesangvereines gemacht hat.

„Wir waren damals am grünen Tisch zu Kramau," sagte er, „in einer nicht geringen Verlegenheit. Sehr genau genommen, hätte der Preis eigentlich dem Sängerbunde von der Scheik gebührt. Ihr seid zu hitzig gewesen, habt übertrieben, während die von der Scheik trotz ihrer geringeren Stimmmittel durch ihr Maßhalten künstlerisch mehr geleistet haben. Aber vor der Menge hat Eure Kraft und Frische einen großen Effect erzielt. Die öffentliche Meinung war schon einmal durch die Reclame bestochen, die Ihr durch Eure Absage zu Gunsten der übrigen Vereine für Euch zu machen gewußt habt — und sie war so entschieden für Euch, daß wir es gar nicht wagen konnten, den Preis einem andern Vereine zuzuerkennen."

Also ist es — Ursache und Wirkung genau erwogen — höchst wahrscheinlich die schlimme Stiefelgeschichte gewesen, die der „Orgel" den Sieg vermittelt hat. Wer aber die Urheberschaft der Stiefelgeschichte ergründen wollte, bei den Scheik-Sängern würde er sie nicht erfahren.

# Auf der Wacht.

Herr Christof war nach der Sommerfrische ein Anderer, als vor derselben. Er hatte sich erholt, Gott sei Dank, aber er hatte eine Gewohnheit mitgebracht, die seine Frau für ein Laster, seine Freunde für eine Tugend hielten. „Gieb nur Zeit, ich werde mir sie schon wieder abgewöhnen," sagte er zu seiner Frau; „die neue Lebensweise schlägt mir recht gut an," sagte er zu seinen Freunden. Die Gattin wendete all ihre Mittel an, den Herrn Gemahl des Abends zu rechter Stunde nach Hause zu locken — ein leckeres Nachtmählchen, ein feines Glas Wein, ein gut durchwärmtes Zimmer und alle nicht zu unterschätzenden Vorzüge eines wohleingerichteten Schlafgemaches.

Und es war doch vergebens. — Herr Christof blieb bei den Wirthshausbrüdern sitzen; er, der sonst der Erste gewesen, der aufstand und nach Hause ging, wartete nun als der Letzte, bis der Kellner höflich mahnen mußte, daß die Sperrstunde geschlagen habe.

Das fiel seinen Mitgenossen selbst auf und sie fragten ihn einmal, worin die so vortheilhafte Aenderung denn eigentlich ihren Grund haben möge: ob es die Unterhaltung sei, oder der Wein, oder das Rauchen, was ihn so sehr fessele.

„Es ist blos die Gewohnheit," antwortete Herr Christof aufrichtig, „und ich gestehe es gerne, wie ich sie mir angeeignet habe. Kellner, noch eine kleine Flasche Nußdorfer!"

„Ober-Abelsberg, wo ich, wie Ihr wißt, aus Gesundheitsrücksichten den Sommer zugebracht habe, ist ein großes Dorf, in welchem noch die alte, landesübliche Gemüthlichkeit herrscht. Am Abende kommen die Bürger, an Sonn- und Feiertagen auch die Bürgerinnen im Wirthshause zusammen; ebenso finden sich im Wirthshause die Sommerfrischler ein, und die Gesellschaft verträgt sich mitsammen in brüderlicher Heiterkeit. Meine liebe Frau, das wißt Ihr, war in Linz bei ihrer kranken Mutter auf Besuch; so ließ sich für mich das Wirthshaus nicht umgehen. Und ich hatte es — dank meiner Selbsthilfe — auch kaum zu bereuen. Schon am ersten Tage wurde ich mit den Wirthshausbesuchern vertraut, sie kamen mir so treuherzig entgegen, boten mir in uneigennütziger Weise ihre Dienste und verschiedenerlei Vortheile; der Kaufmann stellte mir Wasser von seinem besonders guten Hausbrunnen zur Verfügung, der Schmied seine schattige Gartenbank, der Zimmermeister seinen Wald zum Spazierengehen, der Amtsschreiber sein Conversationslexikon, der Wirth Küche und Keller, der Bürgermeister sein Roß und Wagen, der Schulmeister seinen Feldstecher, der Sattlermeister seine Tochter. Der Feldstecher wäre mir wohl vonnöthen, sagte ich, was jedoch die Tochter anbelangt, so wäre ich in einer Lage, verbindlichst dafür danken zu müssen. — Alles, was mein Herz verlangte, war da; sie stießen mit mir die Gläser an: Auf gut Freund! Und wahrlich, ich fühlte mich wie unter Brüdern. Trotzdem wich ich von meiner Tages- oder vielmehr Nachtordnung nicht ab; wie gewohnt, mit —"

„Mit dem Schlage neun zahltest Du Deine Zeche und gingest."

„So war es. Ich gratulirte mir aber zu dem gemüthlichen Kreise, den ich gefunden, und des andern Abends saß ich zeitlich wieder im Wirthshause. Alles empfing mich, wie einen alten Freund, und der Kaufmann sagte, daß sie gestern nach meinem Fortgehen noch lange von mir gesprochen hätten. Ich fühlte mich sehr geschmeichelt. An diesem Abende ging's noch unterhaltlicher zu, als am ersten; ein Handelsreisender war da, der erzählte allerlei Späße; ein Professor aus Wien, ein in weiten Kreisen berühmter Mann, hatte um seinen Tisch eine Runde von dankbaren Zuhörern gesammelt, denen er in seinem wissenschaftlichen Eifer populäre Erörterungen über Wald und Feld, Wasser und Erdreich hielt; Schätze verschwendete er in seinen Worten, Alles war Ohr, und der Ortsschreiber, ein kleines, weißköpfiges Herrchen, wackelte in einemfort zustimmend und sehr begreifend mit dem Kopfe. Bei einem anderen Tische wurde gesungen und der Herr Curat wußte die tollsten Schelmenliedchen. Der Professor aus Wien mochte gewohnt sein, nicht länger als eine Stunde zu dociren. Er war der Erste, welcher sich nach allen Seiten verneigend höflich empfahl und nach Hause ging.

„Gimpel!" sagte der Ortsschreiber, „als ob es Unsereiner nicht schon längst wüßte, und Gott sei Dank gründlicher wüßte, was Der als funkelnagelneu aus der Stadt zu bringen glaubt. Man hat auch studirt."

„Und wie verzwickt er dabei geschaut hat," versetzte ein Anderer, „wie er bei seinem Predigen nach Luft geschnappt hat! Ich habe fortan gefürchtet, er beißt sich in die Nasenspitze."

Ein schallendes Gelächter.

„Thun thut er, als wie wenn er weiß was für ein hochgelahrter Mann sein thät," bemerkte ein Dritter, „Rector und Director!"

„Und Hector!" warf vom nächsten Tische her der Schneider ein. Hierauf ein unauslöschliches Gelächter.

Nun nahm der alte Ortsschreiber das Wort, und um den Leuten zu zeigen, wie ein ganz anderer Kerl er sei, als so ein Professor, begann er nicht blos über Wald und Wiese, Wasser und Luft, sondern auch über Philosophie und Politik ein Langes und Breites zu salbadern, was den Zuhörern sehr zu imponiren schien. Kaum war er jedoch aus der Stube, so beglückwünschte sich der ganze Tisch, daß der alte Kanne=gießer endlich einmal fort sei, nannte ihn einen eingebildeten Maulhelden und Windbeutel, der seine ganze Gescheitheit mit alten Scharteken und mit Zeitungsblättern nähre und nicht einen einzigen selbstständigen Gedanken im Kopfe habe.

Mittlerweile schickte sich unter allgemeinem Bedauern eine Frau Hofräthin an, nach Hause zu gehen. Man bestürmte sie, noch zu bleiben, da man sich bei ihren munteren Gesprächen so einzig unterhalte. Als sie sich aber trotzdem freundlich ver=abschiedete, küßten ihr mehrere der Herren die Hand und becomplimentirten sie in liebenswürdigster Weise.

Als sie fort war, stockte die Unterhaltung.

„Hätte sie doch Einer nach Hause begleiten sollen, die Frau Hofräthin," sagte der Kaufmann.

„Die wohl Hofräthin, die!" äußerte der Wirth, „ihre Zeche sieht nicht darnach aus. Da gehen so Leute auf das Land, um groß zu thun und zwicken sich um jeden Kreuzer die Fingernägel stumpf."

„Wahr ist's!" bestätigte der Greißler, „der war anfangs bei mir der feine Emmenthaler zu schlecht, heute kauft sie nichts als Quargl, weil er wohlfeiler ist."

„Bei mir hat sie's mit Zucker und Kaffee genau so gemacht," rief der Kaufmann.

„Kommt nur der Herr Hauptmann wieder auf Besuch,“ bemerkte der Tischler, „da wird sie schon ausrücken!“

„Ich vermein’, die rückt schon beim Lieutenant aus!“ versetzte der Curat und lachte seinen Witz selbst zu Grabe. Denn die Anderen lachten bereits wieder über was Anderes, über einen Hohn, den man auf irgend eine abwesende Persönlichkeit gemünzt hatte. — Bei solcher Unterhaltung war es im Fluge dreiviertel Zehn geworden. Fast mit Gewalt mußte ich mich von meinen lieben Zechgenossen losreißen; sie blieben alle noch sitzen.

Am nächsten Abend schaarten sie sich wieder in anhänglichster Weise um den Professor, um die Frau Hofräthin, auch der alte Schreiber war wieder in Ehren und die Herrschaften waren stets neu entzückt von der gutmüthigen Zuthunlichkeit und Offenheit der Leute. Kaum sie aber wieder fort waren, begann derselbe Tanz von stechenden Nachreden und armseligen Witzen über die Abwesenden, wie gestern. Ich blieb instinctmäßig sitzen, noch länger, als den Abend zuvor. Der Kaufmann entfernte sich; da witzelte man über den Schacherer und Jübler, über seinen guten Profit und über seine schlechte Waare.

Der Agent war fort; da sprach man von seiner Geckenhaftigkeit und von seinen Schulden. Der Curat war fort; da machte man sich lustig über seine Schnaderhüpfeln, er solle sie lieber daheim der Köchin vorsingen. Den Schneider hatten sie gehalten, so lange als möglich, hatten sich begaftet an dem von ihm in Jubel aufgetischten Wein; nun war er fort, da besprachen sie im Tone mitbürgerlicher Theilnahme, wie es für den Mann weit vernünftiger wäre, er thäte für seine Familie, die zu Hause am Hungertuche nage, ein Stück Rindfleisch kaufen, als das Geld im Wirthshause verjuxen.

Schon war es eilf Uhr, aber immer noch war so viel Publicum versammelt, daß es mir gewagt schien, die Stube zu verlassen. Ein muthiges Aufraffen, ein kühner Schritt vor die Thür; doch lange, und als ich schon im Bette lag, immer noch fühlte ich es heiß und kalt über meinen Rücken laufen, als ob, wie man sagt, der Tod über's Grab schritte. — Am nächsten Tage ging ich freilich wieder in's Wirthshaus, weil mir erstens das Abendessen und zweitens die heitere Gesellschaft Bedürfniß war. Aber je öfter ich sah und hörte, wie man mit den Fortgegangenen und den Abwesenden umsprang, wie die scharfen Lästerzungen jedes gute Haar an ihnen wegrasirten, daß sie reine Schelme wurden — desto weniger konnte ich mich zum Nachhausegehen entschließen. Wenngleich ich mich an dem Wettkampfe im Verlästern und Ehrabschneiden weder betheiligte noch demselben Einhalt zu thun versuchte, so hütete ich durch meine Anwesenheit doch wenigstens meine Person und deren Reputation. Bei solchem Wachtdienste trank ich selbstverständlich einen Schoppen um den andern, war nebstbei fröhlich mit den Fröhlichen und sah und hörte Einen um den Andern scheiden und ausläuten, und blieb und blieb, bis ich der Letzte war im Wirthshause, oft spät nach Mitternacht. Auch dem Wirthe und der Kellnerin traute ich noch nicht, hielt daher aus, bis Eins um das Andere in einem Winkel eingenickt war. Nun erst sprang ich leichten Herzens auf und floh vermittelst der Zehenspitzen zum Tempel hinaus. — Und auf solche Weise, meine lieben Freunde, habe ich mir's angewöhnt, bis spät in der Nacht im Wirthshause zu sitzen." —

# Die Vierzehnte.



Eine unheimliche Geschichte.

Am Freitag bin ich also nicht abgereist.

„Reise Samstag Früh," hatte meine Mutter vorgeschlagen und so reiste ich Samstag Früh. Ich bin
nicht abergläubisch, aber wenn man bei Unglücksfällen nachdenkt:
fast allemal sind Vorzeichen nachzuweisen, die mit den Ur-
sachen in geheimnißvollem Zusammenhange stehen. Ich bin,
wie ich mir schmeicheln darf, ziemlich vorurtheilslos, obzwar
ich auf dem Lande lebe, doch, das muß ich gestehen, daß, wenn
man einmal in die Stadt fährt, um sein junges Blut etwas
durch die lustige Welt des Carnevals schäumen zu lassen,
gewisse Vorstellungen verflucht unangenehm sind.

Ich reiste Samstag Früh und war zu Mittag in der Stadt.
Daß ich im Gedränge des Bahnhofes mit dem Rockknopf an
der weißen Schnur eines pompe funèbre-Mannes hängen
blieb, war mir für den Augenblick überaus ärgerlich. Was
hat dieser Mensch auf dem Bahnhofe zu thun? Ein Bahnhof
ist keine Leichenhalle, außer, wenn mit dem Zuge ein Todter
ankommt, was, wie ich später erfuhr, damals allerdings der
Fall gewesen. Ich war mit einem Todten auf den Carneval
gereist! Ich bin nicht abergläubisch, aber den Knopf trennte
ich mir selbstverständlich sofort vom Tuche.

Im Hotel nahm ich zwei gassenseitige fein möblirte Zimmer; es ist zwar auf eine besondere Häuslichkeit nicht zu rechnen, wenn man Welt sehen will, aber wohnen will man doch auch. Man erhält Besuche, und selbst wenn's nur für den Friseur wäre — stets das Decorum, sage ich, gegen Jedermann das Decorum.

In Bezug auf Salonanzüge, die ich mir sofort verschaffen mußte, wies man mich in das große Kleidermagazin „zum Uhu". Ein Ballkleidermagazin „zum Uhu!" Ich bitte Sie! Abergläubische Leute müßte das Schild schon in vorhinein zurückschrecken; ich ärgerte mich blos über die Geschmacklosigkeit und wählte ein anderes Geschäft.

Theater, Museen, Concerte — Fastenkost, nichts als Fastenkost. Tanzen, springen, rasen, leben! Die Leute sind sozusagen lebendig und wissen nicht, was leben heißt. Mit den Elitebällen wollte ich den Anfang machen, abwärts geht's leicht und nach der Mahlzeit, bildlich gesprochen, wo man etwas pikanten Käse liebt, nehme ich noch etwas „Sperl" oder „Elysium" u. s. w.

Am zweiten Tage erhielt ich Einladung in ein bekanntes Haus zum Diner. Ich bin im Ganzen nicht für häusliche Zirkel hierhergekommen, derlei cultivirt man auf dem Lande zur Genüge. Doch, einmal kann man ja annehmen.

In der Familie waren — wie ich wußte — ein paar hübsche Kinder von Achtzehn aufwärts. Vortrefflich, das weiht in die Gesellschaft, in die Verhältnisse des diesjährigen Faschings ein. Man lernt das Terrain kennen, auf dem man siegen will und wird. Ich decorirte mich mit einer Rosenknospe, die ich in's Knopfloch stak, und begab mich in's Haus, in welches ich geladen war. Am Eingangsthore begegnete mir eine alte Frau. Man braucht nicht abergläubisch zu sein, um von einer solchen Begegnung an der Stufe eines Hauses, in welchem man sich unterhalten will, unangenehm berührt zu werden. Ich kehrte um, fuhr noch ein paar Straßen auf und ab, um dann das zweitemal in's Haus zu treten.

Der Empfang war überaus herzlich. Vor Allem überraschte mich die Wohnung. Man hat auf seinem Landgut auch Comfort, aber diese Eleganz — ich war überrascht! Die Gesellschaft war nicht groß, aber glänzend, blendend — reizende Mädchen darunter. Man ist nicht blöde; das Buch vom „guten Ton in der Gesellschaft" hat man im Kopf, man ist sattelfest in der Kunst des Tanzmeisters, in der Conversation, im Courmachen, kurz in allen ritterlichen Fertigkeiten eines Löwen. Man geht zu Tische; mir schneit der Zufall, nein, mein Glück, eine junge, entzückende Dame an den Arm, die ich an ihren Sitzplatz führe. Die alten Bekannten waren alsbald vertraulich, die sich bisher fremd gewesen, verstanden sich und es entwickelte sich jene ungebundene Munterkeit, die eine Gabe des Himmels ist, eine himmlische und seltene Gabe, die Keiner dem Andern spenden kann, wenn sie nicht von selbst kommt. In feinen Kreisen kommt sie von selbst. Es ist doch ein anderes Leben in der Stadt als auf dem Dorfe. Alles so gebildet, so aufmerksam, so geistvoll! Es geht nichts über die Stadt.

Als wir im besten Schnabuliren waren — ich zertrennte just ein Stück Filet du Boeuf und sann mir dabei Artigkeiten aus, die ich meinen Beisitzerinnen sagen wollte — sprang die Hausfrau von ihrem Sitze auf und ihr Blick irrte schreckerfüllt über die Tischgesellschaft hin.

„Was ist?" war meine Frage an die Nachbarin. Man wird unruhig, auf allen Gesichtern Bestürzung. „Was ist geschehen?" fragte ich.

„Dreizehn!" hörte ich murmeln. „Dreizehn Personen an der Tafel!"

Alles sprang auf, aber die Hausfrau bat, daß man sich beruhige und vorläufig wieder an die Plätze begebe, damit das Unglaubliche nochmals untersucht werden könne.

Wir setzten uns wie auf glühende Kohlen. Die Dame des Hauses, die mir zur Linken saß, zählte von sich aus links hin die Anwesenden — es waren genau Dreizehn — und ich war der Dreizehnte.

Ein frivoler Patron war da, der meinte ganz unverfroren, er halte die Zahl Dreizehn bei Tische nur in dem einen Falle für fatal, wenn blos für Zwölf gekocht worden. Eine solche Bemerkung unter Gebildeten verdient, daß sie einfach ignorirt werde — und das wurde sie.

Hingegen rief die Hausfrau: „Unbegreiflich, es ist doch für Fünfzehn gedeckt!"

Jetzt zählte meine schöne Nachbarin zur Rechten, indem sie von sich aus nach rechts hin vorging — es waren ganz genau Dreizehn — und ich war der Dreizehnte.

Was war zu thun?

Am ganzen Leibe zitternd, erbot ich mich, an einem Extratischchen Platz nehmen zu wollen.

„Na, das fehlte noch!" rief man.

Allsogleich wurde ein Diener zu einer Frau Müller, Apothekersgattin im dritten Stock, geschickt:

Ob Frau v. Müller nicht das Vergnügen machen wolle, heute bei uns zu speisen, dann möchte sie aber die Güte haben, sofort.

Der Bote kam zurück: Frau Müller wisse nicht, wie sie zur Ehre käme, sie danke verbindlichst, aber es sei ihr momentan ganz unmöglich.

„Das ist noch ein Glück," bemerkte eine Tochter des Hauses, „eine Apothekerin! Mama weiß nicht, wo sie den Kopf hat."

„In der That," sagte die Hausfrau, „es giebt Augenblicke im Leben, wo man trotz Allem die Geistesgegenwart verlieren kann. Johann, gehen Sie in's Kinderzimmer, ich lasse Fräulein Antonia ersuchen, sie möchte mit uns speisen, aber sogleich!"

Nach wenigen Augenblicken trat Fräulein Antonia ein, ohne Festkleid, ohne Schmuck, ein junges, recht einfaches Wesen, das geräuschlos am untersten Ende der Tafel Platz nahm. Man beachtete sie nicht weiter und das Mahl nahm seinen Fortgang. Da die natürliche Heiterkeit jedoch einmal gestört war, so mußte die gemachte dran, ist für den Nothbedarf auch nicht übel, weil man sie in der Stadt ganz leidlich zu imitiren weiß. Ich konnte mich aus einer gewissen Beklommenheit gar nicht mehr herausarbeiten. Die Anzeichen für meinen Carneval spielten sich nicht gut. Ich war mit meinem jungen Leben in die Stadtluft gesprungen, um — der Dreizehnte zu sein. — Wenn man nachdenkt, es trifft immer zu — der Dreizehnte an einer Tafel stirbt. Man braucht darum nicht abergläubisch zu sein. — Doch es ist ja vorbei, bei Tische sitzen Vierzehn. Ich schaute verstohlen zwischen Weinflaschen, kunstreichen Blumenvasen und silbernen Obst- und Backwerkaufsätzen hingegen das Fräulein Antonia, das fast hilflos und unbemerkt unter den lauten, rede- und eßgewandten Herrschaften dasaß.

„In der Noth frißt der Teufel Fliegen," bemerkte meine stets geistreiche Nachbarin zur Rechten.

„Uebrigens," setzte die Hausfrau bei, um ihre Maßregel doch auch noch zu entschuldigen, „es ist ein braves, anständiges Mädchen, das ich erst vor wenigen Monaten vom Lande bezog. Die Tochter eines kleineren Beamten, die mir für meine jüngste Zucht empfohlen worden ist. Es fehlt ihr noch Chic, wie Sie sehen, aber mein Gott, man muß noch froh sein, heutzutage eine ehrliche und verläßliche Person zu bekommen."

Wie ich aber so hinschaute auf das Mädchen, das in seinem schlichten Hauskleide mit dem glattgekämmten braunen Haar still und bescheiden zwischen den in aller Buntheit und mit allem Raffinement aufgeputzten Frauen dasaß, ohne Befangenheit und Geziertheit die Gabel handhabend, und bisweilen mit ihrem großen Auge ruhig und mild aufschaute, da kam mir der Gedanke: das wäre mir die Liebste von Allen.

Man braucht darum nicht abergläubisch zu sein.

Bei dem Aufruhr, den der Champagner verursachte, wollte das Mädchen sich heimlich davonmachen. Ich merkte es und säumte nicht, mit meinem Glase zu ihr zu treten und mit ihr anzustoßen.

„Gegen die Lebensretterin muß man stets galant sein," hörte ich hinter mir sagen; das verletzte mich, ich weiß nicht warum. Ich stieß mit dem Mädchen doppelt herzlich an und schaute ihr in's Auge.

Dann entschwand sie. —

An den verschiedenen Vorzeichen war aber doch was. Mir war der Fasching verdorben. Ich war überall dabei, man kann sagen, ich machte Glück — aber mir fehlte das Animo. Ich dachte zu viel an — die Vierzehnte. Sie war nirgends dabei, aber sie saß in meiner Seele, gerade so hold und bescheiden, wie sie dort bei Tische gesessen. Sie beherrschte mich.

„Bist Du in einem Hause zur Mahlzeit geladen worden, so mache einige Tage nach derselben in dem betreffenden Hause eine Visite, gemeinhin die Verdauungsvisite genannt," so heißt es im „Buch vom guten Ton". Mir wäre es gar lieb gewesen, wenn der gute Ton zehn solche Visiten verlangt hätte. Uebrigens war ich in der Familie auch ohne Vorschrift willkommen und die Töchter wurden von Tag zu Tag liebenswürdiger. Aber das meinte ich nicht. Durch ihre Vermittlung wurde ich zu Hausbällen geladen, wo sie vortanzten und wo sie mich bei den Damenwahlen höchlich auszeichneten. Aber das meinte ich nicht. Endlich luden sie mich nochmals zum Speisen; ach, wie hätte ich gewünscht, daß wir wieder Dreizehn zu Tische säßen! Doch es waren unser blos fünf Personen. — „Der engste Familienkreis," wie die Hausfrau so anmuthend sagte. Aber das meinte ich nicht.

Ich machte die unmaßgebliche Bemerkung, daß in den Familienkreis doch auch die kleineren Kinder gehörten. Die Töchter erröttheten über diese Bemerkung. Aber das meinte ich nicht.

Bei der nächsten Visite verfehlte ich beim Fortgehen in meiner Gedankenlosigkeit die richtige Thür und stand plötzlich im Kindszimmer. Mitten unter den fröhlichen Kleinen — fröhlich mit ihnen — saß meine Vierzehnte.

Ein halbes Jahr später habe ich sie aus demselben Gemache geführt. Ein weißer Schleier umrahmte ihr liebes Angesicht, ein Myrtenzweig lag auf ihrem Haar.

*   *   *

Diese Zeilen schreibe ich heute — am Vorabende unseres silbernen Hochzeitstages. Tag für Tag sitzen wir zu Dreizehn an unserem Tisch: Sie, ich und die eilf Kinder. Man braucht darum nicht abergläubisch zu sein: aber welch ein Glück, so zu seinen Dreizehn mitsammen zu speisen!

# Der Taubstumme.


Eine Episode aus dem Künstlerleben.

Das war an einem Wintertage. Ich fuhr von der Hauptstadt mit dem Eilzuge in eine Provinzialstadt hinaus. Es war eine sechs Stunden lange, recht öde Fahrt. Die dichtbeeisten Fensterscheiben vermeinten weiß was zu verhüllen, und wenn man sich an denselben ein Flecklein freihauchte oder freikratzte, so sah man draußen den Nebel und die bereiften Telegraphenstangen — sonst auch nichts. Ich saß im Nichtrauchcoupé zu Vieren und, theoretisch genommen, hätte es 'recht ergötzlich sein können, denn es waren unser zwei Herren und zwei Damen. Aber Du lieber Gott, die Damen repräsentirten zusammen ein volles Jahrhundert und der Herr kauerte tief in seinen Pelz vergraben und gab kaum ein Lebenszeichen von sich.

Schon als ich beim Einsteigen zufällig auf die Stiefelspitze des Letzteren getreten war, benützte ich das obligate: Pardon! um gleich mit ein paar jovialen Bemerkungen über das Zusammenpferchen und die Unbehaglichkeit des Reisens im Winter ein Gespräch anzuknüpfen. Der Mann schaute mich mit seinen großen Augen betrübt an und hüllte sich schweigend in seinen Pelz.

Hingegen griff das Jahrhundert, welches auch schon fest saß, die Leine auf und gab der Muthmaßung lebhaften Ausdruck, daß Nebencoupés ſicherlich ganz leer ſein würden, daß aber die Herren Conducteurs die nicht ſehr löbliche Gepflogenheit hätten, dieſelben u. ſ. w. Es herrſcheten hier überhaupt Unzulömmlichkeiten, die man auf ausländiſchen Bahnen nicht u. ſ. w. — Und wie eben die Unterhaltung im Coupé ähnlicherweiſe angeht.

Bei der Kartenviſitation fragte der Conducteur, ob wir in N. table d'hôte zu ſpeiſen wünſchten. Ich und ein halbes Jahrhundert bejahten ſofort, das andere halbe war ſtark unentſchieden und entſchloß ſich endlich für die Karte. Mein Gegenüber, der apathiſche Mann im Pelz, ſchaute den Conducteur jetzt fragend an, mit einem gewiſſen ängſtlichen Blick — ob hier etwas nicht in Ordnung ſei, oder was der Schaffner wolle?

Dieſer deutete uns noch durch ein Zeichen mit der Hand an, daß mit dem Manne im Pelze etwas nicht richtig ſei — und ſchloß dann das Coupé.

„Man thut doch immerhin am beſten, table d'hôte zu ſpeiſen," bemerkte ich hernach, um mit dem Herrn anzubinden, „man wird dabei am raſcheſten bedient und das Speiſen à la carte bedeutet doch nur ein Gabelfrühſtück im Vergleich mit dem in der Regel guten und verhältnißmäßig reichhaltigen Diner; die Preiſe unterſcheiden ſich nicht weſentlich."

Als mein Gegenüber ſah, daß ich zu ihm ſpreche, deutete es durch eine klar zu verſtehende Geberde und durch einen unarticulirten Ton an, daß es nicht höre und auch nicht den Gebrauch der Sprache habe, und mummte ſich — da es in der That recht froſtig war — noch tiefer in ſeinen Pelz.

„Alſo taubſtumm!" murmelte ich.

„Ach, der Arme!" — „Ach, der gute, arme Mann!" hauchten die beiden Frauen und ſchenkten ihm einen Blick, der überreich war an Theilnahme und Wärme.

Der Bedauernswürdige war ein noch jugendlicher hübscher Kopf mit schwarzem Schnurrbärtchen und blassen Wangen, eine jener interessanten Typen, in denen sich Schönheit und Schmerz so rührend vermählt hat. Meist schloß er die Augen, und dann war es freilich nur mehr der Tastsinn allein, durch welchen er mit der Außenwelt zusammenhing. Aber er tastete nicht.

„Ein so hübscher, feiner Kopf!" meinte die eine der Frauen.

„Und reist allein!"

„Wie weit er wohl reisen mag?"

„Nach G., soviel ich früher an seinem Billete sah."

„Für den Nothfall kann ich ihm auf dem dortigen Bahnhofe behilflich sein," war meine Bemerkung, „denn auch ich fahre bis G."

Nun war ein reeller Gesprächstoff gegeben. Wir besprachen das traurige Geschick der Taubstummen und ich kam mit dem Jahrhundert bald darüber in Zwiespalt, was vorzuziehen sei, taubstumm oder blind sein. Ich entschied mich gewiß ganz unbedacht für das Taubstumme, denn das Gesicht geht mir über Alles. Meine Seele sitzt im Auge, mir liegt die Schönheit der Welt im Lichte, in der Farbe. Des Menschen Wort ist mir entbehrlich, genug, wenn ich seinen warmen Blick sehe. Was ich zu sagen habe, ist wenig; auch ist mein Wort als das des Fremden den Meisten gleichgiltig, Jeder hört sich selbst am liebsten. Und was durch mein Auge einzieht, das bringt genug Stoff für ein reiches, inneres Leben und ich bleibe gesammelt, bleibe Eins mit mir. Zum Auge kann viel weniger Jammer eingehen als zum Ohre, und ich kann mit dem Auge viel weniger Unrecht thun als mit der Zunge. So bleibt der Taubstumme glücklicher und besser, als etwa der Blinde.

„Aber bedenken Sie doch, bester Herr!" so drang jetzt das ganze Jahrhundert auf mich ein und führte gegen meine Ansicht die gewichtigsten Gründe in's Treffen. Durch das Gehör komme alle Lehre und Erziehung in den Menschen, und so wie sich ohne Gehör die Sprache nicht bilden könne, so blieben auch alle anderen Sinne zurück und man werde nicht sagen können, daß der Taubstumme umso besser sehe, während man vom Blinden wisse, daß er in der Regel ein schärferes Gehörorgan und einen ausgebildeteren Tastsinn habe, als der Sehende. Der Blinde führe ein reicheres und schöneres Geistesleben, während der Taubstumme zumeist stumpfsinnig, verschlagen, mißtrauisch und unzufrieden sei.

Ich bekam nachgerade Respect vor den beiden Frauen. „Und bedenken Sie," fuhr die Eine fort, „von der Musik, die den höchsten Rang in der Kunst einnimmt, die bildend und veredelnd bis in die Seele dringt, von der Musik gar nichts haben!"

„Ein ganzes langes Leben ohne Vogelsang!" gab die Andere zu bedenken.

„Ein Leben ohne Strauß!" rief die Eine.

„Singt der Strauß?" fragte die Andere.

„Nein, aber er geigt."

„Ah so, der Wiener Strauß. Ich dachte an den Vogel."

„Und was in der Menschenkehle steckt!" rief die Eine. „Ach, wenn ich daran denke! Gestern war ich in der Oper, in „Lohengrin".

„Wildmann soll wunderbar gesungen haben."

„Unvergleichlich! Unvergleichlich! sage ich. Bei dem überfüllten Hause war es mir mit Mühe und Protection gelungen, einen Galleriesitz zu gewinnen, von dem aus ich kaum auf die Bühne sehen konnte. Ich war trotzdem glücklich, und bei diesem Gesang, ich gestehe es, daß ich ein wahres Gebet that: O Gott, ich danke Dir für seine Stimme, ich danke Dir für mein Ohr!"

Mit heller Begeisterung sprach sie's; dem Taubstummen mußten unsere lebhaften Mienen auffallen, er schaute der Dame, ich möchte sagen, wortdurstig auf den Mund, als hätte er's denken können: Ich verlangte Opern nicht, wenn ich nur die Worte der Menschen hören könnte! —

Ein seltsames Mitleid erfaßte mich für den armen Mann und die Dame setzte bei:

„Wie das traurig ist! Sterben zu müssen, ohne Wagner gehört zu haben!" —

In N. angelangt, wollte ich meinem stummen Nachbar etwas zu essen verschaffen, aber er sprang selbst aus, nahm am Buffet Schinken und Bier, warf dafür den Betrag hin, setzte sich wieder in's Coupé und vermummte sich in den Pelz.

„Er weiß sich doch zu helfen," sagte eine der Frauen.

„In den Taubstummen=Instituten genießen solche Leute heutzutage ja eine beinahe vollkommene Ausbildung."

Und sie hielten der Humanität ihres Jahrhunderts eine gebührende Lobrede.

„Ein wunderschöner Mensch!" hauchte eine der Frauen, in das Anschauen des Unglücklichen versunken.

Dann war davon die Rede, ob er etwa gar verheiratet sei, oder ob Taubstumme überhaupt heiraten dürften, ein gesundes Mädchen, ob sich der Zustand auch auf die Kinder fortpflanze.

„Bleiben natürlich nur auf einem Ohre taub," war eine Ansicht.

„Und stumm nur die Knaben," gab ich dazu, „die Mädchen alle zungengeläufig."

So spielte sich das Gespräch, dann kam Anderes dazwischen, auch jene Apathie, der bei längerer Fahrt jeder Reisende, er mag anfangs auch noch so frisch gewesen sein, anheimfällt. Schien es doch, als hätte uns der Taubstumme angesteckt, bis wir endlich um die Abenddämmerung in den Bahnhof von G. einfuhren.

Das Jahrhundert reiste, nachdem ich mich recht artig von ihm verabschiedet hatte, weiter; ich suchte dem aussteigenden Taubstummen behilflich zu sein, dieser aber war in der Menschenmenge rasch verschwunden.

Ich hielt mich in G. mehrere Tage auf, doch bekam ich den Reisegenossen nicht mehr zu sehen und ich vergaß auch bald der kleinen Gesellschaft im Coupé. Dachte selbst nicht an die schönen Aussprüche der einen Dame über den Sinn des Gehörs und über die Musik, als ich eines Abends in's Theater zur Oper „Aida" ging. Diese meine Lieblingsoper hatte ich schon in verschiedenen Ländern gehört, wozu ich noch bemerken will, daß mich gerade die italienische Aufführung im Vaterlande des Componisten am wenigsten befriedigte. Diese überaus ergreifende und originelle Musik wollte mir in dem hüpfenden Tempo des Welschen nicht behagen; selbst Meister Verdi soll sie erst in der getragenen Weise der Deutschen recht liebgewonnen haben.

Als weiteres Motiv meines Theaterbesuches war der Opernsänger Wildmann, der eben in G. gastirte. Ich hatte meinen Platz im zweiten Parterre und als der Vorhang aufging, war ich sowohl von der geschmackvollen Ausstattung als auch von der guten Besetzung der Oper an dieser Provinzialbühne angenehm überrascht. Wildmann als Radames wurde mit einem wahren Beifallssturme begrüßt und als ich — es war das erstemal — seinen in der That herrlichen

Tenor hörte, mußte ich des wunderlichen Ausspruches gedenken: O Gott, ich danke Dir für mein Ohr! — Doch,
die Züge des Sängers! Die ganze Gestalt — wo war ich
der schon begegnet? Ich wurde unruhig, ich bohrte meine
Augen mit aller Anstrengung in das Opernglas, und im
ersten Zwischenacte tauschte ich meinen Platz für einen des
ersten Parterres um, daß ich noch besser sehen könne.

Hier sah ich's denn auch noch besser. Und sah es: der
berühmte Opernsänger Wildmann war niemand Anderer,
als mein Taubstummer vom Eisenbahncoupé.

War's möglich? Das weiß ich nicht, aber es war. Auf
der Bühne geht ja oft genug das Unmöglichste vor — doch
was sollte einer gerade mit dieser Maske bezwecken? Sonnenklar
war's mir bald: nicht hier, im Coupé hatte er Komödie
gespielt. Doch warum? Für den Kunstgenuß war mir der
Abend verdorben. Wildmann sang hinreißend, und er riß
das Publicum zum rasenden Applaus hin — aber mich wurmte
der Taubstumme. Dieser Taubstumme, der das feinste Gehör
hatte im ganzen Reiche, und die herrlichste Stimme!

Kaum daß das Sterbelied der Eingemauerten verklungen
war, eilte ich auf die Bühne, ich mußte den Mann sprechen,
ich mußte ihn sprechen hören zu mir, mir gegenüber in nächster
Nähe. Ich mußte ihm meine Freude zujubeln darüber, daß
er nicht taubstumm war.

Der Regisseur sagte mir, Herrn Wildmann würde ich
nach dem Theater im „Hôtel Dachstein“ finden. Ich ging
in's genannte Hôtel, in dessen Silbersalon sich die Künstler,
Schriftsteller und anderen Schöngeister von G. einzufinden
pflegen. Da saß nun auch bald inmitten einer munteren
Gesellschaft mein Opernsänger und war der munterste von
Allen.

Ich saß abseits an einem Tische und beobachtete mir das laute, lustige Treiben des Theatervölkleins, in welchem Jeder und Jede so voll Geisteselektricität war, daß während des Hantirens mit Messer und Gabel, während des Toastirens mit schäumendem Weine die Funken des Witzes wie lebhaftes Kleingewehrfeuer hin und wieder über den Tisch sprangen.

Endlich — als sich die Gesellschaft im Saale ein klein wenig zu lichten begann und auch von den Theaterleuten sich Einige verabschiedet hatten — stand ich auf, trat zum Künstlertisch, nannte meinen Namen und bat in höflicher Weise, ob ich es wohl wagen dürfe, mich für den Rest des Abends dem glänzenden Kreise einzureihen, wie ein Glaskrystall unter Diamanten.

Ich sei willkommen, sagten Einige ziemlich gelassen und rückten mit den Stühlen. Herr Wildmann aber rief: „Der Tausend, das ist ja mein Reisegefährte!"

„So ist es," sagte ich mich verneigend.

„Dann habe ich mich gefaßt zu machen auf einen Angriff," lachte der Sänger.

„Allerdings beabsichtige ich etwas, was mir damals nicht gelungen ist, nämlich Sie zur Rede zu stellen. Es freut mich, Herr, es freut mich sehr, Ihre Bekanntschaft zu machen, und ich bewundere den ausgemachten Schauspieler, der in Ihnen steckt."

„Ja," sagte Herr Wildmann lustig, „man verlangt von den Opernsängern eben, daß sie auch ein wenig Schauspieler seien."

„Diese Verstellung! Dieser betrübte Blick zum Beispiel, als ich damals in's Coupé stieg!"

„Erklärlich auch ohne Verstellung. Sie sind mir nämlich auf das Hühnerauge getreten."

Die Gesellschaft war aufmerksam geworden und wußte bald, um was es sich handle, und sie lachte.

„Wir haben Sie in der That für einen Taubstummen gehalten," sagte ich.

„Ich weiß es," versetzte der Opernsänger, „ist aber Ihre Schuld, oder hätte ich Ihnen gesagt, daß ich's bin? Uebrigens — Prosit!" Er schob mir ein perlendes Stängelglas zu: „Prosit!"

„Uebrigens," fuhr er dann fort, „daß ich nicht allein spreche, sondern daß ich Ihnen auch Wahrheit sage! Ich habe es auf meinen häufigen Eisenbahnfahrten darauf abgesehen, für taubstumm gehalten zu werden. Erkennt man mich nicht und gelingt es mir, die Mitreisenden zu täuschen, so erwachsen mir aus meiner taubstummen Rolle unschätzbare Vortheile. Erstens schone ich meine Stimme, die unter dem steten Gepolter des Zuges nicht gewinnen würde, zweitens vernehme ich manches interessante Gespräch, das man sonst in seinem Leben nicht wieder zu hören bekäme, köstliche Bemerkungen über meine gehörlose Person, mitunter auch die freimüthigsten Urtheile über Theater und Oper und über den Sänger Wildmann, wie das eben auch bei unserer gemeinsamen Fahrt der Fall war. Allerdings kann man dabei auch Dinge zu hören bekommen, bei denen man nur herzlich bedauert, nicht wirklich taubstumm zu sein. Ich schmeichle mir, einige Menschenkenntniß zu besitzen, die mir wahrscheinlich länger treu bleiben wird als meine Stimme und aus der ich noch einmal Capital zu schlagen gedenke. Wem verdanke ich sie? Den Stunden, wo ich schwieg und scheinbar nicht hörte."

„Vielleicht werde ich es Ihnen nachmachen," war meine Bemerkung.

„Sie sind auch Künstler," sagte er, „versuchen Sie's. Wohl dürften Sie ruhig bleiben, wenn man Ihre Bilder lästert; aber wenn man dieselben mit Enthusiasmus preist, und es kommt kein Glanz in Ihr Auge, dann erst sind Sie Meister der Verstellungskunst. Versuchen Sie's, es ist nicht leicht."

Der Sänger und der Maler wurden an demselben Abende Freunde zu einander und verlebten mitsammen noch eine köstlich heitere Stunde, bis es Ersterer endlich an der Zeit fand, die Kammer zu suchen und sieben Stunden lang wirklich taubstumm zu sein.

# Die Rede des Vertheidigers.

Es war der erste Mord, der sich Zeit meines Gedenkens in meinem Heimatsthale zugetragen und daher einen untilgbaren Eindruck auf mich gemacht hatte. Ich konnte mich bisher nicht entschließen, ihn zu erzählen, weil ich eine Abneigung davor habe, scheußliche Verbrechen dem Volke darzustellen und auszumalen. Aber allerhand, was man heutzutage in den Zeitungen liest, ist so herausfordernd und merkwürdig, daß ich mich nicht enthalten kann, die Geschichte als kleinen Beitrag zu unserem Gerichtswesen darzuthun.

Der Höfelhans war ein Kleinbauer in der Gemeinde Rabenbach. Ein kleines runzeliges Männlein, kränklich und brummig und zähe, so daß der Arzt öfter als einmal sagte: Der wird trotz Allem älter als ich und der Todtengräber! dieser glatzköpfige Alte hatte aber ein junges goldhaariges Weib, und das wiederum hatte einen guten Bekannten, einen heiratsfähigen Burschen aus der Nachbarschaft. Ich erinnere mich noch sehr wohl an den Pankraz, der hatte ein bartloses rundes tiefgeröthetes Gesicht und kleine graue Augen. Die Haare waren schier röthlich falb und gekräuselt; durch die Ohrläppchen hatte er goldene Ringlein gezogen; so auch trug er ein paar schwere Ringe am Finger und eine gewichtige silberne Uhrkette mit Thalergehängsel über der grüntuchenen

Weste. Sein übriges Gewand war grau, der Hut aus grünlich gefärbter Hasenwolle, die Stiefel hatte er stets glänzend gewichst. Obzwar nur Kleinhäusler, hatte er doch Geld, er ging im Viehhandel um, und das thut sich besser, wie das Viehzüchten, sowie auch der Kornhändler einen „Herrn" spielen kann, während der Kornbauer kümmerlich leben muß. Bei den Bauern wie in der Stadt: Die Klugheit ist der Tüchtigkeit über. Indeß, die Klugheit schmunzelt lange, aber die Tüchtigkeit lacht zuletzt.

So steht mir der Pankraz noch, obwohl sie ihn lange schon gehenkt haben.

Die Luzina — das Weib des Höfelhans — war ein herrenloses Wesen gewesen — ihr Sinn stand aber nach einem Häuslein. Da sie zur selben Zeit keinen Jungen gefunden, so nahm sie einen Alten. Und wenn's schon ein Alter war, so sollte es wenigstens ein sehr Alter sein. Ein Achtziger ist in gewisser Hinsicht bedeutend angenehmer, als ein Sechziger.

Oefters saßen sie auf einem hingestreckten Strunk im Walde beisammen — die Luzina und der Pankraz — und redeten vom Alten. „Er ist soviel „mieselsüchtig" und 's ist keine Freud' bei ihm," klagte die Luzina.

„Mein Gott, ein alter, kränklicher Mensch!" sagte der Pankraz. „Hat seine Zeit hinter sich, hat nichts Gutes mehr auf der Welt, und haben Andere nichts Gutes bei ihm."

„Das ist wohl wahr."

„Das Beste wäre schon —"

„Freilich wär's das Beste — "

Es rauscht der Wald, man versteht nicht Alles. —

In einer der nächsten Nächte weckte die Luzina ihren Mann aus dem Schlafe.

„Was haſt denn? Was willſt denn wieder!" brummte der Höſelhans. „Geht es ſo hart her, bis Einer einmal ein wenig einſchlafen mag — blederſt (ſcheuchſt) ihn wieder auf!"

„Hanſel," flüſterte ſie, „ich weiß nicht, was das iſt. Draußen im Schüttkaſten höre ich was. Daß nicht etwan Schelm' (Diebe) da ſind!"

„Das wäre!" ſagte der Hans und krabbelte vom Bett heraus.

Der Schüttkaſten ſtand vor dem Hauſe über den Anger hin; in ihm waren die Vorräthe von Getreide, Fleiſch, Schmalz und Flachs aufbewahrt. Sie horchten nun und hörten ein dumpfes Pochen, als wollte Einer mit einem Holzblock beim Schüttkaſten die Thür einſtoßen.

„Ich bitt' Dich, Hanſel, geh' ſchauen, wer draußen iſt!"

„Will eh! Will eh!" ſchnaufte der Hans und that ſich das Beinkleid an, that Licht in die Laterne, nahm ein Holzſchlägerbeil in die Hand und ging hinaus. — Als er die Hausthür aufmachte, fiel ein Schuß und der Höſelhans ſtürzt mit einem gebrochenen Schrei zu Boden. —

Bald waren Nachbarn da. Die Luzina geberdete ſich in heller Verzweiflung. „Die Schelm' haben meinen Mann erſchoſſen!" jammerte ſie und hielt mit beiden Händen ihren Kopf. An der Thür des Schüttkaſtens fand man etliche Maſern, aber das Schloß war unverſehrt und die Diebe waren davon.

Der Gemordete war noch nicht beſtattet, ſo fingen zwei Dinge an zu wirken — das Gerücht und das Gericht. Den Leuten war es nicht entgangen, daß die Luzina und der Nachbar Pankraz ein Auge aufeinander hatten; daß ſich die Luzina nach dem Ereigniſſe ganz anders erregt zeigte, als das ſonſt im Schmerze zu geſchehen pflegt. Als ſie beim Zimmermann ben Sarg beſtellte, beſprach ſie ſich mit der Zimmermannsfrau, die Nähterin war, wegen eines hellgrünen Seidenkleides, wie es die Witwen tragen, wenn sie wieder heiraten. Es fiel auf, daß der Nachbar Pankraz schon um zehn Uhr Nachts von seinem Hause fortgegangen war, um dem Höfelhans zu Hilfe zu kommen, wie er später angab, während der Schuß erst gegen eilf Uhr gefallen war. Auch fiel es den Leuten des Pankrazhauses ein, daß am Morgen nach dem Morde das Schußgewehr nicht an der Wand hing in seiner Stube. Und als es dem Gerichtscommissär einfiel, die Bleikugel, die den Hans durchbohrt hatte und hinter ihm in der Ahornthür stecken geblieben war, mit dem Gewehr des Viehhändlers zu vergleichen, da stellten sich die Befunde so, daß Pankraz tobten= blaß ward. Todtenblaß nun kann wohl auch der Unschuldigste werden in solchem Augenblicke, wo durch tückische Zufälle seine Ehre und Existenz auf dem Spiele steht; aber die Luzina war so sehr aus aller Fassung gekommen, daß sie vor den Leuten dem Pankraz zuschrie: „Gesteh's! Gesteh's! Ein reu= müthiges Geständniß rettet uns wenigstens vor dem Galgen!“

Noch schrie der Pankraz, das Weib wäre wahnsinnig geworden — aber im Ganzen waren sie fertig. Später fing die Luzina freilich wieder an zu leugnen, weil man ihr gesagt hatte, so lange sie leugneten, könnten sie nicht gehenkt werden.

Nach wenigen Wochen standen sie vor dem Richterstuhle, standen zwischen Gendarmen, im Angesichte eines überfüllten Saales und des feierlichen Halbkreises der Geschwornen.

Der Pankraz hatte sich einen wackeren Vertheidiger ver= schrieben. Wenn schon der Ankläger die Thatsachen und das Gesetz für sich hat, braucht man umso nothwendiger einen Vertheidiger, der die Zunge und die Gedanken zu drehen und die Herzen zu bewegen versteht. Richter haben zwar keine Herzen, dürfen keine haben; aber diesen lebendigen Paragraph=

zeichen am grünen Tisch muß wenigstens die Menschlichkeit entgegengestellt werden, ein Mann, der mitunter ein wenig die öffentliche Meinung zu dirigiren weiß. Der Ankläger ist gewohnt, an dem armen Sünder nur das Teuflische aufzuzeigen; so muß doch füglich auch Einer sein, der, wenn schon nicht die Engelsfittiche des Angeklagten weiset, so doch wenigstens sein Fleisch und Blut. Der Vertheidiger gehört auch zum Gericht, er ist nur die andere Hälfte des Menschen, der den Ankläger macht — sozusagen die bessere Hälfte. Die Gerechtigkeit allein würde die Welt nicht minder zu Grunde richten, als die Liebe und Verzeihung allein; das muß sich im Gleichgewicht halten, wenn die Zunge der Wage gerade empor zum Himmel deutend das weise Urtheil sprechen soll.

Bei den vorliegenden Beweisen und den Widersprüchen, in die sich die Angeklagten verfangen hatten, gaben sie das Leugnen auf; aber die Luzina schrie: „Ich verzeihe ihm! Ich verzeihe ihm!"

Man gebot ihr zu schweigen.

Als nach den leidenschaftslosen aber furchtbar sachgemäßen Darlegungen des Anklägers von allen Anwesenden keiner für Pankraz' Leben auch nur mehr einen Heller gab, erhob sich der Vertheidiger, warf einen feuchten Blick auf die armen Sünder, auf die Geschwornen und auf das Volk; die Richter sah er nicht an, er wußte wohl, das, was er heute zu sagen hatte, war nichts für die Richter. Nun begann er mit weicher allmählich sich zur Würde und zur hinreißenden Gewalt erhebenden Stimme zu sprechen. Die Rede ist aufgeschrieben worden und ich kann sie hier zum Theile wiedergeben. Der Vertheidiger hielt eine Einleitung, in welcher er darauf erinnerte, daß von allen Zuhörern Keiner — nicht ein Einziger — vor die Schranken treten und sagen könne: Ich bin

gerecht! Wen das Schicksal bisher nicht vor Gericht gestellt
habe, der möge auf die Brust schlagen und dem Glücke
danken. „Und nun," fuhr er fort, auf die Angeklagten deutend,
„nun betrachten wir uns einmal diese bedauernswerthen Opfer
unserer gesellschaftlichen Einrichtungen. Sie haben gethan, was
in seiner Weise Jeder von uns thut: Sie liebten sich und
trachteten sich zu besitzen. Es ist wahr, Pankraz hat den
Höfelhans getödtet. Wer war der Höfelhans? Er war der
Gatte der Luzina, und als Gatte ihr Eigenthum. Was hat
also Pankraz gethan? Er hat die Luzina an ihrem Eigenthum
geschädigt. Die Luzina hätte das Recht gehabt, klagbar gegen
den Schädiger aufzutreten. Sie hat es nicht gethan, sie hat
ihm verziehen. Wenn der Geschädigte verzeiht, wen geht das
weiter an? Wenn mir Jemand tausend Gulden nimmt und
ich sage ihm: behalte sie, ich schenke sie Dir! Ist ein Solcher
als Dieb oder Räuber zu behandeln? Und vollends, wenn
er mir die tausend Gulden mitsammt etwaigen Zinsen wieder
zurückgiebt und sagt, ich wollte Dir das Geld nur aufbewahren,
Dir hätte es können verbrennen oder gestohlen werden — ich
frage Sie: Ist er ein Dieb? Nein, er ist ein Wohlthäter. —
Der Pankraz hat der Luzina den Mann genommen, aber er
giebt ihr wieder einen zurück, und einen weit besseren, viel
jüngeren, erwerbsfähigeren, als der alte war, der gegen ihre
Natur gewesen und sie gequält hat. Er giebt sich ihr selbst;
mit seiner eigenen Person macht er das Unrecht gut. Was
kann er mehr thun? Wollt ihr ihn henken, damit er nichts
mehr gut machen kann? Dann begeht ihr das Unrecht, das
ihr sühnen wollet. — Ich habe das Wort Unrecht ausge=
sprochen. Denn Gott sei vor, daß ich die That beschönigen
möchte! Aber gründlich genommen, wenn ich mich nun auf
den Standpunkt des Höfelhans stelle, woran ist es, meine

Herren? Ist kümmerliches Alter in einem kranken Körper denn so begehrenswerth? Wird der arme Höfelhans seinem Erlöser zürnen? Und angenommen: ja! so wissen wir doch Alle, daß sich der Einzelne dem Allgemeinen unterzuordnen hat. Und nun frage ich: in welchem Falle gewinnt die Allgemeinheit, die Gesellschaft, der Staat, wenn ein greiser Krüppel zu verpflegen ist, oder wenn ein erwerbskräftiger Mann der Gründer einer gesunden Familie wird? Und dann, meine Herren Geschwornen! Weiß Einer was Schlimmes aus dem Vorleben der Angeklagten? Ist die That aus Geldgier, Haß oder Rache geschehen? Nein, sie entsprang der edelsten menschlichen Leidenschaft, der Liebe. Und wenn selbst das nicht zu entschuldigen war — Sie sehen die Strenge meiner Auffassung — haben die Beiden in ihrer düsteren Untersuchungshaft nicht gelitten? Haben sie nicht bitter gebüßt? Haben sie nicht geweint, daß mitten in einem so braven, ehrenwerthen Leben, als sie geführt, plötzlich der Dämon hereingebrochen über sie, der nur deshalb so furchtbar ist, weil wir ihn Schuld nennen! Und haben sie nicht bereut und ehernen Vorsatz gefaßt, den verhängnißvollen Fehltritt durch ein Leben voll Tüchtigkeit und Tugend hundertfach wettzumachen? — Aber das geht ihr Gewissen an und nicht uns. Das Gesetz ist da, um die Gesellschaft zu stützen; die Justiz kennt keine Rache sie hat nur den Staat zu schützen. Wer aber — ich wiederhole es — wer ist in unserem Falle geschädigt? Der Staat? Der hat eher Vortheil als Nachtheil. Die Luzina? Die hat dem Schädiger verziehen und er ist bereit, sie zu entschädigen. Der Höfelhans? Der wird nimmer als Ankläger auftreten, weil er unter allen Umständen gewonnen hat. Denn der Tod ist das heiligste Ziel des Lebens und wen Gott liebt, den nimmt er zu sich. — Als ich vorhin in schweren Gedanken

über all das Unheil, das Leid und den Jammer im menschlichen Leben die Treppe heraufstieg, hörte ich eine Stimme
des Hasses: Gehenkt sollen sie werden! — So der Verwegene
in diesem Saale anwesend ist, frage ich ihn: Wenn sie Verbrecher sind, soll man sie darum vom Leiden erlösen? mit der
Liebe Gottes lohnen? — Was ich hier gesagt habe, es ist
wohl überlegt worden, denn ich halte mir vor Augen, daß
ich für mein Amt einem höheren Gerichte verantwortlich bin,
so wie auch Sie es sind, wackere Männer aus dem Volke,
Sie, an deren gesundes Herz heute das Gesetz appellirt!"

So sprach der Vertheidiger, wies dann auf die „kummervollen Gestalten" der Angeklagten und forderte die Freisprechung derselben.

Der Pankraz stand fast stolz aufrecht. Die Luzina warf
einen trotzigen Blick gegen die Richter, die sie und ihn gerne
hatten verderben wollen. Sie waren unschuldiger, als sie selbst
geahnt.

Nach dieser Rede erhob sich noch einmal der Ankläger.
Man erwartete eine Replik, aber der Mann sagte nur dieses:
„Jener Herren Geschwornen wegen, die in solchen Sachen
nicht geübt sind, hätte ich den Wunsch, daß der Herr Vertheidiger sein Plaidoyer noch einmal genau wiederholen
möchte!"

Das geschah nicht.

Die Geschwornen zogen sich zurück in das Berathungszimmer. Einer unter ihnen nahm vorlaut das Wort und
sagte: Ich glaube, wir haben nicht viel zu berathen. Wenn
sie, die Hauptbeschädigte, ihm verzeiht —

„So ist die Sache ja abgethan," fiel ein Anderer ein.

Zu diesem sagte ein Dritter: „Es ist noch zu überlegen.
Wenn ich das Plaidoyer genau überdenke, so komme ich auf

allerlei sonderbare Schlüsse. Wenn Du ein altes Haus hast, ich kann Dir's über dem Kopf niederbrennen; das giebt Erwerb für die Zimmerleute, Tischler und andere Gewerbsleute, das erzielt eine höhere Einkommensteuer, ist also vortheilhaft für den Staat. Ich darf nicht gestraft werden."

„Wenn ich aber im Feuer umkomme!" sagte der Eine.

„So bist Du ein Dummkopf, denn die Thür stand offen. Und wenn Dummköpfe umkommen, so wird diese Gattung allmählich aussterben — der größte Vortheil für den Staat. Ich darf nicht gestraft werden."

„Spaß apart," sagte ein Vierter, „die Grundsätze dieses Herrn Doctors gäben dem Staate das Recht, alle unheilbaren Kranken und Greise zu tödten, alle Unfähigen aus der Welt zu schaffen, und wer weiß, dieses Vertilgungssystem würde Manchem gefährlich, der sich heute für eine Stütze des Staates hält."

„Aber nach dem Vertheidiger müßte man ja die Unschuldigen tödten und die Verbrecher leben lassen!"

„Und nach dem Vertheidiger müßten —"

„Lasset das! Der Herr Vertheidiger redete wohl nur als Schalk," sprach jetzt ein weißbärtiger Mann. „Die Thatsache des Meuchelmordes liegt klar vor uns."

„Meuchelmord!" unterbrach ein Anderer. „Kann der Pankraz nicht aus Nothwehr geschossen haben? Wenn Einer rasend mit einem Holzhackerbeil auf mich zustürzt, soll ich mich nicht schützen dürfen?"

„Die Thatsache des Meuchelmordes liegt klar vor uns," fuhr der alte Mann unentwegt fort, „da giebt es für uns kein Wanken. Wer hätte gedacht, daß bei diesem Falle die Geschwornen unschlüssig sein und zweifeln würden! Aber so weit kann es kommen, wenn im Zustande geschwächten Rechtsgefühles der Bürger sich durch glänzende Trugschlüsse blenden läßt. — Wir sind Humanisten geworden, ich habe nichts dagegen; aber die Nachsicht mit Lastern und Verbrechen, wie sie heut zu herrschen beginnt, ist inhuman. Schlimm steht es mit einem Volk, das kein Herz zur Bestrafung des Bösen hat, es hat auch keins zur Belohnung des Guten. Es verliert die Richtschnur und taumelt dahin, von seinen Stimmungen, Launen und Leidenschaften getrieben, und ist verloren. Wer allzunachsichtig mit dem Schlechten ist, der hat selbst kein reines Gewissen. Wenn wir den Verbrecher freisprechen, so verurtheilen wir uns selbst. — Pankraz und Luzina sind schuldig."

# Die Tafelrunde der Berühmten.

Nach einem glanzvollen, aber kurzen Empfangsabend bei Hof saßen in einer Weinkneipe etliche berühmte Männer beisammen. Sie hatten sich heute ganz zufällig zusammengethan, aber große Seelen finden sich leicht und berühmte Menschen haben stets etwas Weltbürgerliches, vertrautsam Brüderliches an sich; in der Sphäre, in die sie emporragen, weht eine frischere, freiere Luft, in welcher sich die Elektricität der Geister rasch sammeln und entladen kann.

Die Unterhaltung war munter genug, und jetzt machte plötzlich Einer — man weiß nicht aus welchem Anlaß, wahrscheinlich in Folge eines Gespräches über die Berühmtheiten des Empfangsabends — den Vorschlag, Jeder in der kleinen Gesellschaft solle nun erzählen, wie er berühmt geworden sei.

Wie er berühmt geworden? In der That, das war etwas. Ja! und eh bien! und wohlan! riefen sie durcheinander, und Jeder war darauf gespannt, aus eigenem Munde, seine eigene Geschichte zu hören.

„Ganz merkwürdig, meine Herren, ist das bei mir zugegangen," ergriff der Romancier Paulo (die Eigennamen sind für die Oeffentlichkeit erfunden) sofort das Wort.

„Ich bitte!" rief der Schauspieler Werner, „es muß systematisch vorgegangen werden; etwa nach der Popularität des Faches, in welchem sich Jeder bewegt."

„Nach dem Alter die Reihe!" schlug der Chemiker Iseling vor, dessen Berühmtheit von der Erfindung des spanischen Brustmalzes im Jahre 1818 nach Christus herrührte.

„Nach dem Alphabet!" schrie der Major Abacitz.

„Jetzt ist nur noch der akademische Maler Rakutti, der sich nicht gemeldet hat," sagte Doctor Sauermann.

„Und Sauermann, Doctor der gesammten Heilkunde," entgegnete der Maler. „Die Gesundheit ist die Hauptsache, der Doctor soll beginnen."

„Nun, wenn Ihr durchaus wollt!" sagte Doctor Sauermann, denn er war der Bescheidene. Die Gesellschaft dämpfte ihre Stimmen. So begann er seine Geschichte.

Sie ist einfach genug. Sie ist schlicht, wie der Doctor selbst war. Auf einer Gebirgspartie verunglückte der reiche Baron Schuß von Ueberschuß. Der Chirurg des Alpendorfes, in welchem der Verletzte liegen bleiben mußte, behandelte ihn und telegraphirte täglich das Bulletin in die Welt hinaus: „In dem Befinden des Herrn Barons Schuß von Ueber= schuß keine bedenklichen Symptome. Dr. Eras Sauermann." — „Der Zustand des Herrn Barons nimmt seinen normalen Verlauf. Dr. Eras Sauermann." — „In dem Befinden des Herrn Barons ist eine kleine Verschlimmerung eingetreten. Dr. Eras Sauermann." — „Das Wundfieber des Patienten hat sich in besorgnißerregender Weise gesteigert. Die Kräfte schwinden. Dr. Eras Sauermann." — „In dem Befinden des Herrn Barons Schuß ist eine leichte Besserung eingetreten. Dr. Eras Sauermann." — „Der hochgeborne Herr Baron Schuß von Ueberschuß, k. Oberkämmerer, der Krone geheimer

Rath, Ordensritter des goldenen Kreuzes, Besitzer vom Orden des heil. Ludwig 2c., ist heute Morgens drei Uhr gestorben. Dr. Eras Sauermann." — Bei dem Leichenbegängnisse folgt unweit hinter dem Galawagen in offener Kalesche ein interessanter blasser Mann in tiefer Trauer. — Wer ist das? — Der Arzt, der ihn behandelt hatte. — Also sein Leibarzt. — Doctor Eras Sauermann. — Bald hernach zieht er in die Stadt und ist der renommirteste Arzt der Geld- und Geburtsaristokratie. „Ich kann wohl sagen," schloß der Herr Doctor, „ich bin auf ganz normalem Wege emporgekommen. Von Reclame war ich stets ein geschworner Feind, das Einzige, was ich mir in dieser Beziehung gestatte, ist, daß ich meinen Patienten möglichst das letzte Geleite gebe."

„Nun, es ist ja gewiß keine Schande, heutzutage durch Reclame etwas zu erreichen," sagte der akademische Maler Rakutti. „Neun Trommler und vierundzwanzig Trompeter müssen siebenmal sieben Wochen jeden Tag lärmend durch die Stadt ziehen, bis endlich Jemand frägt, was der Aufzug bedeute? — Ich bitte, meine Herrschaften, seht Ihr dort den blassen Mann am Bettelstab? — Jawohl, was soll der? — Der soll viel, Ihr schönen Frauen und Ihr noblen Herren, denn er kann Alles. Es ist das Genie! — Ah!"

„Sehr gut, sehr wahr!" rief die Tischgesellschaft.

„Eine eigenartige Illustration für oder, wenn Sie wollen, gegen das Gesagte ist meine Geschichte," fuhr der Maler fort. „Ich habe Kunstwerke geschaffen, ich bin kein Freund von vielen Worten, ich sage blos: Kunstwerke. Dieselben hingen in den Ausstellungen oder sie wurden durch Mißgunst der Akademie-Directoren, von welchen die meisten leider auch selbst malen, dem Publicum vorenthalten. Die Kritik verschwieg, oder was noch schlimmer, lobte mich mit jenen tückischen

Phrafen, die dem Publicum nichts fagen als: Der Mann ist fehr arm, denn feht, wir geben ihm Almofen. — Kurz, als ich das dreiundzwanzigste Bild fchuf, war das erste noch nicht verkauft. — Vierundzwanzig macht majorenn, dachte ich, und das vierundzwanzigste Bild foll etwas Befonderes werden. Es wurde auch! Das ewig Weibliche, Frauen in unverhüllter Schönheit find immer willkommen! Als ich eine Reihe folcher Geftalten gemalt hatte, ohne eigentlich dabei an etwas Anderes zu denken, als auf die Wirkung der Farben (denn die Farben find bei einem Gemälde doch die Haupt= fache) nannte ich fie: die Genien der Freude. — Sie gelangten mühelos in die Kunstausstellung, denn das Echte fiegt endlich doch. Aber am dritten Tage nach der Eröffnung verlangten die Journale die Entfernung des Bildes — aus Sittlichkeits= rückfichten. Noch an demfelben Tage strömte das Publicum maffenweife in die Gallerie, um fich an den Genien der Freude weiblich zu entrüsten. Allein, wo das Bild gehangen, gähnte nur mehr die leere fchmutzigrothe Wand mit dem Zettel: Nr. 52 zurückgezogen. Aber die Genien blieben in ihrer Zurückgezogenheit nicht allein. Durch befondere Schliche war es immerhin möglich, das Bild in feinem Gewahrfam zu fehen, und weil Jeder mit starkem Kopffchütteln aus der Kammer trat, fo wollten immer noch mehr Befucher hinein. Es war ein Scandal, von dem die halbe Stadt fprach. Der Scandal lag jedoch nur im Scandal, nicht im Bilde. Und was gefchah? Ich erhielt eine Zufchrift: Euer Wohlgeboren, da ich kaum vorausfetzen darf, daß Sie als Verfertiger — Verfertiger fchrieb der Gauch! — und Eigenthümer Ihres geradezu fcandalöfen Bildes: Die Genien der Freude, dasfelbe vernichten werden, fo fühle ich mich im Namen des guten An= standes veranlaßt, es ein= für allemal vor unberufenen Augen unsichtbar zu machen. Ich biete Ihnen dafür dreitausend Mark. — Unterschrift der Name eines bekannten Börsenjobbers."

„Selbstverständlich waren Sie entrüstet über das unwürdige Angebot und verlangten sechstausend Mark!" meinte der Major.

„Nein," sagte der Maler, „ich sandte dem Herrn ein höfliches billet de correspondance, in welchem ich sehr bedauerte, das Bild unter zehntausend Thalern nicht abtreten zu können. — Am nächsten Tage hatte ich die dafür lautende Cassa-Anweisung in der Hand. — Die Genien wurden allsogleich abgeholt, sollen aber bis heute noch nicht vernichtet sein. — Ich malte nun Bild für Bild ähnlichen Genres, keines kam in die Ausstellung, jedes wurde von den Reporters, die sich in den Ateliers herumtreiben, und auch von neugierigen Kunstdilettanten mit Interesse beblinzelt, mit Würde verdammt und fast noch vor seiner Vollendung von Privaten angekauft. — Jetzt erst verstand ich das Wohlwollen der Presse und ich wollte den Recensenten zu Ehren ein Fest geben. Sie lehnten es in Mehrzahl höflich ab. Ich aber bin seither der berühmte Mann und gedenke es auch noch ein Weilchen zu bleiben."

Nun war die Reihe — es ging um den Tisch wie ein Rundgesang — an dem Major Abacitz. Der war jedoch zur Thür hinausgegangen.

„Er soll sich ja im letzten Kriege ausgezeichnet haben," sagte der Chemiker Iseling.

„Meines Wissens," antwortete der Doctor, „hat er blos das Gefecht von Otterlitz verloren."

„Darüber ließe sich zur Tagesordnung gehen, und so hätte wohl Herr Werner das Wort."

„Meine Geschichte ist groß!" versetzte der Schauspieler hohlen Tones, als begänne er den Franz Moor des Lewinsky zu declamiren, „sie ist sehr groß. Ich will den Schauspieler nicht mit anderen Künstlern vergleichen. Was ist der Maler? Er hat als Material die Leinwand, die Farbe; der Bildhauer hat den Marmor, der Dichter das Wort, der Musiker den Ton. Der Schauspieler allein ist sein eigenes Material, seine eigene Leinwand und Farbe, sein eigener Marmor, sein eigenes Clavier. Der Schauspieler ist der einzige Künstler, der aus 'ich selbst schafft."

„Also aus nichts —" warf der Maler ein.

„Was sagen Sie?"

„Ich meine, aus nichts, wie Gott die Welt erschuf."

„In der That, ja. Doch davon zu sprechen gebührt mir nicht," sagte der Schauspieler, „ich komme zu meiner Geschichte. — In wenigen Monden gehen sieben Jahre um, seitdem ich nicht mehr am Leben wäre, wenn mich damals auf dem Theaterplatz in — doch, wozu Ortsnamen! — die Polizei nicht geschützt hätte. Was sagt Ihr? — Ich frage Euch: ist ein Applaus im Auditorium ein Applaus? Ist das Klatschen und Strampfen und Johlen und Namenrufen ein Applaus? Nein, meine Herren, das ist kein Applaus. Sind die Lorbeer=kränze mit rothen Seidenschleifen und Goldbuchstaben: „Dem großen Mimen Fridolin Werner" ein Applaus? Sind hundert verhimmelnde Notizen in den Tagesblättern über unvergleich=liche Darstellungskraft, über Wiedergabe der Rolle, wie wir sie nachgerade noch nie erlebt, über fingirte Engagements in großen Hoftheatern und dem unersetzlichen Verlust, der unserer Bühne droht; sind glorificirende Feuilletons mit Biographie und schwungvoller Aufzählung aller Triumphe in glühenden Superlativen ein Beifall? Wenn Dich Studenten von der

Bühne zur Garderobe auf den Achseln tragen — nennt Ihr das Erfolg? — Es thut mir leid, dann seid Ihr schlecht berichtet. — Wenn Du in „Cabale und Liebe" den Wurm spielst, und das Publicum geräth über den elenden Bösewicht derart außer sich, daß es Dich nach der Vorstellung auf Deinem Wege in den Club abpaßt und aus wüthend empörtem Gerechtigkeitsgefühl todtschlagen will: Das ist Applaus, Bei= fall, Erfolg!"

Werner ließ sich auf die Lehne seines Sitzes zurücksinken und sagte weiter kein Wort. Es war auch keines mehr nöthig. Das war die Geschichte, wie er berühmt wurde; der Vorfall stand damals in allen Blättern, und auch seither, so oft Herr Werner auf irgend einer Bühne Gastrollen gab, vollends wenn er den Wurm brachte, ließ er's „auf dem Platze" ab= drucken, wieso ihm der Erfolg dieser Rolle schier einmal an's Leben gegangen sei.

Jetzt war's am Chemiker Iseling.

„Ihr sprecht da von Erfolgen," sagte dieser, „die mir nicht imponiren können. Ich möchte sie Zufallserfolge nennen. Eine mit männlicher Entschlossenheit durch allerlei Hindernisse mit schweren Opfern zielbewußt selbstgeschaffene Existenz weise mir Einer auf, wie die meine! Eine Berühmtheit, die über den Großen und Stillen Ocean ebenso mächtig hinklingt, wie über unsere Donaugelände, weise mir Einer auf, die der meinen gleichkommt! Iseling's spanisches Brustmalz! Depots in Paris, London, Calcutta, St. Francisco, Melbourne —"

„Fischamend, Budweis —" spottete der Maler.

„Nicht zu verachten, meine Herren! In kleinere Orte ist es schwerer zu bringen, als in die großen. Wen der Klein= bürger und der Bauer kennt, der darf sich auf seine Berühmt= heit Eins gönnen!"

Er trank scharf sein Glas Rheinwein aus. „Es hat mich ein gut Stück Geld gekostet," fuhr er fort, mit der hohlen Hand seinen Bart trocknend. „In ein paar Jahren hoffe ich das Jubiläum der Million feiern zu können."

„Die Sie mit dem spanischen Brustmalz gewonnen haben?"

„Ach Gott, dieses Jubiläum ist längst gefeiert. Die Million, die ich für Inserate und andere Reclame ausgegeben habe!"

„Ich kann mich aber in der That kaum erinnern, je einmal ein Inserat über das spanische Brustmalz in den Zeitungen gelesen zu haben," bemerkte der Maler.

„Lieber Freund," belehrte Iseling, „mit dem gewöhnlichen Annonciren und Anpreisen, mit dem Abdruckenlassen der Dankschreiben durch das Brustmalz geretteter Personen und was dergleichen Schwindel mehr ist, befasse ich mich nicht. Da thäte mir wahrhaftig meine Waare leid. Wir verfügen über andere Mittel."

„Zum Beispiel?"

„Zum Beispiel wollen wir einmal den Kalender von der Wand nehmen. Da haben wir gleich — Zeitrechnung auf das Jahr 1883. Sie sehen! Seit der Erschaffung der Welt 5832 Jahre. — Seit der Einführung des Gregorianischen Kalenders 304 Jahre. Seit der Erfindung des spanischen Brustmalzes 65 Jahre . . . ."

Lachend stießen sie mit ihm die Gläser an, nur Paulo, der Romancier, starrte finster auf die Tischplatte, und als er wegen seiner schweren Schweigsamkeit zur Rede gestellt wurde, murmelte er: „Das ist mir zu frivol."

„Nun müssen ja Sie mit Ihrem Latein vorrücken."

„Ich schweige," antwortete Paulo und schüttelte seine lange schwarze Mähne, die das blasse Gesicht wie bei einem

Magier umrahmte. Dazu hatte er eine Art Schlangenbändiger-Augen und um den Mund die Furchen des Weltschmerzes und die Klammern des Spottes. „Ich schweige," antwortete er, „denn an einer Tafelrunde, wo Erfolg und Ruhm in solcher Weise charakterisirt worden sind, könnte die Erzählung eines sich aus schwerer Noth und mit sittlicher Kraft zur Anerkennung der Nation emporgerungenen Mannes wohl kaum jemals Verständniß finden."

„So könnten wir jetzt vielleicht ein Kartenspielchen arrangiren," meinte sehr boshafterweise der Schauspieler Werner.

„Ja und tausendmal ja!" rief Paulo, wirklich erbost darüber, daß just er nicht zum Erzählen kommen sollte. „Spielet, spielet! Das ist ja die Art der guten Deutschen, zechen und kartenspielen, anstatt sich an dem geistigen Schatze der Nation zu belehren und aufzurichten und ihre Schriftsteller vom Untergange zu retten. — Mich haben, das kann ich wohl sagen, lediglich die Gelegenheitsgedichte zu Hochzeitsfesten, Kindstaufen und Jubiläen vor dem Hungertode gerettet. Meine Jugendgedichte! — außer Schiller und Heine schriebe sie mir Keiner nach! — Und wenn ich Ihnen sage, daß ich die Druckkosten derselben mit der kleinen Erbschaft meiner Tante als meinem einzigen Vermögen bestreiten mußte! In Deutschland, wo jährlich Tausende für Zeitungs- und Colportagegeschmiere ausgegeben werden! Ich wollte hierauf eine große Dichtung schreiben als Seitenstück zum „Faust". Doch nein, Paulo sagte ich mir, die Deutschen sind derlei nicht werth; sie hätten auch den Geheimrath Goethe verhungern lassen, wenn Geheimräthe zu solcher Todesart überhaupt inclinirten. Hingegen schrieb ich nach manch kleineren Arbeiten, die mir viel Lob eintrugen, aber kein Geld, einen großen

Roman unter dem Titel: Die Auster von Tergestum. Daß diese Dichtung mein Glück machen werde — ich wußte es im Voraus. Ich trug das Manuscript zu meinem Verleger. — Gucken Sie nicht so sauer drein, lieber Mann, sage ich, heute habe ich einmal etwas für Sie. Sie wollen doch Millionär sein? — Ich hätte nichts dagegen, meinte er. Gut, ich verkaufe Ihnen das ein- für allemal, für alle Auflagen, für die Uebersetzungen in allen Sprachen. — Aber, mein Theurer, es thut mir leid! sagte der Verleger, und solche Leute, wenn sie höflich werden, sind unausstehlich. Theuerster! sagt er, heutzutage einen dreibändigen Roman, und von einem unbekannten Namen! Wo denken Sie hin! — Herr, der Roman ist gut! rufe ich. — Ach, das ist Nebensache, die Firma muß gut sein, der Name muß ziehen! sagte der Verleger. Schreiben Sie ein schlechtes Buch, so schlecht Sie wollen, aber setzen Sie auf's Titelblatt einen berühmten Namen, zum Beispiel Paul Freihagen, und ich drucke es und zahle dreißig Thaler für den Druckbogen. — Thun Sie das? frage ich. — Ja wohl. — Gut. — Ich nehme mein Manuscript unter den Arm und gehe geradewegs zu Paul Freihagen. — Der Romanschriftsteller Freihagen wohnte nämlich in derselben Stadt in — doch wozu Ortsnamen! rufe ich mit Freund Werner. — Freihagen, ich wußte aus mancherlei Anlässen, daß er mir wohl gestimmt war und ein gutes Herz hatte. — Ich traf ihn zu Hause. Oh, lieber Freund! rief er mir schon an die Thüre entgegen, heute ist's nichts! — Was ist nichts? frage ich. — Sie wollen ja doch wieder Geld von mir! — Ach nein, Herr Doctor, sage ich. — Das ist gut, meinte er, denn heute habe ich selbst keines. — Das macht gar nichts, sage ich, denn heute müssen Sie mir mit etwas ganz Anderm helfen. Sie müssen mich glücklich machen für mein ganzes

Leben! Ich will nämlich heiraten — und ich wollte in der That, ich war gerade in ein reizendes Balletmädchen verliebt und in dem rechten Moment fiel es mir nun bei: wahrhaftig, das könntest Du als Motiv anführen, und sie hernach wirklich heiraten. — Da soll ich Ihnen wohl gar den Brautwerber abgeben? lachte der Doctor. — Das nicht, sage ich, oder ja, wenn Sie's so nehmen wollen. Sie müssen mir nämlich meine materielle Existenz gründen. — Aber, lieber Freund, wie vermöchte ich das? — Doctor, Sie vermögen es, Sie können es und Sie werden es thun. Hier habe ich einen Roman geschrieben und Sie werden meinen Verleger vermögen, daß er mir dafür Honorar zahlt. — Wie soll ich das angehen? fragt er; ach, 's ist ein liebenswürdiger Mann. — Das ist sehr leicht, berichte ich, es wird Ihnen im Leben selten etwas so wenig Mühe gemacht haben, als das, und Sie werden nicht leicht wieder Einen finden, der sich mit so geringem Opfer namenlos glücklich machen läßt, als ich. Denken Sie: eine schöne, herrliche Braut, in die ich sterblich verliebt bin. Es wäre mir unmöglich, auch nur einen Tag noch zu leben, ohne die Gewißheit, sie heiraten zu können. — Ja, es scheint, daß Ihnen die Liebe wirklich schlimm mitspielt, sagt der Doctor nicht ohne Zweideutigkeit; wenn es jedoch in dem Bereiche der Möglichkeit liegen sollte, Ihnen zu dienen —! Gut, sage ich, so wäre das abgemacht. Ich danke Ihnen. — Nun, was wollen Sie denn eigentlich? ruft er aus. — Ach ja so. Sehen Sie, sage ich, das ist der neue Roman: Die Auster von Tergestum, von Emil Paulo und Paul Freihagen. Oder wollen Sie voranstehen? — Ich soll als Autor des Romanes? — Ja, Doctor, Sie werden als Mitverfasser Ihren Namen auf das Titelblatt drucken lassen. — Als Mitverfasser! ruft er, ich als Mitarbeiter an Ihrem

Roman, ohne eine Zeile daran geschrieben zu haben?! — Das können Sie nachholen, wenn Ihnen daran gelegen ist. — So müßte ich das Werk doch zum mindesten durchlesen, denn Sie werden begreifen, daß —. Nein, unterbrach ich ihn, Doctor, das begreife ich nicht. Haben Sie Lust, den Roman heute zu lesen, so wird's mich freuen, aber was gewinnen Sie dabei? Entweder Sie finden, daß Sie ihn verantworten können, dann war's unnützer Zeitverlust; oder Sie werden durch die Lectüre veranlaßt, Ihr Versprechen zurückzunehmen, dann bin ich verloren. Und daran, Herr, daran zweifle ich keinen Augenblick, wenn Sie mit einem Namenszug einen Menschen retten, ja deren zwei glücklich machen können, so schreiben Sie ihren Namen, wenn es sein muß, selbst auf ein ägyptisches Traumbuch. Die Revisionsbogen werden Ihnen ja Gelegenheit geben, den Roman kennen zu lernen, respective zu bearbeiten. Die Hauptsache ist jetzt Ihr Name; mein Verleger schließt in einer halben Stunde das Comptoir. — Das war mein Begehr, und nicht einmal die Pistole brauchte man dazu in der Hand zu haben. — — Er hat's gethan. Ich wußte recht gut: nach einer Stunde thut er's nicht mehr; sobald ihm wieder der Herzschlag langsamer geht, sobald er nachzudenken beginnt, thut er's nicht mehr. Nun, es gelang und er hat's gethan.

Athemlos hatte die Gesellschaft dem Romancier zugehört.

„Und wie verlief die Sache?" fragte der Schauspieler, der früher der Gleichgiltigste geschienen und jetzt der Aufmerksamste war.

„Sie verlief gar nicht," versetzte Paulo, „sie ist noch heute, und ganz vortrefflich. Ich kam mit dem Roman zum Verleger zurück, der sah auf demselben freudestrahlend den berühmten Namen, den er für seinen Verlag schon seit Langem vergeblich zu gewinnen gesucht, und zahlte mir fünfzehnhundert Thaler als die erste Hälfte des Honorars auf die Hand. — Außer einigen Streichungen fand der Doctor an dem Roman nicht viel zu modificiren, das Buch ging reißend ab und hat bis heute sieben Auflagen erlebt. Selbstverständlich schrieb ich nun munter voran und für den Compagnon Paul Frei=hagen's thaten die Verleger allerorts ihre Arme und Börsen auf, obwohl die folgenden meiner Bücher nur mehr unter meiner Firma allein erschienen."

„Und hat der Streich dem Renommée Freihagen's doch nicht etwa —?" Iseling sprach's, hatte aber nicht den Muth, den Satz zu Ende zu bringen.

„Geschadet, meinen Sie!" fuhr Paulo empört auf. „Herr, seit der Erfindung des spanischen Brustmalzes mag es aller=dings erst fünfundsechzig Jahre her sein, aber seit der Ent=deckung des gesunden Menschenverstandes ist es doch etwas länger. Und der Menschenverstand sagt sonnenklar: Zwei ist mehr als Eins. Freihagen kann froh sein, ein höchst bedeutendes Werk unter seinem Schilde zu führen, zu dem er kaum die Feder angesetzt hat."

„Und Ihre Braut haben Sie geheiratet?" fragte der Maler.

Ohne darauf zu antworten, nahm Paulo seinen Ueberrock und sagte: „Gute Nacht, meine Herren!"

# Inhalt des zweiten Bandes.